W0354549

CIEL D'ORAGE SUR DONZENAC

DU MÊME AUTEUR

Victorine ou le pain d'une vie, Presses de la Renaissance.
Le Pain des Cantelou, Presses de la Renaissance.
La Maîtresse du corroyeur, Presses de la Renaissance.
Mélie de Sept-Vents, Presses de la Cité.
Le Secret des chênes, Presses de la Cité.
La Couze, Presses de la Cité.

Sylvie Anne

CIEL D'ORAGE SUR DONZENAC

Roman

Production Jeannine Balland
Romans Terres de France

PRESSES DE LA CITÉ

Le Code de la propriété intellectuelle n'autorisant, aux termes de l'article L. 122-5, 2e et 3e a), d'une part, que les « copies ou reproductions strictement réservées à l'usage privé du copiste et non destinées à une utilisation collective » et, d'autre part, que les analyses et les courtes citations dans un but d'exemple et d'illustration, « toute représentation ou reproduction intégrale ou partielle faite sans le consentement de l'auteur ou de ses ayants droit ou ayants cause est illicite » (art. L. 122-4).
Cette représentation ou reproduction, par quelque procédé que ce soit, constituerait donc une contrefaçon, sanctionnée par les articles L. 335-2 et suivants du Code de la propriété intellectuelle.

© Presses de la Cité, 2002
ISBN 2-258-05531-8

1

Donzenac, 1920

Comme chaque matin, Lucien Chassagne s'éveilla vers sept heures. Son premier regard fut pour le rai de soleil qui filtrait à travers les rideaux tirés de sa chambre. Juillet continuait de distiller sa chaleur sur Donzenac et ses environs. A part le chant de quelques merles qui se répondaient dans les arbres du jardin, aucun bruit ne résonnait à l'intérieur de la maison.

Le vieil homme se leva avec précaution pour éviter les faux mouvements que son corps supportait de moins en moins. A près de soixante-dix ans, malgré une robuste santé, il savait qu'il devait se ménager. Au rez-de-chaussée, une porte claqua. Sans doute s'agissait-il de Léonie, qui vaquait au ménage... Qui d'autre que la servante pouvait déjà être debout ? Certainement pas Clotilde, la belle-fille de Lucien, qui se couchait de plus en plus tard depuis qu'elle se retrouvait seule avec lui.

Il se déplaça jusqu'à la fenêtre et, d'un geste brusque, écarta les rideaux. Une clarté à peine voilée par quelques brumes de chaleur inonda la pièce et le fit cligner des yeux. La journée allait être encore belle et chaude, voire étouffante ; de quoi le mettre de mauvaise humeur.

Depuis la mort de son fils, Paul, tué en 1918, il se figeait comme un arbre qui se dessèche et redoutait tout ce qui pouvait déranger sa vie. Après un soupir, il porta la main à la fine moustache qui ombrait sa lèvre supérieure et pivota vers la glace de l'armoire, adossée contre le mur, derrière lui. Sous ses cheveux drus et blancs, son visage lui parut plus émacié qu'auparavant, mais sa taille encore droite ne manquait pas d'allure. Il estima qu'avec l'éclat de ses yeux verts il pouvait encore en imposer. Un bref instant, il se revit quelques années en arrière parmi les ouvriers de son usine à papier, serrant des mains, prenant des nouvelles des uns et des autres, tandis que les casquettes se soulevaient et qu'un impressionnant silence entourait ses pas. Oui, c'était bien lui aussi qui était là dans le reflet de ce miroir ; les rides et les cernes marqués par de longues nuits de veille. C'était lui et ce n'était plus lui, parce qu'il y avait eu cette terrible et injuste guerre et que rien ne serait plus jamais comme avant.

Son regard divagua jusqu'à la table de chevet, où deux photos dans leur cadre en cuir étaient posées près d'une lampe en laiton. Sur l'une, sa femme Gabrielle le fixait avec un sourire qui défiait le temps, sur l'autre, son fils en uniforme de lieutenant, coiffé du képi réglementaire, apparaissait de trois quarts, le visage grave, dans une sorte d'expression prémonitoire où flottait déjà l'ombre de la mort.

Une odeur de pain grillé chatouilla ses narines. Chassagne se dépêcha de faire sa toilette puis enfila la chemise blanche que Léonie lui préparait toujours la veille au soir. Lorsqu'il descendit avec prudence l'escalier qui menait à la salle à manger, il savait déjà que, malgré les apparences, ce jour ne ressemblerait en rien aux autres.

— Bonjour, monsieur. Avez-vous bien dormi ?

— Très bien, Léonie, je vous remercie.

Il s'attabla devant les tartines qu'elle venait de rôtir puis jeta un coup d'œil autour de lui. Tout dans cette salle respirait un ordre aussi immuable que cette fidèle servante qui n'avait pas quitté la maison depuis... Il fronça les sourcils.

— Savez-vous depuis quand vous êtes ici, Léonie ? questionna-t-il.

La servante s'approcha, une cafetière fumante entre les mains. Ses cheveux gris tirés en chignon dégageaient un visage à l'ovale un peu empâté. Avec son éternel tablier sur sa longue jupe et ses sabots, elle ressemblait à toutes ces femmes de la campagne qui fréquentent les marchés.

— Cela fera trente ans à la fin de cette année, monsieur. C'est madame Chassagne, Dieu ait son âme, précisa-t-elle en se signant rapidement, qui m'a engagée en décembre 1890. Je m'en souviens comme si c'était hier, il neigeait et...

— Bon, bon, coupa-t-il sur un ton sec, je voulais juste un point de repère.

Un silence, seulement troublé par le chuintement du liquide brûlant qui remplissait sa tasse, suivit sa phrase. Son humeur paraissait exécrable. Sans rien dire, Léonie s'éclipsa vers la cuisine, qui jouxtait la pièce principale.

Chassagne n'était pas mécontent qu'elle s'éloigne. Le plan qu'il avait mis au point depuis deux jours trottait dans sa tête comme une musique lancinante. Il voulait agir vite, éviter les tiraillements et souffrances inutiles. Après tout, ce n'était qu'un mauvais moment à passer.

Le clocher de l'église sonnait huit heures lorsqu'il prit sa canne et coiffa son canotier. En aucun cas il ne voulait manquer le rite qu'il respectait depuis l'armistice et qui était devenu une sorte de pèlerinage quotidien.

Sous un soleil déjà vaillant, il quitta la maison et marcha vers le chemin qui menait en haut du village. Un vent tiède faisait bruisser les feuilles des arbres tandis que les eaux du Maumont laissaient entendre leur roulis familier. A mi-chemin, en proie à une sorte de remords, il se retourna. L'imposante maison familiale, avec son toit à quatre pans, se dressait au milieu des grands arbres. A ses côtés, la fabrique et l'ancien moulin à eau paraissaient désaffectés, oubliés comme s'ils avaient été abandonnés en hâte. Une pointe douloureuse le traversa. En appelant les hommes, la guerre avait vidé les petites usines et la sienne n'y avait pas échappé. Comme son fils, cinq ouvriers avaient payé de leur vie. Seul Ambroise, le contremaître, en était revenu, mais la jambe gauche coupée à hauteur du genou. A présent, il vivait dans un hameau proche de Donzenac où il possédait une modeste maison et un terrain.

Pensif, Chassagne reprit sa route en s'appuyant sur sa canne. La montée toujours un peu raide le faisait renâcler, mais à l'image de son corps qu'il s'efforçait de tenir droit, il ne voulait ni faiblir, ni renoncer. Quelques carrioles le croisèrent. Il répondit aux saluts des conducteurs en inclinant la tête, un sourire un peu forcé sous sa moustache. « Un Chassagne doit toujours montrer l'exemple », lui avaient répété son grand-père et son père. Cette phrase l'avait tellement pétri que même les deuils successifs qu'il avait affrontés n'avaient en rien altéré cette dignité dont il se sentait responsable. C'était suffisant pour qu'on lui attribue une réputation d'homme froid mais juste.

Lorsqu'il parvint sur la petite place qui reliait la mairie à la vieille église, il fut frappé par le nombre de femmes qui affluaient à la messe du matin. Tout de noir vêtues, furtives et silencieuses, elles ressemblaient à une colonne d'insectes qui se regroupent à l'approche d'un danger. Mû par une pudeur instinctive, il détourna les yeux pour ne pas les gêner puis rejoignit la mairie. Tout de suite, ses yeux s'accrochèrent à l'un des papiers jaunis épinglés derrière une vitre poussiéreuse. La liste des morts tombés pour la patrie s'étalait là, à peine protégée du vent et des intempéries. Combien de fois déjà n'avait-il pas tempêté auprès du maire ?

— S'il faut de l'argent, je le donnerai !

Mais ce dernier le calmait à chaque fois comme il pouvait.

— Un peu de patience, monsieur Chassagne, nous allons l'avoir, notre monument !

A présent que les crédits étaient votés, qu'attendait ce têtu de Pacalet pour bouger ? On avait beau mettre le nom de son fils en haut de la liste, Chassagne ne pouvait supporter cette misérable feuille de papier qu'un souffle de vent pouvait arracher. L'endroit où la stèle devait s'élever était tout désigné un peu plus loin, au bord de la place. Il n'y avait plus qu'à exécuter ce qu'il attendait comme une sépulture méritée pour son fils, dont le corps déchiqueté n'avait pas été retrouvé.

Il tremblait encore de colère contenue lorsqu'une voix s'éleva derrière lui :

— *Coumo vai-co*[1] ?

Le vieil homme se retourna, une main en visière au bord de son canotier. Martin Savignac se tenait à quelques pas devant lui. Il sentit sa nuque se raidir. Que faisait ici ce jeune homme connu de tout le village pour avoir trop miraculeusement échappé à l'appel du front ? Les pires bruits couraient sur lui. De bonnes langues disaient que des relations opportunes avaient réussi à le soustraire au désastre. Sa mobilisation, qui

1. Comment allez-vous.

n'avait duré que quelques jours à la fin des hostilités, avait déchaîné contre lui une haine collective.

— Ça va, répondit Chassagne du bout des dents avant de reprendre sa marche.

— C'est une belle journée, n'est-ce pas ? insista le jeune homme en lui emboîtant le pas.

Cette fois, l'industriel s'arrêta pour le fixer d'un regard sombre :

— Que désirez-vous ? Je n'ai guère de temps à vous accorder.

— Allons, protesta l'autre sans se démonter, la fabrique est fermée, rien ne vous presse. D'ailleurs, je n'en ai pas pour longtemps.

Une lueur de méfiance passa dans les yeux de Chassagne. Qu'avait-il donc à lui dire ? Voilà quelques années, son père avait eu beau être l'un des meilleurs ouvriers de l'usine, il avait quand même été renvoyé pour avoir volé du matériel. A l'époque, Lucien, qui veillait sur une équipe de six hommes, n'avait pas hésité à se séparer de lui après que deux ouvriers l'eurent dénoncé.

— Je ne parle jamais du passé, préféra souligner l'ancien patron comme s'il redoutait un règlement de comptes. Mais je vous connais depuis trop longtemps pour ne pas vous écouter. Faites vite !

Le fils Savignac n'était ni obéissant, ni dévoué au culte de la personnalité que les Chassagne entretenaient depuis trois générations. Bien qu'il ait été un ami de Paul, se voir traiter par son père comme un écolier qu'on rudoie pour ses mauvaises notes était loin de lui plaire. Il redressa les épaules et croisa les mains derrière son dos. Ainsi, il dépassait d'une courte tête son interlocuteur.

— Je voudrais vous parler d'homme à homme, fit-il d'une voix grave et ferme, j'ai une proposition qui peut vous intéresser.

La main de Chassagne se crispa sur le pommeau de sa canne. Pourquoi ce garçon ne lui inspirait-il aucune confiance ? Etait-ce à cause de son père ou bien à cause de ses traits pâles qu'il jugeait presque trop efféminés sous ses cheveux noirs et bouclés ?

— Je vous écoute, lâcha-t-il dans un soupir avant de se perdre dans la contemplation du clocher de l'église, sur lequel un couple de passereaux s'égosillait à qui mieux mieux.

— Je suis capable de remettre en route votre fabrique de papier...

Chassagne eut un haut-le-corps. Savignac ne manquait pas de culot. S'offrir comme homme providentiel alors qu'il n'avait jamais fait preuve de courage avait de quoi surprendre.

— Au début, deux ouvriers suffiront, continua le jeune homme sans prêter attention à la grimace de Chassagne, je suis sûr que nous pouvons relancer la production, même Paris en a besoin.

Plein d'une conviction soudaine, il étendit les bras.

— Cela donnerait du travail à ceux qui en cherchent et vous arrêteriez de vous morfondre dans ce marasme qui vous mine.

— Depuis quand vous occupez-vous de mes états d'âme ? rétorqua Chassagne sur un ton cinglant.

— Depuis que je vous vois chaque matin venir jusqu'à la mairie. C'est l'avenir qu'il faut regarder. N'est-ce pas ce que vous avez toujours répété à Paul ?

Le vent qui s'intensifiait déporta le vol d'une abeille contre la joue du vieil homme. Il la chassa d'un revers de main prudent.

— Qu'espérez-vous en échange ? fit-il d'une voix sourde. Je sais bien que j'atteins la fin de ma vie...

— Pour l'instant, laissez-moi essayer. Je connais le métier. J'ai travaillé le bois et les pailles à Uzerche.

Un silence s'installa. Chassagne semblait réfléchir. Le garçon crut qu'il allait obtenir satisfaction quand, soudain, la réponse fusa, aussi péremptoire qu'implacable :

— C'est impossible ! Personne ne prendra la place de Paul. Tout lui appartenait. Jamais je ne supporterai que quelqu'un d'autre le remplace !

Et, pour mieux souligner ses paroles, de sa canne il frappa le muret en pierre qui courait devant eux.

— Je n'ai rien d'autre à dire, ajouta-t-il encore, sinon que je suis le seul maître chez moi !

Savignac le vit s'éloigner en hâte, la tête haute. Malgré son âge, dans son impeccable costume gris, il gardait quelque chose de seigneurial qui stupéfiait. Interloqué, le jeune homme le suivit des yeux jusqu'à ce qu'il disparaisse.

2

De retour chez lui, Chassagne poussa la porte d'entrée sans ménagement avant de s'immobiliser dans le couloir qui menait à la salle à manger.

Rien qu'à l'imperceptible parfum qui flottait entre les murs, il comprit que Clotilde s'était levée et prenait son petit déjeuner. Dans un geste de coquetterie instinctive, il vérifia sa courte barbe puis suspendit son chapeau sur l'une des patères fixées dans l'entrée. Quelque part, une radio déversait une musique assourdie. Il s'apprêtait à demander qu'on l'éteigne lorsqu'il se ravisa. Depuis qu'il vivait seul avec sa belle-fille, la peur de lui déplaire le hantait. En fait, il savait qu'elle ne restait avec lui qu'à cause du remariage de sa mère avec un propriétaire terrien qu'elle détestait. Le moindre faux pas de sa part pouvait donc la faire fuir.

Quand il ouvrit la porte, Clotilde était assise, le dos tourné, un bol de café entre les mains. A l'autre bout de la pièce, près du poste de TSF allumé, Léonie pliait une pile de linge propre. Au bruit qu'il fit, la jeune femme se retourna. Ses cheveux bruns coupés court, selon la mode, encadraient un fin visage au teint pâle encore marqué sans doute par un sommeil capricieux.

— Bonjour, père, comment allez-vous ce matin ?

Il toussa, esquissa une grimace comme il en avait l'habitude, puis vint se pencher vers elle pour l'embrasser sur le front.

— Il serait malvenu de me plaindre, répondit-il, pourtant je n'ai pas cessé de m'agiter dans ce mauvais lit qui grince.

Il contourna la table pour s'asseoir en face d'elle avant de caler sa canne contre le dossier de sa chaise.

La jeune femme ajusta le peignoir à ramages qui l'enveloppait :

— Je fais un brin de toilette et je vous propose de nous rendre à Sainte-Féréole. C'est jour de marché aujourd'hui.

Elle préférait ne pas s'attarder sur la mauvaise nuit de son beau-père. Voilà des mois qu'il se plaignait d'insomnies tenaces, mais le médecin consulté avait été formel : « Son cœur est aussi solide qu'un roc. »

Elle se leva, replia sa serviette, puis se dirigea vers l'escalier qui rejoignait l'étage.

— Je ne pourrai pas vous accompagner, entendit-elle alors, il se passe des choses trop graves pour les remettre à demain.

— Que se passe-t-il ? demanda-t-elle en lui adressant un regard inquiet.

— Prenez d'abord votre temps pour vous préparer, la rassura Chassagne, je vous attends.

Il ne lui fallut pas plus d'un quart d'heure pour réapparaître, vêtue d'une simple robe noire qui s'arrêtait à mi-mollet.

Assis à la même place, Chassagne n'avait pas bougé. Une fois de plus, il admira la délicatesse de ses traits et le délié de sa silhouette. Mais il n'eut pas le temps de la complimenter comme il le faisait souvent, car elle se posta en face de lui.

— Je suis prête à vous écouter, fit-elle.

Léonie avait débarrassé la table. A présent, un grand verre orné de fleurs fraîches avait remplacé la vaisselle du petit déjeuner. Chassagne invita Clotilde à s'asseoir puis il risqua un coup d'œil vers la servante, qui était occupée à ranger des couverts dans l'un des tiroirs du vaisselier. Il n'eut même pas besoin de faire un geste, Léonie avait déjà compris. Elle se dirigea vers la porte qui donnait sur la cuisine et la referma dans un bruit sec.

— Bon, soupira-t-il alors en croisant ses mains sur la table, allons-y !

Contrairement à ce qu'il avait imaginé, Clotilde l'écouta sans sourciller. Pas une once de frémissement ne la parcourut. Il n'avait pas pensé que tout cela fût aussi facile. Avec le calme de celui qui connaît son sujet par cœur pour l'avoir ressassé des dizaines de fois, chiffres à la clé, il lui démontra la nécessité vitale de vendre la maison et la fabrique pour survivre. La mort de Paul ayant achevé la dynastie, il n'avait plus de raison de vouloir s'accrocher coûte que coûte à cet endroit. Seuls des emprunts russes dormaient encore à la banque comme uniques rescapés de leur fortune. Il ne lui restait plus qu'un peu de liquidités pour tenir trois mois, tout au plus.

Son discours terminé, il fit quelques pas vers la fenêtre qui s'ouvrait sur le jardin. A l'autre bout, le vieux moulin dressait encore sa roue de pierre au-dessus du Maumont, dont le niveau avait bien baissé en cette saison. Alors que Clotilde demeurait silencieuse, il parcourut le paysage qui s'étendait devant lui : le parapet du pont qui enjambait la rivière semblait s'effilocher comme un tissu usé. Des lattes de bois pendaient çà et là tandis qu'en face de lui des broussailles avaient envahi l'entrée de la fabrique, dont la façade se couvrait en partie de mousse. A gauche, un amas de grosses pierres, sur lequel gisait une roue de charrette rouillée, paraissait attendre qu'on le déblaie. Tout était figé, sans vie, comme si le temps était devenu le seul maître des lieux. Chassagne ressentit une douleur dans la poitrine. Ses yeux allaient d'un point à un autre, retrouvant, à chaque endroit, sur chaque parcelle de terre, un souvenir oublié.

— Il faut que nous nous séparions aussi de Léonie, poursuivit-il en s'efforçant de contenir son émotion.

Comme il n'y avait aucun écho à ses paroles, il crut que Clotilde pleurait et se retourna. Tête baissée, elle était immobile.

— Une fois que nous aurons vendu la maison, reprit-il sur un ton plus enjoué, nous aurons de quoi vivre dans la petite propriété que je possède à

Saint-Viance. N'ayez crainte, Clotilde, vous ne manquerez de rien !

La jeune femme releva la tête. Un rayon de soleil vint se poser sur son visage. Chassagne la trouva de nouveau pâle et tendue. « C'est normal, pensa-t-il, le choc est rude. » Il compara son expression avec celle qu'elle avait eue en apprenant la mort de Paul. C'était presque le même désarroi, une souffrance maîtrisée avec une pudeur presque exemplaire. Il avait toujours apprécié en elle cette façon de se contrôler. « Clotilde est bien de notre race, répétait-il autrefois à son fils, tu seras heureux avec elle. »

Il allait lui dire combien il admirait son courage lorsqu'il la vit quitter la table et marcher vers l'escalier.

— Dès cet après-midi, continua-t-il, j'irai effectuer les démarches auprès de maître Treuil, à Brive. Je ne vous demande pas de m'accompagner, cela risque d'être éprouvant. Il vaut mieux que vous vous rendiez au marché de Sainte-Féréole pour vous changer les idées.

La jeune femme, qui avait déjà une main sur la rampe de l'escalier, pivota vers lui. Toute trace de pâleur avait disparu de son visage. A la place, ses yeux noirs pétillaient d'une lueur intense.

— Que vous donniez congé à cette brave Léonie, articula-t-elle d'une voix sourde, je ne peux malheureusement pas m'y opposer. C'est votre affaire. Mais pour le reste, sachez que j'ai aussi mon mot à dire.

Sa voix, son aplomb le déstabilisèrent. Pas un instant, il n'avait envisagé une telle réaction. Il préféra mettre son ton vindicatif sur le compte de la déception. N'était-ce pas là plutôt l'aveu d'un chagrin qui n'osait pas dire son nom ?

— Je vous comprends, Clotilde, essaya-t-il de dire, mais vous devez faire confiance à mon âge et à mon expérience. Croyez-le bien, moi aussi j'ai le cœur serré.

Cette fois, elle vint vers lui, les joues empourprées.

— Voilà des années que je me suis tue, fit-elle, agressive, des années au cours desquelles j'ai tout accepté sans révolte. Vos caprices, vos sempiternelles plaintes, votre humeur massacrante. J'ai fermé les yeux sur tout parce que je ne savais pas où aller. Et voilà qu'à présent vous voulez éliminer tout ce qui fut la vie de Paul et me réduire à un rôle d'infirmière auprès du vieillard que vous n'allez pas tarder à devenir ?

Avant même que Chassagne n'ait fait un geste, elle se précipita de nouveau vers l'escalier et grimpa les marches quatre à quatre. Arrivée en haut, elle se pencha par-dessus la balustrade :

— Est-ce qu'une seule minute vous avez pensé à ma vie et à mes vingt-six ans ? Jamais, acheva-t-elle, jamais je ne vous laisserai vendre ce qui fut toute notre vie, à Paul et à moi !

Une porte claqua à toute volée puis un impressionnant silence retomba.

Chassagne porta la main à son cœur. Ses lèvres étaient sèches, la tête lui tournait. Il s'affala dans l'un des fauteuils installés autour de la cheminée. Avertie par le bruit, Léonie avait entrebâillé la porte. Dès qu'il l'aperçut, il lui demanda un verre d'eau-de-vie, qu'il avala d'un trait. Des gouttes de sueur perlaient à la racine de ses cheveux.

— Mon cœur, mon cœur, répétait-il en pressant sa poitrine.

— Il faut aller chercher le docteur, s'affola Léonie, mais il la retint par un bras.

— Vous avez tout entendu, n'est-ce pas ?

— Oh ! non, monsieur.

— Ne racontez pas de sornettes, continua-t-il d'une voix hachée, tout résonne dans cette maison.

Sous son chignon aux cheveux gris, Léonie roulait des yeux effarés.

— Un peu... finit-elle par avouer, mais je ne veux pas m'en mêler.

— Tant mieux ! soupira Chassagne comme si cela le soulageait. Voilà qui nous évitera à tous deux une scène trop pénible.

Il se redressa avec peine dans son fauteuil. L'alcool faisait déjà son effet en colorant ses pommettes.

— Vous avez donc entendu ce qu'elle m'a dit, ce qu'elle a osé me dire ?

Il se mit debout.

— Votre cœur... fit Léonie d'une petite voix.

Mais il n'écoutait plus que la vague de rancune qui soulevait sa poitrine.

— Elle m'a traité de vieillard, de calculateur...

Il se mit à arpenter la pièce, vibrant d'indignation.

— Jamais je n'aurais cru qu'elle me manquerait à ce point de respect.

Tout à coup, il s'arrêta et se tourna vers Léonie, qui était toujours prostrée près du fauteuil.

— Vous êtes de mon avis, n'est-ce pas ?

En prenant appui sur l'accoudoir, la servante se releva avec peine puis elle lissa le tablier qu'elle mettait toujours sur ses longues jupes. Enfin, elle écarta les bras :

— Monsieur oublie sans doute que je ne suis plus à son service.

Et, laissant Chassagne bouche bée, elle fila vers la cuisine.

L'industriel s'empara de sa canne. Tout dans cette maison devenait irrespirable. L'air du dehors lui manquait. Il avait beau se persuader qu'il était sur la bonne route, cet incroyable conflit avec sa belle-fille et l'imminence du départ de Léonie le bouleversaient. Le dos un peu voûté, il traversa le jardin en direction du pont et de la fabrique. Là, au moins, il était sûr de n'être pas vu. Après s'être assuré qu'il n'était pas suivi, il poussa la porte d'une vieille remise qui jouxtait un tas de bois puis souleva une pierre ovale : une clé se logeait dessous. Il se baissa pour la ramasser avant de poursuivre sa marche jusqu'à la grosse porte en chêne de l'usine. Des broussailles gênaient l'entrée ; il dut en arracher quelques-unes pour pouvoir introduire la clé dans la serrure. Après plusieurs tentatives infructueuses, la porte céda enfin. A part les toiles d'araignée qui avaient envahi de grands pans de mur et de plafond, au milieu de la salle les machines semblaient prêtes à fonctionner. La cuve à chaux où trempaient les pailles de seigle gardait encore des traces de pâte séchée. Lorsqu'il entra, la poussière soulevée par ses chaussures lui provoqua une crise d'éternuements. Une odeur de moisi et d'humidité tenace régnait partout. Il porta un mouchoir à son nez pour se protéger puis continua d'avancer jusqu'à ce qu'un battement d'ailes l'oblige à lever les yeux. Par l'une des lucarnes dont un carreau était cassé, une mésange était entrée, faisant sans doute son nid sur le bord d'une poutre. Cette vie qui s'était infiltrée dans cet endroit abandonné avait quelque chose d'émouvant qu'il avait du mal à supporter. Il repéra une caisse renversée non loin de la presse à papier et s'y assit après avoir vérifié sa solidité. La force de ses jambes le désertait. Lui qui avait toujours tout dirigé, tout organisé, perdait pied. Cette effroyable guerre avait causé les pires ravages. Pourquoi Clotilde ne le comprenait-elle pas ?

La vente de la Delage puis celle de quelques terres avaient servi pour assurer le quotidien. Donner à Clotilde le même train de vie qu'auparavant, du temps où la fabrique exportait son papier de paille jusqu'aux grandes boucheries parisiennes, voilà ce qu'il avait toujours voulu pour elle et pour la mémoire de Paul. Il inspira. Il avait tant admiré ce courage en elle, cette façon de dominer son chagrin comme on écrase une bête malfaisante ! En guise de remerciement, il n'obtenait que des reproches, presque des injures. Une bouffée d'amertume le submergea. Ecœuré, il quitta son siège pour aller vers le fond de la salle.

Au-dessus de sa tête, des oiseaux volaient en piaillant, dérangés sans doute par sa présence. Pendant qu'il les regardait, l'un de ses pieds fit rouler une boule de papier froissé sur le sol. Intrigué, il la ramassa avant de la déplier avec précaution. Il s'agissait d'un morceau de feuille que l'usine avait fabriqué. Le nom de Chassagne y apparaissait, gravé dans un coin. Au-dessous, quelques mots étaient griffonnés. Il dut s'approcher de la lumière extérieure pour les déchiffrer.

« Dès que ton père sera parti, lut-il, je t'attendrai chez moi comme d'habitude. A ce soir, je t'aime. Nina. »

Sa première réaction fut de hausser les épaules. Ces phrases avaient l'air d'être adressées à un ouvrier. Il allait se débarrasser du papier lorsqu'un éclair de lucidité lui ouvrit les yeux. Ces mots étaient destinés à son fils. Tremblant, il prit appui contre le chambranle de la porte près de laquelle il se tenait. Si Paul avait eu une maîtresse, qui était-elle ? Qui se cachait derrière cet énigmatique prénom ? Conscient qu'il venait de découvrir quelque chose de grave, il rangea le mot dans son portefeuille puis entreprit de refermer la porte de la fabrique. Cette étrange nouvelle chassait en partie son acrimonie envers Clotilde et le ramenait à une autre réalité. Le rendez-vous avec maître Treuil ne pouvait attendre. Il lui fallait trouver une voiture qui l'amènerait jusqu'à Brive.

Il s'avança vers la route qui longeait la propriété. Plus haut, Donzenac dressait sa superbe architecture médiévale sous un soleil de plomb. Quelques cyclistes klaxonnèrent en le dépassant tandis qu'il reculait pour mieux voir. C'est à cet instant qu'une carriole s'arrêta à sa hauteur et que son conducteur le héla :

— Puis-je vous rapprocher, monsieur Chassagne ?

Le père Corbin, l'une des figures légendaires du pays, l'interpellait avec sa faconde habituelle.

Il ne sut que répondre. La jument qui tirait l'attelage était aussi vieille que son propriétaire et, malgré la meilleure volonté du monde, elle ne pouvait réaliser de miracle. Acquiescer signifiait de toute façon arriver en retard et, qui plus est, subir tout au long du chemin les questions du vieux cultivateur, dont la langue bien pendue n'épargnait personne.

— Je me promène, préféra expliquer Chassagne, mais je vous remercie de votre proposition, elle me va droit au cœur.

— C'est comme vous voulez, rétorqua l'autre, un peu vexé. Bonne journée quand même !

En voyant la carriole s'éloigner, l'industriel fut content qu'il n'ait pas insisté. Seul, un coup d'œil sur sa montre à gousset lui fit pincer les lèvres ; une heure à peine le séparait encore de son rendez-vous. Inquiet, il inspecta la route avec insistance. Si personne ne se présentait, alors il devrait se résoudre à faire appel à l'un de ses voisins, mais cela signifiait le gratifier d'un billet qu'il aurait bien aimé économiser en ces temps difficiles.

Cette fois, la chance vint à lui sous la forme d'un cabriolet, tracté par un demi-sang. Chassagne n'hésita pas à agiter sa canne. Ce n'est que lorsque l'équipage fut à portée de ses yeux que son bras retomba. Martin Savignac tirait sur les rênes du cheval pour le faire ralentir.

— Décidément, s'exclama ce dernier, il y a des semaines où l'on ne se croise même pas et des jours où l'on se rencontre tout le temps !

Un rire le secoua tandis que Chassagne, embarrassé, ne savait comment réagir.

— Montez donc, l'invita Savignac, on m'a prêté cette voiture, nous pourrons faire un bout de route ensemble, à moins que je n'aie le plaisir de vous emmener jusqu'à Brive, où je me rends...

Par orgueil, Chassagne était prêt à décliner l'offre, mais, après les événements qui venaient de se produire, il sentit qu'il n'avait pas le choix. Ses jambes ne le porteraient plus très loin.

— C'est bon, fit-il, je vous accompagne.

Aussitôt, le jeune homme s'empressa de l'aider à monter :

— Ça ne vaut pas une Delage, ironisa-t-il, mais, par ce beau temps, le plaisir est garanti !

L'industriel fit semblant de n'avoir pas entendu et, soudain, tâta ses cheveux.

— C'est absurde, j'ai oublié mon chapeau et par ce soleil...

Avec un égal sourire, Savignac s'empara d'une casquette qui était posée près de lui.

— Tenez ! Une fois n'est pas coutume. Au moins, vous serez protégé !

— Mais c'est la vôtre, sans doute...

— N'ayez crainte ! Le soleil est mon ami, il ne me fait pas peur.

Sans plus attendre, il mit son cheval au trot.

Tout au long du voyage, Chassagne ne desserra pas les dents. De temps à autre, Savignac le dévisageait à la dérobée. Son visage rembruni sous ce couvre-chef improvisé, si inhabituel chez lui, avait de quoi surprendre. Plus d'une fois, il fut tenté de plaisanter, mais, au dernier moment, renonça. Risquer de déclencher la colère de l'industriel n'aurait guère arrangé les affaires dont ils avaient parlé ce matin. Mieux valait y aller en douceur.

Comme la route s'animait à l'approche de la ville et que quelques véhicules à moteur les dépassaient, Savignac tenta de faire diversion :

— Au fait, vous ne conduisez plus votre automobile ?

— Je l'ai vendue, fit Chassagne, laconique, en jetant un coup d'œil autour de lui. Laissez-moi là, s'il vous plaît, continua-t-il, je finirai le reste à pied.

Le jeune homme obtempéra, mais il descendit le premier. Il n'eut même pas le temps de faire le tour du cabriolet, Chassagne avait déjà rejoint la terre ferme, seul.

— Merci, fit ce dernier en époussetant sa veste.

Comme Savignac restait à côté de lui, espérant d'autres paroles, il saisit le billet qu'il avait emporté dans le fond de sa poche et voulut le placer dans l'une de ses mains.

— Désirez-vous me récompenser comme un palefrenier ? ironisa le jeune homme en le repoussant.

Peut-être pensez-vous m'acheter comme vous avez tout acheté dans votre vie ?

La contraction de ses mâchoires témoignait de l'affront qu'il venait d'essuyer. Il s'approcha, mains en avant, comme s'il désirait le saisir par le col de sa chemise, mais quelque chose de plus fort que lui l'en empêcha. Par son seul maintien, ce vieil homme austère imposait une réserve et une distance qui ne se discutaient même pas. En se contenant, Savignac tourna les talons. C'est au moment où il grimpait dans sa voiture qu'il entendit la voix de Chassagne s'élever dans son dos.

— Pardonnez-moi ! Et merci encore pour votre aide.

En guise de réponse, il n'eut qu'un petit hochement de tête puis le conducteur remit son cheval au trot.

Derrière lui, Chassagne s'enfonçait déjà dans les rues de la ville.

3

Après le départ de celui qu'elle servait depuis si longtemps, Léonie avait entassé pêle-mêle ses affaires dans un sac de toile.

Comme chaque été, sa chambre située sous les combles craquait de chaleur. Les vieilles poutres et le plancher en bois résistaient mal aux assauts du plein soleil. Pourtant, l'essentiel de sa vie était là.

Cette mise à la porte sans préambule, presque sans égard, la révoltait et la bouleversait en même temps. Partir de cette maison avec, au fond de sa poche, les quelques billets que Lucien Chassagne lui avait laissés la blessait à vif. A soixante ans, l'envie de se reposer avait souvent raison de son corps fatigué. Pas un instant elle n'avait imaginé que tout se terminerait ainsi.

Une dernière fois, ses yeux parcoururent l'étroite pièce tapissée de papier à grosses fleurs jaunes. Pour qu'on ne voie pas ses larmes, elle prit soin d'essuyer ses yeux d'un revers de main appliqué puis entreprit de descendre l'escalier. Ses pas, qu'elle ne songeait même pas à assourdir, emplirent bientôt toute la maison. Lorsqu'elle franchit les dernières marches, elle aperçut Clotilde qui la guettait.

La jeune femme posa une main affectueuse sur son bras.

— Si c'était en mon pouvoir, je vous demanderais de rester, Léonie. Mais il ne m'a même pas tenue informée de sa décision...

La servante, qui serrait son sac contre elle, lui adressa un regard embué de larmes :

— Si madame Chassagne vivait encore, jamais elle n'aurait permis ça...

Des pleurs jaillirent de ses yeux, elle dut lâcher son sac pour enfouir son visage dans ses mains.

— C'est trop injuste, hoqueta-t-elle.

Comme Clotilde lui proposait de s'asseoir pour boire quelque chose, tout à coup la honte de se donner en spectacle l'emporta sur le chagrin. Elle se moucha bruyamment avant de ressaisir son sac.

— Excusez-moi, mais je vois bien que vous n'y êtes pour rien. Je préfère m'en aller avant que monsieur ne revienne...

— Est-ce que vous savez au moins où vous allez ?

Elle attendit d'avoir la main sur le loquet de la porte pour répondre :

— Monsieur le curé cherche quelqu'un depuis le décès de Jeanne. Je vais lui proposer mes services, on verra bien.

A peine au-dehors, une lumière crue tomba sur elle, la forçant à baisser la tête. Clotilde vit sa silhouette toute grise et menue se découper sur les grands arbres du jardin. Elle ne bougeait pas, comme suspendue entre ciel et terre, déchirée sans doute entre son désir de fuir et l'impossibilité de le faire. Elle parut osciller, déstabilisée comme un animal qui vient de naître, puis, d'un seul coup, s'élança.

— Au revoir, madame, s'écria-t-elle, surtout ne dites pas à monsieur où je suis !

Quand la grille se referma, Clotilde réalisa seulement qu'elle se retrouvait seule. Alors, elle se dirigea vers le vaisselier pour s'emparer d'une bouteille d'alcool de noix. Elle en versa quelques gouttes dans une cuillère à café, la porta à ses lèvres puis recommença une deuxième fois. Presque aussitôt, un feu intérieur envahit ses veines et colora ses joues. Il lui fallait bien ça pour affronter le retour de son beau-père.

A Brive, en s'asseyant dans le bureau de maître Albert Treuil, Lucien Chassagne ne pensait même plus à elle, ni à Léonie. En face de lui, le notaire, à l'embonpoint certain et au crâne presque dégarni, n'avait pas changé malgré le temps écoulé depuis leur dernière entrevue. Voilà bien deux ans que l'industriel n'était pas revenu dans cette pièce aux lourds rideaux de velours vert et au mobilier Napoléon III.

En guise d'accueil, Treuil voulut lui offrir un cigare, mais, devant son refus, le notaire n'eut d'autre recours pour se montrer affable que d'évoquer le long passé qui le liait à la famille Chassagne.

En l'écoutant, Lucien, du bout de sa canne, jouait avec le bord du tapis qui couvrait le sol. Il n'avait qu'une envie : en finir au plus vite avec une démarche qui lui pesait comme un fardeau.

— Bon ! Cher maître, coupa-t-il au bout d'un moment, je ne suis malheureusement pas venu pour parler du passé mais pour tracer l'avenir. Enfin, celui qui me reste…

— Bâti comme vous êtes, vous n'avez rien à craindre !

Albert Treuil cultivait l'art et la manière de mettre ses clients à l'aise. Son physique d'homme épanoui et bien en chair contrastait avec le cadre de son bureau où dominait une odeur d'encre et de poussière.

— Voyons, fit-il en plissant le front, depuis quand ne nous sommes-nous pas revus ?

— Deux ans, répondit Chassagne, sûr de lui.

— Alors, c'était depuis…

— Oui, reprit l'industriel, depuis la mort de mon fils, quand j'ai cru qu'on allait rapatrier son corps et qu'il me fallait des assurances pour la concession.

Treuil toussa comme si la fumée de son cigare le gênait.

— Lucien, expliquez-moi pourquoi vous êtes ici, finit-il par dire. Vous me permettez, n'est-ce pas, de vous appeler par votre prénom ? Nous avons presque le même âge…

Un sourire approbateur se dessina sur les lèvres du vieux Chassagne. La permission allait de soi. Même si quelques années les séparaient, Albert Treuil était l'un des notaires les plus en vue de Brive et son rang social ne différait guère du sien.

— Il faut que vous m'aidiez, Albert. Je dois vendre la propriété et l'usine, sinon je n'ai plus rien pour que nous vivions décemment, ma belle-fille et moi.

Un silence étonné suivit ces paroles.

— Mais Clotilde a une famille ! objecta Treuil.

— Elle est fâchée avec sa mère, qui s'est remariée il y a cinq ans avec un certain Julien Leyral, un propriétaire terrien que Clotilde déteste.

— Je vois.

Après une moue, le notaire se leva pour rejoindre la fenêtre entrebâillée de son bureau. En cette fin de matinée, la circulation était dense ; des roulements de voitures hippomobiles se mélangeaient à des pétarades de moteurs et des cris de marchands ambulants.

De son siège, Chassagne fixait la silhouette rebondie de Treuil tandis que, étourdi par le va-et-vient de la rue, le notaire refermait la fenêtre.

— Combien puis-je en espérer ? insista Lucien.

Treuil se tourna vers lui.

— Pourquoi êtes-vous venu seul ? Votre belle-fille serait-elle souffrante ?

— Je ne veux pas qu'elle soit mêlée de près ou de loin à cette vente. D'ailleurs, cela ne la regarde même pas !

Le notaire revint à sa place, puis agita la clochette qui était posée sur le coin droit de son bureau. Aussitôt, une femme d'une quarantaine d'années, habillée d'une robe stricte et grise, ouvrit la porte.

— Mademoiselle Durand, pouvez-vous m'apporter le dossier de la succession Chassagne-Veilhan ?

— Tout de suite, maître.

A peine deux minutes plus tard, elle réapparut, une chemise cartonnée entre les mains.

— Voici ce que j'ai trouvé.

— C'est parfait.

Treuil commença de feuilleter les papiers en attendant qu'elle referme la porte.

— Je suis désolé, Lucien, déclara-t-il alors, mais c'est bien ce que je pensais. Je croyais que vous étiez au courant, or je constate qu'il n'en est rien.

— Au courant de quoi ? Parlez donc, mon vieux !

La voix énervée de l'industriel, ses sourcils froncés montraient à quel point il s'impatientait. Albert Treuil croisa les mains sur les papiers qui s'étalaient devant lui.

— Vous aviez bien fait don à Paul de la maison et de la fabrique ?

— Bien sûr ! Quelle question !

— Au cours d'une de ses permissions, il est venu me trouver.

Glissant sur l'extrême bord du fauteuil où il était assis, Chassagne, tendu, darda sur le notaire un regard aigu. Les coins de sa bouche tressaillaient, agités par un courant qu'il ne pouvait maîtriser. Mal à l'aise, Treuil baissa les yeux pour finir.

— Il a fait de Clotilde, née Veilhan, son unique héritière. La maison et la fabrique lui appartiennent.

Sous le choc, Chassagne parut s'affaisser comme un château de cartes. Une fraction de seconde, il se tassa sur son siège, puis l'une de ses mains se plaqua sur sa poitrine à hauteur du cœur et il pâlit.

Le notaire se précipita vers le secrétaire à cylindre qui était derrière lui. En un tournemain, il en sortit une carafe à moitié pleine de whisky ainsi qu'un verre qu'il remplit d'une large rasade.

— Buvez ! Nous parlerons après.

Chassagne se laissa faire. Espérant la secousse salutaire qui annulerait le vide où il s'enfonçait, il avala le whisky d'un trait. La dose était suffisante pour qu'il recouvre ses esprits. Bientôt, il reposa son verre vide sur le bureau puis, comme s'il se préparait à partir, il sortit d'une poche intérieure de sa veste la casquette pliée de Savignac. Après un petit rire, il l'ajusta sur sa tête.

— Comment me trouvez-vous ainsi ? Ne suis-je pas conforme à ce que je vais être désormais ?

Le notaire n'eut même pas le temps de répondre ; soudain, ses traits se durcirent et il assena un violent coup de poing sur le bord du bureau.

— Ils se sont tous moqués de moi ! s'écria-t-il.

— Calmez-vous ! tempéra Treuil. Paul n'a pas agi contre vous. A l'époque, vous étiez heureux de ce mariage et, pour vous, Clotilde avait toutes les qualités.

Chassagne porta la main à ses yeux comme s'il allait pleurer.

— Jamais je n'oublierai les mots durs qu'elle a osé me dire. Elle me hait. Voilà tout ce qu'elle m'offre en guise de remerciement : sa haine et son mépris. Comment voulez-vous que je vive, à présent ?

Il ôta la casquette qu'il portait encore et la replaça dans l'une de ses poches.

— Je suis condamné à vivre seul dans la petite maison que je possède. N'y a-t-il donc rien à faire ?

Il avait beau avoir l'habitude des déchirements familiaux, une vague de pitié saisit le notaire. La souffrance de cet homme était trop réelle.

— Je vais tenter de parler à Clotilde, dit-il, elle n'est peut-être pas si intransigeante que cela. Donnez-moi quelques jours, je vous promets d'intervenir.

Il raccompagna Chassagne jusqu'à l'entrée. Les deux hommes échangèrent une longue poignée de main.

— A bientôt, Lucien, je vous ferai part de mes démarches.

L'industriel le regarda. Sa silhouette encore élancée dépassait Treuil d'une bonne tête.

— Ne m'appelez plus par mon prénom, maître, fit-il, maintenant cela n'est plus possible.

Le notaire parut ne pas comprendre sa réflexion, mais, au bout de quelques instants, il inclina la tête :

— Au revoir, monsieur Chassagne, je reste votre dévoué, ne l'oubliez pas !

Après une dernière pression de la main, il rentra dans son étude tandis que Chassagne, appuyé sur sa canne, se fondait parmi les passants.

4

Le ciel avait beau se charger de nuages de plus en plus gris, Chassagne avançait comme un somnambule au milieu de la foule. Désormais, Clotilde possédait entre ses mains tout le passé de sa famille. Il n'était plus qu'un pantin dont elle pouvait agiter les fils à sa guise.

Il s'arrêta, leva le nez. De grosses gouttes de pluie commençaient à tomber. Un orage était sur le point d'éclater et il ne savait comment regagner Donzenac. Il se mit à l'abri sous une porte cochère tandis que les premiers éclairs striaient le ciel et que la pluie se renforçait.

Etre, ici, frappé par la foudre ? Pourquoi pas ? Les jours n'allaient-ils pas se succéder dans une monotonie insoutenable ? Privé de ses souvenirs les plus chers, il avait déjà l'impression de ne plus exister. Devant lui, des gens couraient en tous sens pour trouver eux aussi un abri et les rues se couvraient de grosses flaques dont l'eau giclait sous les roues des voitures. L'orage dura un bon quart d'heure, puis le ciel, comme lavé de sa tourmente passagère, s'éclaircit. La pluie devint de moins en moins drue, jusqu'à n'être plus qu'un mince rideau que le soleil repoussait peu à peu. Un arc-en-ciel se dessina.

Chassagne quitta sa porte cochère. A quelques mètres de lui, un écriteau indiquait la route qui menait à Donzenac. Il l'emprunta d'un pas incertain, se demandant par quel moyen il allait bien pouvoir parcourir tout ce chemin. A bout de forces, il finit par s'asseoir sur le tronc d'un arbre scié et, sa canne entre les jambes, contempla le sol. Ce n'est qu'au bout d'une vingtaine de minutes qu'une carriole s'arrêta près de lui. D'abord, trop absorbé, il n'y prêta guère attention, mais un raclement de gorge le tira de ses pensées. Surpris, il reconnut l'abbé Husson, le curé de Donzenac, juché sur sa modeste carriole où s'entassaient à l'arrière quelques denrées. L'ecclésiastique souleva son large chapeau :

— Bonjour, cher monsieur, si ce simple équipage vous convient, montez donc à mes côtés ! Je retourne vers notre bon village...

Chassagne regarda la route, où la circulation se raréfiait.

— Ah ! Monsieur le curé, on peut dire que vous tombez à pic ! Pourtant, continua-t-il en s'installant près de l'abbé, vous devez m'en vouloir, je ne suis pas très charitable avec vos pauvres. De plus, la dévotion n'est plus mon fort depuis quelques années...

Le curé ne broncha pas. Seul un petit sourire éclaira son visage poupin, couronné de rares cheveux blancs. Lucien pensa qu'il avait des points communs avec maître Treuil. La même allure, le même goût pour les tables accueillantes. Autrefois, sa femme, Gabrielle, ne manquait jamais de l'inviter à venir partager le repas du dimanche après le service de onze heures. C'était un temps de prospérité, de bonheur familial tranquille, que dans sa naïveté d'homme comblé par la vie il pensait ne jamais voir finir.

— Je suis quelqu'un de brisé, mon père, finit-il par confier.

L'abbé le regarda.

— A ce jour, nous portons tous le deuil d'un parent, d'un ami. Ce malheur qui nous frappe nous paraît injuste, déplacé, mais les desseins de Dieu sont impénétrables. Jésus est mort dans d'atroces souffrances, ne l'oublions pas !

— Vous me croyez très égoïste, n'est-ce pas ?

De sa main, l'abbé effleura le bras de l'industriel :

— Le malheur isole et durcit l'âme, ne cédez pas à cette tentation !

Malgré lui, Lucien repensait à son entrevue avec le notaire et à ce qu'il venait d'apprendre sur Clotilde. Il ne démordait pas de son aigreur. Pourquoi le Bon Dieu s'acharnait-il ainsi sur lui ? Au moment où il s'apprêtait à en glisser quelques mots au prêtre, ce dernier eut une phrase qui le laissa sans voix.

— Vous n'auriez pas dû renvoyer cette pauvre Léonie. En la chassant, vous vous punissez vous-même !

Chassagne fixa la route et la croupe du cheval qui se balançait sous un vent devenu plus frais. Que venait faire Léonie dans cette conversation ?

— Elle a toujours été proche de votre famille, continua l'abbé, témoin de vos joies comme de vos peines. Vous ne pouvez pas vous séparer d'elle comme ça.

— Mais comment êtes-vous au courant ?

— Elle est venue me demander de la prendre à mon service. Il y avait un tel désespoir dans sa voix que j'ai eu pitié d'elle.

Au bout de la route, Donzenac et ses toits luisants de pluie se dressaient comme une citadelle derrière ses remparts. L'orage terminé, le soleil jouait à nouveau de toute sa lumière sur le village médiéval et la route qui montait vers lui.

Avant de descendre de la carriole, Chassagne remercia le curé avec chaleur. En lui serrant la main, l'abbé lui assura qu'il prierait pour lui et les siens. Enfin, il encouragea son vieux cheval à poursuivre son chemin.

Chassagne abandonna la route pour descendre vers le Moulin. A sa droite, grossi par les pluies violentes, le Maumont grondait en courant sur les cailloux. Il le voyait à peine. Quel accueil allait lui réserver Clotilde ? Et quel comportement devait-il adopter ?

Une bourrasque de vent plus forte fit rouler sur le sol la casquette qu'il portait encore. Avec son pied, il réussit à l'arrêter puis la ramassa. Il lui sembla évident qu'il devait la rapporter à son propriétaire. A cette heure, rendre visite à Savignac retarderait son retour dans une maison où il ne se sentait plus chez lui. Pourquoi hésiter ?

Il rebroussa chemin pour se diriger vers la rue des Pénitents, où il repéra vite la maison qu'il cherchait. Son étroite façade flanquée d'une tourelle avait une entrée surmontée d'un linteau de pierre sculpté qui datait du XVIe siècle. Avant de se manifester, Chassagne admira une nouvelle fois les arabesques qui ornaient le linteau puis, sans égard pour les passants qui tournaient la tête, décontenancés de le découvrir devant la porte de Savignac, il tira sur la sonnette.

Une demi-minute plus tard, le jeune homme apparut en bras de chemise, vêtu d'un pantalon de grosse toile. En s'excusant pour sa tenue et celle de sa maison, dont il refaisait une partie du plancher, il invita Chassagne à entrer.

L'industriel le suivit dans la pièce principale. Des meubles s'entassaient dans un coin tandis qu'au milieu des lattes de bois neuf s'amoncelaient, prêtes à être posées.

— Je préfère opérer moi-même, expliqua encore Savignac en approchant deux chaises. Au moins, je suis sûr de mon travail.

Chassagne tendit la casquette qu'il avait toujours en main.

— Je me suis dit que vous en aviez peut-être besoin…

Martin le remercia avant de lui proposer quelque chose à boire, mais son visiteur n'avait ni faim ni soif.

Ce qui frappait le plus dans sa conduite, c'est qu'il paraissait s'attarder ici sans motif particulier, à part sans doute une sorte de curiosité injustifiée.

— Paul est venu souvent ici, déclara soudain Martin pour tenter de le faire parler.

La tête inclinée vers le plancher troué, Chassagne paraissait absent.

— Savez-vous s'il avait une amie ? Je veux dire : une maîtresse, s'enquit-il soudain. Maintenant, je peux tout entendre, reprit-il en se redressant, je n'ai plus rien à perdre. Je suis venu vers vous pour entendre la vérité dont j'ai besoin.

Il sortit de sa poche le papier qu'il avait trouvé dans son usine.

— Voyez vous-même !

Savignac se pencha sur les quelques lignes.

— Paul n'est peut-être pas le destinataire de ce mot ?

— Si. Je suis convaincu qu'il était pour lui. Mais je me demande qui est cette femme et surtout comment la retrouver.

Une rougeur teinta les joues du jeune homme.

— Est-ce vraiment nécessaire de remuer le passé ? fit-il sur un ton un peu agressif.

— Je la retrouverai, assura Chassagne.

Il se leva pour se diriger vers la porte tandis que Savignac s'empressait derrière lui.

— Il y a beaucoup de prénoms féminins pouvant donner ce diminutif...

Sans un mot, le vieil homme descendit les deux marches qui rejoignaient la rue.

— Nicole, Noémie ou même Simone, par exemple ; la liste est longue. A bientôt, monsieur Chassagne.

Le bruit de la porte qui se fermait le retint un instant. Le dernier prénom emplissait ses oreilles comme le tintement des cloches de l'église qui sonnaient l'angélus du soir.

— Nina, Nina, répéta-t-il tout bas. Aucune femme de chez nous ne porte ce nom.

Il se retourna. La porte close, les rideaux bien tirés, la maison de Savignac avait repris son aspect habituel.

— J'en aurai le cœur net, se jura-t-il.

5

Il ne rentra pas tout de suite.

En faiblissant, la lumière du jour rosissait les vallons et les champs alentour, gorgés de blés mûrs et de seigle. Les moissons n'allaient pas tarder. De place en place, des épouvantails dressaient leurs grotesques silhouettes qui n'effrayaient plus que quelques moineaux moins hardis que leurs congénères.

Avant de se retrouver face à Clotilde, Lucien voulut faire un détour par le petit cimetière. Voilà huit jours qu'il n'y était pas venu. Il préférait s'y rendre le soir pour ne pas rencontrer celles qui, chaque jour, fleurissaient avec dévotion les tombes de leurs hommes, tombés au champ d'honneur.

A cette heure tardive, comme il s'y attendait, l'endroit était presque désert. Il avait juste deux allées à traverser avant de rejoindre le caveau familial. La première à peine franchie, il eut la surprise de découvrir une femme penchée vers la dalle de marbre bordée de géraniums. Pris de court, il toussota pour signaler sa présence. Aussitôt, la femme tourna la tête vers lui et tous deux restèrent pétrifiés. Léonie, accroupie, arrosait les quelques fleurs qui se fanaient déjà sous la chaleur.

— Léonie, s'exclama l'industriel, que faites-vous ici ?

La servante se détourna avec rapidité avant de se relever.

— Je pense souvent à madame, dit-elle. Si seulement elle était encore là...

— Vous voulez dire qu'elle ne vous aurait pas renvoyée, n'est-ce pas ?

Avec l'un de ses sabots, la servante aplanit la terre où saillaient quelques gros cailloux.

— Je vous souhaite une bonne soirée, répondit-elle, ainsi qu'à madame votre bru. Au revoir, monsieur.

Du plat de la main, elle balaya encore quelques particules sableuses qui ternissaient la plaque de marbre puis, sans un regard vers celui qui ne réagissait pas, elle commença de s'éloigner.

— Attendez ! s'écria-t-il.

— Monsieur désire quelque chose ?

Derrière elle, le crépuscule fendait l'horizon d'une large traînée pourpre, et les feuilles des cyprès, encore mouillées de pluie, scintillaient comme de minuscules diamants le long du mur d'enceinte du cimetière. Depuis combien de temps Chassagne n'avait-il pas ainsi observé Léonie ? L'habitude de la côtoyer dans le même décor avait effacé jusqu'à son visage. Soudain, ici, sa frêle silhouette et ses traits marqués par le temps le renvoyaient à son propre déclin. Il s'aperçut qu'il ne l'avait pas vue vieillir, comme si les jours et les années n'avaient compté que pour lui. Un sentiment de pitié mêlé de tristesse monta en lui.

— J'ai été injuste envers vous, avoua-t-il, je voudrais réparer ma faute…

Il marqua une petite pause avant de reprendre :

— A présent, nous sommes solidaires. Moi aussi je suis devenu indésirable au Moulin.

La servante le dévisagea sans comprendre.

— Je reviens de Brive, où j'ai rencontré maître Treuil, expliqua-t-il. Celui-ci m'a confirmé que le Moulin et l'usine appartenaient désormais à Clotilde.

Le menton et les lèvres du vieil homme se mirent à trembler.

— Je vais sans doute devoir quitter cette maison qui était toute ma vie. Au nom des jours que nous y avons passés ensemble, j'aimerais vous garder auprès de moi.

Il n'obtint aucune réponse. Abrégeant leur échange, une voix les héla de l'autre côté de l'enclos.

— Excusez-moi, mais il est temps de sortir, messieurs dames !

Depuis que certaines femmes s'étaient plaintes de vols et de menues dégradations, le fossoyeur qui avait à charge l'entretien et la garde du cimetière fermait la grille chaque soir.

— Désolé, monsieur Chassagne, s'excusa l'homme en se rapprochant, mais je ne veux pas avoir d'ennuis. Il est déjà plus de vingt heures.

— Ne vous inquiétez pas, mon bon, vous faites votre travail, c'est tout. Bonsoir !

Malgré sa fatigue, Chassagne força l'allure pour éviter d'engager la conversation. Léonie, un peu perdue, le suivit. Lorsqu'il fut sûr d'être assez loin, il fit signe à la servante de s'approcher.

— Cette journée m'a épuisé. Permettez-moi de m'appuyer sur votre épaule pour rentrer. Après, vous me préparerez une omelette aux herbes comme vous savez si bien les cuisiner.

Il eut un bref ricanement.

— Je ne pense pas que celle qui nous héberge nous jettera dehors cette nuit. Et, demain, il sera toujours temps de voir...

Côte à côte, ils marchèrent le long de la petite route qui descendait vers le bas du village. Lorsqu'ils arrivèrent devant la propriété, la nuit était presque tombée. Au rez-de-chaussée de la maison, une lampe à pétrole brillait derrière l'une des fenêtres.

En ouvrant la porte, Clotilde ne remarqua pas tout de suite Léonie. Seule l'apparition de son beau-père, et tout ce qu'elle réveillait en elle, capta son attention. Ils échangèrent un bref regard, mais le « Bonsoir » qu'elle lança sur un ton morne resta sans réponse. Chassagne s'écarta pour laisser passage à la servante qui attendait derrière lui.

— Ma brave Léonie est revenue, dit-il en insistant sur l'adjectif possessif. L'un et l'autre, nous avons vécu trop de choses pour que nous nous séparions comme ça !

Il posa sa canne contre le mur puis jeta un coup d'œil vers Clotilde qui se taisait :

— Elle a élevé Paul, a connu ma femme et mes parents... Elle est plus qu'une simple servante, c'est un pilier de cette maison. Ici, aucune personne ne peut prétendre avoir une place plus justifiée que la sienne.

— Votre visite chez maître Treuil s'est-elle bien passée ? rétorqua la jeune femme avec une ironie non dissimulée.

— J'ai appris ce que je voulais savoir. Mais, pour l'instant, j'ai faim. Nous reparlerons de tout cela demain.

— Il vaut mieux, en effet, commenta-t-elle encore.

Elle saisit le livre qu'elle était en train de lire avant de se diriger vers l'escalier :

— Bonne nuit, père !

— Désormais, vous m'appellerez « monsieur », rectifia-t-il.

— Comme vous voudrez ! lança-t-elle en grimpant les marches sans se presser.

Dans un coin de la salle, Léonie, livide, triturait les pans de son tablier.

— Alors, cette omelette, réclama Chassagne, l'auriez-vous déjà oubliée ?

La servante s'empressa de gagner la cuisine.

Il dîna avec appétit, se servit quelques verres de vin et insista auprès de Léonie pour qu'elle vienne lui tenir compagnie. Désorientée, elle prit place en face de lui, incapable d'articuler la moindre parole. La tension qui régnait dans la maison annonçait des jours sombres et dévastateurs. N'y avait-il pas moyen d'enrayer cette escalade qu'elle jugeait inutile et destructrice ? Indifférent à son malaise, Chassagne, que l'alcool rendait volubile, se mit à évoquer le passé. Les fêtes qui avaient animé la maison, les repas offerts aux ouvriers pour Noël, le vin qui coulait à flots quand les pailles de seigle arrivaient par charrettes entières : belles, droites, dorées comme la peau des femmes qui les avaient liées en gerbes. Tout lui revenait dans un tourbillon d'images qui le transfiguraient. Il évoqua aussi la joie des hommes quand les feuilles de papier sortaient de la presse : solides et nettes, prêtes à alimenter les commerces de la région et même ceux de la capitale. Exalté, il retrouvait même le nom de chaque ouvrier, de chaque apprenti, tous ceux qui avaient contribué à la renommée de l'usine. C'est en s'apercevant que Léonie tombait de sommeil qu'il s'arrêta soudain.

— Je parle, je parle, fit-il, et je vous empêche d'aller vous reposer.

— Si c'était possible, je vous écouterais pendant des heures, mais j'ai peur que demain soit encore un jour difficile…

— Il le sera de toute façon. Allez dormir, Léonie ! Vous en avez besoin.

La servante se leva.

— Tâchez de bien dormir aussi, monsieur, on dit que la nuit porte conseil !

Il écouta ses pas décroître. Dans la cheminée, à quelques pas de lui, le feu s'éteignait avec de petits craquements insolites. Il pensa que Clotilde avait dû faire cuire des pommes de terre sous la cendre, comme elle les aimait. Une bouffée de tristesse l'envahit. Semblable à celui d'une petite fille, le rire frais et cristallin qu'elle égrenait autrefois vint emplir ses oreilles. Il serra les dents mais rien n'y fit, une larme coula de ses yeux. Alors, en prenant appui le long de la grande table, il s'approcha du feu. Le fauteuil où son père et même Paul aimaient se reposer lui offrait un refuge. Il se laissa tomber dedans, croisa les bras contre lui comme pour étouffer la douleur qui le submergeait.

— Ma petite fille, ma petite fille, murmura-t-il en tentant de réfréner un sanglot.

A qui dire combien il l'aimait ? Depuis la mort de Paul, n'avait-elle pas toujours représenté cette part de vie à laquelle il se raccrochait ?

Une main lui toucha l'épaule. Il sursauta, paniqué à l'idée que quelqu'un découvre son chagrin.

— N'ayez crainte ! C'est moi, Léonie. Je voulais juste vous rendre cela.

Elle posa sur l'accoudoir du fauteuil les deux billets qu'il lui avait donnés le matin même.

— Ils sont à vous, je n'ai plus de raison de les garder.

Chassagne sortit un mouchoir de sa poche et se moucha avec bruit.

— La soirée me semble fraîche, je ne sais pourquoi, mais j'ai froid.

Son mouchoir rangé au fond de sa poche, il se tourna vers la servante :

— Ne croyez-vous pas que cela pouvait attendre ?

— Rien ne peut attendre s'il s'agit d'honnêteté.

Elle ajusta autour d'elle le châle dont elle s'était enveloppée.

— Je n'ai pas été très bavarde ce soir.

Elle se mit à se dandiner d'un pied sur l'autre, comme si elle n'osait parler. Enfin, elle lâcha d'un trait ce qu'elle retenait depuis tout à l'heure.

— Je suis juste venue vous dire que, quoi qu'il arrive, monsieur, vous pourrez toujours compter sur moi.

Et, sans rien ajouter, elle courut s'engouffrer dans la cage d'escalier.

6

Il ne dormit que quelques heures. Le chant d'un coq s'élevait dans la cour d'une ferme avoisinante lorsqu'il fut surpris de se retrouver recroquevillé dans son fauteuil. La peine qu'il eut à s'extraire des coussins lui arracha des plaintes. Courbé, une main sur les reins, il rejoignit la fenêtre pour l'ouvrir.

Dans le lointain, une rumeur sourde traversée de cris enflait comme une vague poussée par le vent. L'horizon clair à peine voilé de brume annonçait une belle et chaude journée. Il comprit que les moissons commençaient et que tous allaient à la besogne, plus unis que jamais après les terribles années écoulées. Un instant, son regard erra sur les lueurs fauves de l'aube qui chamarraient le ciel, puis il quitta son poste de vigie, pressé de faire sa toilette avant que Clotilde ne descende.

Encore plus que d'habitude, il mit un point d'honneur à paraître impeccable. Il tenait de son père le goût des beaux habits. Jamais ce dernier n'aurait supporté que l'un de ses ouvriers le voie dans une tenue négligée. Elevé dans le même esprit, Chassagne n'avait à aucun moment remis en question son éducation bourgeoise qui l'avait amené à fréquenter les meilleures écoles de Tulle et de Brive.

Malgré la soirée agitée de la veille, Léonie n'avait pas failli à son devoir. Une chemise blanche lavée et repassée l'attendait dans sa chambre. Il s'en revêtit, choisit un costume gris au tissu léger où l'un des revers s'ornait d'un crêpe noir et regagna la salle à manger.

La servante, qui avait dû l'entendre, posait déjà les bols sur la table et apportait le pain. Il la salua d'un chaleureux « Bonjour, ma bonne Léonie ! » qui montrait avant tout combien il appréciait de la retrouver à ses côtés.

Comme elle arborait un franc sourire, il crut bon d'enchaîner :

— Avez-vous pensé que, chaque mois, je ne pourrai sans doute plus vous donner l'argent auquel vous avez droit ?

— Oui, monsieur. Cela n'a pas d'importance.

— Etes-vous certaine de ce que vous avancez ? Je ne crois pas mériter un tel dévouement.

Elle reposa sur la table la cafetière fumante dont elle avait enveloppé l'anse d'un pan de son tablier.

— Je le fais pour madame Gabrielle et pour monsieur Paul. Eux ne vous auraient jamais abandonné.

Chassagne sentit sa poitrine se soulever. Il prit sa tasse de café et porta le liquide fumant à ses lèvres, au risque de se brûler. Lui qui n'avait jamais su dire de mots tendres ni faire de grandes déclarations sentait tout à coup ses manques comme une blessure à vif. Une grande partie de la nuit, dans son fauteuil, il avait pris conscience de ce qu'il n'avait jamais exprimé à Clotilde ou même à Paul. Seule son épouse, qui le connaissait bien, l'avait toujours défendu.

— Vous êtes un bloc, Lucien, lui répétait-elle, mais un bloc de glaise qu'une simple averse peut fissurer.

Léonie l'avait-elle compris aussi ?

Il ne put approfondir la question. Dans une éblouissante robe couleur sable, Clotilde apparut sur le seuil de la salle. Après un salut obligé, elle s'installa au bout de la table, comme si elle présidait le repas. Ses lèvres fardées et le noir qu'elle ne portait plus le choquèrent. Il allait lui demander des explications quand un vrombissement se fit entendre au-dehors, suivi de roulements mécaniques et de quelques cris. Sourde à ce chambardement, la jeune femme mordit dans une tartine de pain beurré. Même les yeux interrogateurs de son beau-père la laissèrent de marbre. Alors, en dépit de son mal de dos, Chassagne se hâta jusqu'au perron de la maison. Une machine, sur laquelle était juché un homme qu'il n'avait jamais vu, débroussaillait l'allée centrale du jardin et l'entrée de l'usine. De chaque côté, deux ouvriers entassaient les feuilles et les branchages arrachés qu'ils jetaient ensuite sur une charrette attelée. En s'approchant d'eux, Lucien dut élever la voix pour dominer les bruits.

— Que faites-vous ? Qui vous a dit de venir ?

A ce moment, une main se posa sur son épaule, l'obligeant à se retourner. Il se retrouva en face de Savignac.

— Pardon, fit ce dernier, mais nous suivons les ordres de madame Paul Chassagne, c'est elle qui nous a demandé de venir.

Plus loin, derrière eux, l'industriel aperçut sa belle-fille qui observait la scène du pas de la porte. Dans la lumière naissante du soleil, ses lèvres avaient la couleur des coquelicots qui jonchaient encore les allées du jardin. Pour la première fois, elle lui parut belle et terrifiante en même temps. Le deuil qu'elle avait quitté et le fard qui dessinait sa bouche aux petites lèvres charnues révélaient quelque chose d'elle qu'il n'avait jamais remarqué auparavant et qui, soudain, l'effrayait. Sans même s'en rendre compte, il s'appuya sur le bras de Savignac.

— Vous ne vous sentez pas bien ? s'inquiéta celui-ci.

Au même instant, Léonie poussa le rideau d'une fenêtre. Comme si l'apparition de ce visage réveillait en lui des forces enfouies, Chassagne réussit à se ressaisir. A part quelques accès de tristesse, la nuit passée dans le fauteuil avait forgé la carapace dont il voulait s'entourer désormais. D'un mouvement décidé, il retira sa main du bras de Savignac.

— Je suppose, railla-t-il, que Clotilde vous est reconnaissante ? On m'a même dit qu'elle sait ne pas être farouche...

— Vous devriez avoir honte !

— Je connais les femmes mieux que vous, répliqua l'industriel sur un ton calme, une telle transformation n'est que l'aveu d'un sentiment qui n'ose pas dire son nom.

— Taisez-vous !

— Vous avez raison, j'en ai déjà trop dit. Mais souvenez-vous bien de ça, Martin, quoi qu'il arrive, je vengerai la mémoire de Paul !

A pas rapides, comme si elle avait perçu la tension de leur échange, Clotilde s'avança vers eux.

— Je ne souhaite pas qu'il y ait des disputes, déclara-t-elle. Chacun a sa place, ici. Faisons la paix ! Et tout ira comme avant.

— Comme avant quoi ? s'enquit Chassagne sur un ton cassant.

— Comme quand nous étions de vrais alliés. Cette usine, nous devons la sauver. Il faut la transformer, la faire revivre.

— Cette usine appartenait à Paul, coupa-t-il. Sans lui, elle ne peut exister. Votre devoir de mémoire vous échappe, à l'image du deuil que vous ne portez même plus !

— Calmez-vous ! Je n'ai rien pris, rien volé, il m'a tout donné de son plein gré.

— De son plein gré ! ricana-t-il. Avouez plutôt qu'il a été aveugle à vos subtiles manœuvres ! Avant lui, vous n'étiez rien dans cette fabrique. Et maintenant qu'il est mort, vous vous octroyez tous les droits !

Empourpré de colère, il assena un coup de poing rageur sur la carriole qui se trouvait à quelques pas de lui. Postés près d'elle, les deux ouvriers qui avaient déjà défriché une grande parcelle de terrain fixaient la scène, muets.

— Dehors ! leur cria-t-il en désignant la grille ouverte. C'est moi qui vous l'ordonne !

Un instant, les deux hommes se regardèrent puis, comme si l'aura du vieil homme avait gardé tout son impact, ils jetèrent leurs outils dans la charrette, prêts à partir. C'est alors que Savignac les rappela d'une voix autoritaire :

— Au travail, messieurs ! Il reste encore du terrain à déblayer. Désormais, je suis le seul à qui vous devez rendre des comptes. Ne l'oubliez pas !

Tandis que les deux hommes, penauds, obéissaient, Chassagne, plein de hargne, s'approcha de Martin, le poing levé, prêt à le frapper. Le jeune homme n'eut que le temps d'esquiver le coup, mais il dévia le bras menaçant avec une telle force qu'il fit ployer les jambes de l'industriel. En une fraction de seconde, ce dernier, déséquilibré, glissa sur le sol, à même la terre encore détrempée des pluies de la veille. Clotilde accourut :

— Vous êtes-vous fait mal ?

Il ne répondit pas mais repoussa les mains de Savignac qui essayait de le relever. Puis, seul, comme un arbre se redresse après une tempête, il se remit debout sans articuler la moindre parole. Dans son costume maculé de boue, il n'était plus que l'ombre de lui-même. Alors, au milieu d'un impressionnant silence, il tourna le dos à tous ceux qui l'observaient et se dirigea vers la maison.

L'après-midi touchait à sa fin lorsque Clotilde et Martin se retrouvèrent l'un en face de l'autre, à l'entrée de l'usine. Débarrassée des mousses, des branchages et autres amas broussailleux, l'allée qui s'ouvrait jusqu'à la route avait recouvré son aspect d'antan. A l'intérieur de la fabrique, le sol avait été nettoyé, les cuves lavées et les courroies des presses dépoussiérées. Il paraissait ne manquer que les bras des hommes et l'eau pour que tout fonctionne à nouveau.

Clotilde, rayonnante, virevoltait en regardant autour d'elle.

— Il acceptera, il sera heureux, j'en suis sûre !

Martin, stupéfait, ne la quittait pas des yeux. Il savait qu'elle parlait de Chassagne et de son obstination à ne plus rien vouloir entreprendre. L'étrange impression qu'ils formaient un couple plus soudé qu'il ne l'imaginait augmentait son malaise. Depuis son altercation avec le vieil homme, un découragement le minait. Avait-il sa place, ici ? Pourquoi Clotilde était-elle venue le chercher pour diriger l'usine ?

— Vous rêvez ? l'interrogea-t-elle soudain.

Il répondit par un sourire crispé. Quelle terrible force émanait d'elle ! Il se sentait incapable de rivaliser. Elle ne ressemblait en rien aux femmes qu'il avait côtoyées jusqu'à présent.

— Tout est-il prêt ? insista-t-elle.

— Je crois, fit-il en jetant un regard circulaire.

« Après tout, pensa-t-il, elle ne m'a engagé que parce

que j'étais un ami de Paul et l'un des rares rescapés de la guerre. »

Il se déplaça pour examiner les filtres en cuivre et la machine à vapeur qui séchait les rouleaux de papier avant qu'ils ne passent sous la presse. Même la chaudière à charbon brillait d'un éclat neuf. L'argent avancé par les banques avait bien servi.

— On dirait que cette usine n'a jamais cessé de produire ! s'exclama-t-il. Demain, avec les quatre nouveaux embauchés, la fumée s'échappera de nouveau de la cheminée.

— C'est parfait, approuva Clotilde, j'espère que je n'aurai pas à me plaindre de vous ni des autres.

— Je le souhaite également, répondit un peu sèchement Savignac, agacé par sa remarque. Si vous le permettez, continua-t-il, je vais rentrer, il est tard.

Il passa près d'elle et sentit les effluves de son parfum qui se mêlaient aux senteurs du soir.

— Bonsoir, Martin.

— Bonsoir, madame.

Devant lui, au bout du jardin, la route se couvrait de grandes plages d'ombre qui semblaient relier les arbres entre eux. Cette journée avait passé si vite qu'il n'avait même pas pris conscience du temps. Dans son dos, Clotilde fermait déjà la porte de l'usine. Il lui lança un dernier coup d'œil : ses cheveux noirs coupés court et le délié de sa fine silhouette dégageaient un charme qu'il découvrait comme on ouvre les yeux sur un nouveau jour.

— Elle n'est pas pour toi, elle n'est pas pour toi, se répéta-t-il tout bas.

Et, comme s'il avait peur d'un danger, il se mit à courir à toutes jambes le long de l'allée.

7

La nuit suivante, Clotilde resta allongée sur son lit, les yeux grands ouverts. Chaque bruit de la maison lui revenait amplifié. Le moindre craquement de plancher la tenait en alerte. Elle s'accoudait, écoutait en retenant son souffle. Oserait-il venir jusque-là ? Allait-il frapper contre la porte et lui intimer l'ordre d'ouvrir pour lui parler ? Tout au long de la soirée, Lucien avait évité son regard. Il s'était contenté de manger quelques restes accommodés par Léonie puis il avait rejoint le fauteuil où stagnaient encore les ombres de son père et de Paul. Et là, face à la cheminée, il s'était enfoncé dans un épais silence, les yeux rivés à l'âtre où flambait un petit feu.

Sur la table, devant Clotilde, les tourtous [1] servis par Léonie avaient peu à peu refroidi. Elle n'en avait touché aucun. Seules les boulettes de pain que ses doigts façonnaient avec nervosité s'étaient accumulées

---

1. Galettes de sarrasin.

autour de son assiette jusqu'à ce qu'elle ne puisse plus supporter le silence dont il s'entourait.

— Pourquoi me haïssez-vous à ce point ? avait-elle fini par demander d'une voix presque poignante.

Bien qu'imprévisible, sa question ne le surprit guère. Qu'attendait-elle de lui ? Sinon l'apitoyer pour avoir l'assentiment qu'il lui refusait ?

— Dites-moi plutôt quand vous me jetterez dehors ! rétorqua-t-il. Ce soir ? Demain ?

Les doigts de la jeune femme lâchèrent les boules de pain qu'elle faisait rouler sous ses doigts.

— Vous êtes ici chez vous, comme je le suis.

Elle se leva pour cacher les larmes qui emplissaient ses yeux. Avec le soir, la pièce, plongée dans l'obscurité, n'était éclairée que par les courtes flammes qui dansaient dans la cheminée, mais elle avait peur qu'il ne voie son regard briller dans la pénombre.

— Je suis sûre que Paul m'aurait donné raison, reprit-elle. Je le connaissais bien, peut-être mieux que vous.

Chassagne tourna la tête vers elle en saisissant les accoudoirs de son fauteuil.

— Je l'ai élevé. Je lui ai donné mon nom et la passion d'un métier. Vous n'avez fait que traverser sa vie sans même le rendre heureux !

— Est-ce lui qui vous l'a dit ? fit-elle d'une voix blanche.

— Je sais sur lui des choses que vous ne saurez jamais. Mais, maintenant, vous avez ce Savignac pour vous consoler. Allez donc vous épancher sur son épaule ! Par votre faute, ce lâche, qui n'a jamais su tenir un fusil, a usurpé une place qu'il n'aurait pas dû occuper !

Il se recala dans son fauteuil. Un livre traînait sur une petite table proche de lui ; il le saisit et commença de le feuilleter, mais ses mains tremblaient. A ce moment, il entendit le froufroutement d'une robe qui battait l'air et des pas précipités : Clotilde s'enfuyait.

Les toutes premières lueurs de l'aube arrachèrent la jeune femme à ce lit où le sommeil l'avait désertée. Après sa toilette, le miroir de la coiffeuse lui renvoya un visage aux cernes marqués. De son index, elle suivit les contours sombres qui entouraient ses yeux. Il lui semblait que chaque phrase, chaque parole de celui qui restait malgré tout son beau-père était là, incrustée dans sa chair comme un sillon qui ne s'effacerait plus. Elle appliqua des compresses d'eau froide sur ses paupières et les garda jusqu'à ce que des voix d'hommes retentissent dans l'allée du jardin. D'un bond, elle rejoignit la fenêtre et l'ouvrit. La journée s'annonçait moins claire que la précédente. Le soleil avait du mal à percer le banc de nuages qui bouchait l'horizon. Ce n'était qu'un détail. Elle n'avait d'yeux que pour les ouvriers qui marchaient derrière Savignac en direction de l'usine.

Le jour qu'elle avait tant espéré arrivait enfin. Elle se représentait Paul, sa joie, sa fierté devant l'aboutissement de son combat. Aucun doute ne l'effleurait.

Jamais il ne lui aurait reproché d'avoir tenu tête à son père.

Elle descendit les marches quatre à quatre, s'élança au-dehors et se planta bien en évidence au bout de l'allée. Après l'avoir saluée, Savignac la présenta comme la responsable de la fabrique. Il eut soin aussi d'évoquer la mémoire de Paul, dont elle se voulait la digne continuatrice. L'un après l'autre, les ouvriers se présentèrent.

D'abord Albert et Jean, originaires d'un hameau voisin. A dix-huit ans, ils avaient dépassé l'âge de l'apprentissage mais se vantaient d'avoir travaillé dans une usine située près de Brive, dont l'unique propriétaire avait été tué dans la Meuse.

Les deux autres, Ferdinand et Louis, plus âgés, s'étaient déjà loués comme ouvriers agricoles ou journaliers. Ils cherchaient un emploi fixe et se décrivaient comme des volontaires qu'aucune tâche ne rebutait.

Clotilde leur serra la main. Elle savait qu'elle ne pouvait se montrer difficile sur le choix de ces hommes. Après l'hécatombe de la guerre, c'est déjà bien qu'ils soient là, la musette en bandoulière, la casquette à la main, prêts à suivre les ordres et les conseils de Martin, leur chef d'équipe.

Près de l'entrée de l'usine, les pailles de seigle déposées la veille par charrettes entières n'attendaient que leurs bras pour être triées. Sur un signe de Savignac, ils ne tardèrent pas à s'y mettre.

Un long moment, alors que la pluie commençait à tomber, Clotilde s'attarda pour les regarder. Depuis le début de la guerre, voilà six ans, elle avait vu la fabrique ralentir peu à peu son exploitation au fur et à mesure que les ouvriers étaient appelés. Puis, le jour où Paul était parti, il avait lui-même fermé la serrure de l'usine à double tour.

— Dans quelques mois à peine, avait-il confié, je serai de retour.

Qu'importait la pluie qui mouillait ses cheveux et la robe en fine toile grise dont elle s'était revêtue ? L'image de Paul revivait sous ses yeux sans qu'elle puisse maîtriser cette apparition. Elle revoyait la beauté virile de son visage au large front, ses cheveux bruns ondulés et la moustache qui ombrait ses lèvres au dessin presque parfait. Elle se souvenait aussi du regard des femmes qui se posait sur lui. Comment résister à cette houle de chagrin qui l'anéantissait soudain ?

De loin, Savignac l'observait. Dès qu'il se rendit compte qu'elle pâlissait, il voulut aller vers elle mais, au même instant, le rideau d'une fenêtre de la maison bougea. Sans doute Chassagne les épiait-il.

A présent, les larmes de Clotilde se mêlaient au ruissellement de la pluie et Martin ne pouvait agir.

— Abritez-vous ! cria-t-il alors. Vous allez prendre froid.

Elle parut sortir d'un rêve et se secoua comme un chien qui s'ébroue. Puis, du plat de ses mains, comme l'aurait fait une petite fille, elle essuya son visage et, sans rien dire, rentra dans la maison.

Le plus difficile fut de relancer la chaudière à charbon. Après avoir été coupés, les morceaux de paille devaient tremper dans la chaux vive pendant huit jours, puis, après égouttage, être broyés par une meule en granit. Un deuxième passage dans une grande cuve où s'exerçait un brassage mécanique devait donner une pâte plus ou moins épaisse. C'est la vapeur produite par la chaudière qui permettait à la pâte ainsi obtenue de sécher. Il n'était pas question de passer outre à l'une de ces étapes, dont chacune avait une importance capitale. Mais ce qui préoccupait le plus Martin venait de l'ancienne cheminée qui dominait le toit de la fabrique. Celle-ci n'avait pas été révisée ni ramonée depuis 1915. La moindre défaillance de sa part signifiait la perte de la production. Devant son inquiétude, pour s'assurer de son bon fonctionnement, Ferdinand et Louis se proposèrent de charger le lignite dans l'énorme poêle. D'abord, une chaleur suffocante les fit reculer jusqu'au milieu de la salle, puis, alors que les deux ouvriers revenaient vers le foyer, le feu s'embrasa d'un seul coup, refoulant vers eux une masse de fumée brûlante. Un hurlement remplit le hangar. Martin se rua vers la porte de la chaudière et la referma à l'aide d'une pelle, mais il était déjà trop tard. Louis se tordait sur le sol, les mains plaquées sur le visage.

Par chance, Ferdinand, qui avait juste eu le temps de se pousser, n'avait que l'une de ses mains atteintes. Agenouillé auprès de son compagnon, il l'appelait d'une voix angoissée. Savignac comprit qu'il fallait faire vite. D'une traite, il courut tremper un linge dans l'eau du Maumont puis revint le placer sur la figure de Louis. Un à un, les autres ouvriers le relayèrent tandis qu'il se dépêchait vers le haut du village pour tenter de trouver le médecin et une voiture qui transporterait le brûlé.

Comme s'il leur semblait impossible de lui rendre le moindre service, l'épicier puis le cafetier refusèrent tout net de prêter leur carriole. Submergé de tristesse et de colère, Martin atteignit enfin la maison du docteur Gorse. Si celui-ci était absent, Louis risquait d'y laisser sa vie. Il tira sur le cordon métallique avec une frénésie presque désespérée jusqu'à ce que la porte s'entrebâille sur une jeune femme en tablier.

— C'est pour quoi, monsieur ? demanda-t-elle d'une voix douce.

Il estima qu'elle devait être la servante.

— Pouvez-vous prévenir votre patron que c'est urgent ? L'un de mes ouvriers vient de se brûler gravement au visage. Il est en bas de la côte, à la fabrique du Moulin, et, comble de malchance, je n'ai pas de moyen de transport pour le ramener.

Une telle contrariété et une telle panique se lisaient sur ses traits qu'elle crut qu'il allait se mettre à pleurer.

— Entrez ! fit-elle. Mon père ne va pas tarder. Il est à deux pas d'ici, chez un voisin dont le fils a de la fièvre.

En la suivant à l'intérieur de la maison, le jeune homme s'excusa :

— Pardonnez-moi ! J'ai cru que vous étiez...

— Ce n'est pas grave, coupa-t-elle, d'ailleurs je

reconnais le pas de mon père, vous n'aurez pas attendu trop longtemps.

Une mallette noire à la main, le docteur Gorse entra. Derrière ses lunettes rondes en écaille, ses yeux bleus s'écarquillèrent à la vue de Savignac.

En deux mots, sa fille s'empressa de le mettre au courant de la situation.

— L'hôpital, commenta-t-il tout de suite, c'est l'hôpital qu'il lui faut. Je vais vous rédiger un mot pour que vous le transportiez jusqu'à Brive. En attendant, pour le soulager, vous lui appliquerez la pommade que je vais vous donner.

Martin jeta vers la jeune fille un regard affolé. Comment allait-il conduire Louis ? Par quel miracle quelqu'un accepterait-il de l'aider ? Tous ceux qui venaient de l'éconduire avaient perdu un fils, un frère, un être proche pendant la guerre. Cette façon de le rembarrer, de l'isoler, le renvoyait à la réputation qu'on lui avait toujours attribuée. La tête basse, il écarta les bras dans un geste d'impuissance.

— Je n'ai rien pour l'emmener à la ville...

— Mon cher ami, reprit Gorse, je vous prêterais volontiers mon cabriolet mais j'ai des visites urgentes...

— Laissez-moi faire ! intervint alors la jeune fille. Je ne vous demande que deux minutes.

D'un mouvement preste, elle ôta son tablier avant de disparaître au-dehors. Avec une moue rassurante, le médecin cligna des yeux vers Martin.

— Ma fille va trouver une solution. Ne vous

tourmentez pas ! Votre ouvrier sera bientôt entre de bonnes mains.

La gorge trop nouée, Savignac ne put que hocher la tête. Toutes ses pensées étaient occupées par Louis et par les secondes qui n'en finissaient pas de s'écouler.

Il fut soulagé de voir la jeune fille réapparaître presque aussitôt.

— Venez, l'invita-t-elle, on m'a prêté une carriole, elle est garée devant la porte. Vous paraissez trop nerveux pour conduire, je vais le faire moi-même.

Malgré les questions qu'il avait envie de poser, il s'installa à ses côtés en silence. Alors, elle secoua les rênes avec une étonnante vigueur et le cheval se mit au trot.

A peine une dizaine de minutes plus tard, ils s'arrêtèrent devant la grille qui délimitait la propriété. A l'intérieur de la fabrique, Louis était toujours étendu sur le sol, entouré d'Albert, de Jean et de Ferdinand. Des gémissements pitoyables sortaient de ses lèvres tandis que ses compagnons renouvelaient les compresses d'eau fraîche, faites avec des morceaux de toile découpés dans un sac. Avec dextérité, la fille du docteur Gorse appliqua une pommade sur le visage tuméfié de l'ouvrier. Martin eut un mouvement de recul. Sous les boursouflures violacées, la figure du blessé était méconnaissable et ses yeux n'étaient plus que deux fentes entre des chairs congestionnées. Les ouvriers échangèrent un regard abattu. Ferdinand en oubliait même sa main, dont la peau cloquée lui causait pourtant une atroce douleur.

Les quatre hommes se groupèrent pour porter Louis jusqu'à la carriole. Sous un ciel redevenu limpide, entre le chant des merles et le lent chuintement des eaux du Maumont, ils l'allongèrent à l'arrière de la voiture sur des couvertures de fortune. Ferdinand s'assit près de lui. De loin, Martin vit Clotilde qui venait vers eux, sans doute alertée par le remue-ménage. Il n'eut que le temps de lui faire un signe ; la fille du docteur Gorse ne le laissa pas en exprimer davantage.

— Hue ! cria-t-elle au cheval.

Lorsque Clotilde accéléra l'allure pour se rapprocher, la carriole filait déjà bon train sur la route de Brive.

Dès son arrivée à l'hôpital, le brûlé fut pris en charge par une équipe soignante. Alors que Martin remplissait les papiers nécessaires, un jeune médecin en blouse blanche vint à sa rencontre. D'abord, il salua la fille du docteur d'un « Bonjour, Simone » qui fit comprendre à Savignac qu'ils se connaissaient bien. Puis il prit un air de circonstance pour annoncer que, si l'état de Louis n'inspirait guère d'inquiétude, à moins d'éventuelles complications, son visage, lui, garderait des séquelles irrémédiables. On craignait même une cécité complète. Martin devint livide. A vingt-deux ans, ce garçon qui aimait tant rire, s'amuser, risquait de vivre sous un masque de monstre, privé de lumière. Désormais, il devrait se cacher, éviter les regards qui se poseraient sur lui comme on va voir s'exhiber des êtres difformes dans les fêtes foraines. Il ne put résister. Un sanglot monta, puis un autre. Le jeune médecin lui tapota l'épaule avant de s'éloigner comme si cela ne le concernait plus. Tout à coup conscient que, dans son malheur, il avait eu de la chance, Ferdinand n'osait plus dire un mot. Seule Simone Gorse osa caresser les cheveux du jeune homme.

— Je vous comprends, je vous comprends, répéta-t-elle. Soyez fort ! Il le faut.

Martin détourna la tête pour s'essuyer les yeux.

— Excusez-moi ! Je me donne en spectacle.

— Et sa famille ? demanda-t-elle alors, en laissant retomber sa main sans hâte. Il est peut-être temps de la prévenir ?

— Son père est cultivateur à Fontanche, près de Donzenac. Je crois que c'est à moi d'aller lui annoncer la nouvelle.

— Dans ce cas, si vous le voulez bien, je vais vous y conduire. Ensuite, je rendrai la carriole à son propriétaire.

Estimant qu'il valait mieux rester auprès de Louis, Ferdinand ne les accompagna que jusqu'à la sortie. Quand il les vit dépasser la grille de l'hôpital, il jeta un coup d'œil perplexe vers sa main enveloppée de bandages. Qui sait si, un jour, il pourrait s'en servir comme avant ? Et sinon, pour lui aussi, quel avenir était encore possible ?

8

Il faisait presque nuit lorsque la carriole atteignit Fontanche et la ferme du vieux Lozach, le père de Louis. Par la vitre d'une fenêtre, Martin et Simone Gorse aperçurent le cultivateur en train de manger à la lueur d'une chandelle.

Son avarice légendaire avait eu pour conséquence de faire fuir son épouse, voilà plus de dix ans. A l'image des lampes à pétrole qu'il refusait d'utiliser, il n'avait jamais cédé devant ses demandes légitimes de moderniser un tant soit peu leur exploitation. Un beau matin, lasse des privations et des disputes, elle s'était rendue jusqu'à Objat, puis avait pris le train pour Brive et plus personne n'avait entendu parler d'elle. De ce jour, interdisant seulement à quiconque d'évoquer cette épouse devant lui, Amédée Lozach avait continué à élever son fils Louis sans remettre en question ses principes.

En descendant de la carriole, Martin ne se sentait pas à l'aise. La tâche n'allait pas être facile. Pour ne pas l'obliger à l'attendre, il crut bon de remercier la fille du docteur Gorse :

— Permettez-moi de vous dire combien j'ai été touché par votre intervention. Sans vous, Louis ne serait peut-être plus en vie...

— Ne vous tourmentez pas ! fit-elle. J'ai soigné des blessés pendant la guerre. Approcher de près la souffrance ouvre les yeux sur un autre monde.

Au-dessus d'elle, Martin vit un croissant de lune qui se montrait à travers les nuages. Sans même s'en rendre compte, il avança sa main et la posa sur celle de la jeune fille :

— Vous avez une belle âme !

Avec un sourire, elle ôta sa main.

— Je ne suis pas une sainte, tout de même ! Bonsoir, ajouta-t-elle aussitôt, je prendrai des nouvelles de Louis.

En quelques secondes, le charroi fut happé par l'ombre qui s'intensifiait. Derrière lui, des aboiements furieux éclatèrent. Martin réalisa que le chien des Lozach se manifestait à sa manière.

— Hé ! s'écria-t-il, assez haut pour qu'on l'entende. Attachez votre chien, je suis là en ami !

Un bruit de chaîne répondit à ses paroles avant que le père Lozach, un chapeau sur la tête, éclairé par une lampe-tempête, ne s'immisce dans l'entrebâillement de la porte.

— Qui est là ? demanda-t-il d'une voix forte.

Martin déclina son identité ainsi que la raison essentielle qui l'amenait jusque-là : l'accident de Louis.

Comme si cet événement perturbait sa soirée, le cultivateur grommela quelque chose entre ses dents puis il l'invita à entrer d'un bref coup de menton.

A l'intérieur, Martin découvrit un capharnaüm sans nom. A droite de la cheminée, sur un tas de bûches, de la vaisselle traînait à côté de bouteilles vides. Au milieu de la pièce, le dessus de la table disparaissait sous un amoncellement d'objets disparates et sans aucune valeur. Son chapeau toujours vissé sur la tête, Amédée Lozach reprit place devant son assiette de soupe qui refroidissait.

— Installez-vous ! dit-il. Je termine mon repas.

Avant de s'asseoir sur un banc en face de lui, Martin dut déplacer un broc ébréché et un vieil arrosoir tout cabossé. Durant quelques secondes, il écouta les lapements sonores de son hôte qui finissait sa soupe en ignorant sa présence. Comme le cultivateur entreprenait de se couper un morceau de fromage dans la plus parfaite indifférence, Martin décida de raconter ce qui venait d'arriver à Louis.

Impassible, le père Lozach avala sa dernière bouchée accompagnée du vin qui garnissait encore le fond de son verre.

— Si je comprends bien, fit-il alors, ce sera une bouche inutile à nourrir !

Martin fut pris de court. Cet homme était-il pire que la réputation qu'on lui attribuait ou bien jouait-il exprès un double jeu ?

— Vous parlez de votre fils, n'est-ce pas ? se risqua-t-il à souligner.

L'autre se versa une dernière rasade de vin qu'il but d'un trait. Puis, d'un revers de manche, il essuya sa moustache grise et blanche.

— Et de qui donc voulez-vous que je parle ? Tout ce que je sais, c'est qu'il ne va pas pouvoir retravailler, et je n'ai pas les moyens de l'entretenir à ne rien faire.

Soudain, ses yeux se plissèrent comme ceux d'un chat qui va sauter sur sa proie.

— Dites, jeune homme, monsieur Chassagne, le propriétaire de l'usine, c'est lui qui est responsable, non ? J'espère qu'il a prévu un dédommagement, sinon...

— Sinon quoi ? fit Savignac.

Amédée Lozach se mit à jouer avec son couteau. A ses côtés, comme à bout de souffle, la chandelle, presque consumée, vacillait de plus en plus.

— Sinon, je pourrai porter plainte pour négligence. Oublier de ramoner une cheminée qui n'a pas servi depuis des années est une faute impardonnable quand on a de telles responsabilités.

Martin se figea, dans une sorte d'ahurissement. Le vieux Lozach était bien aussi avare que redoutable. Il le sentait capable de mettre ses menaces à exécution.

— Un procès, ça coûte cher, essaya-t-il d'objecter.

— Tout dépend de monsieur Chassagne. S'il ne veut pas m'écouter, je ferai comme je le dis. Ce sera de sa faute si mon fils perd la vue.

— Calmez-vous ! tempéra Martin. Les Chassagne ont des appuis que vous n'avez pas...

Lozach se leva d'un seul coup, achevant d'éteindre

la chandelle. Peu lui importait l'obscurité ; la lampe-tempête accrochée à côté de la porte suffisait à éclairer ses pas à travers le dédale de cette pièce encombrée qu'il connaissait par cœur. Martin n'eut guère le temps de s'y préparer. Tout ce qu'il vit, ce fut l'acier du fusil qui se mit à briller dans la pénombre.

— Sors de là, intima le vieux, avant que je ne te troue le corps et la cervelle ! Tu m'annonces que mon fils est infirme à vie et tu te permets de me menacer en plus ? Allez ! Décampe ! Va dire aux Chassagne que demain, à huit heures sonnantes, je serai là pour discuter. Faute de quoi c'est toi qui paieras pour eux !

En deux bonds, Martin fut près de la porte.

— Vous regretterez vos paroles ! lança-t-il en sortant. Tôt ou tard, nous nous retrouverons !

— C'est ça, railla l'autre, on sait de quoi tu es capable.

D'un coup de pied, il referma la porte avec violence et se posta derrière la fenêtre pour mieux voir le jeune homme partir.

— Putain ! jura-t-il entre ses dents. Je leur ferai cracher leur argent jusqu'au dernier sou.

Après avoir marché longtemps le long d'une route puis emprunté des chemins déserts baignés de nuit, Martin se retrouva devant chez lui, encore secoué par l'événement. Il s'apprêtait à monter les quelques marches du perron lorsqu'une forme tassée dans l'encoignure de la porte le fit reculer.

— Que faites-vous là ? s'enquit-il, agressif, une main

sur le couteau qui ne le quittait pas. Partez ! Cette maison m'appartient. Vous n'avez pas à dormir ici.

L'inconnu se redressa avec une lenteur qu'on eût dite calculée puis une voix féminine se fit entendre :

— C'est moi, Clotilde, je vous attendais.

Un instant, il demeura sans voix avant de pouvoir parler.

— Vous, à cette heure, devant chez moi ? C'est de la folie ! D'ailleurs, vous allez prendre froid.

Joignant le geste à la parole, il se dépêcha d'ouvrir sa porte et d'aller allumer une lampe à pétrole tandis que Clotilde le suivait dans le couloir. Tout de suite, il remarqua le châle épais dont elle s'était enveloppée.

— Je rallume le feu pour que vous ayez moins froid, expliqua-t-il en se penchant vers la cheminée.

— Et Louis ? demanda-t-elle. C'est pour lui que je suis venue.

Martin prit son temps pour mettre le feu aux branchages. Enfin, il se tourna vers elle :

— Ce qui se passe est terrible, mais personne ne pouvait prévoir. Le médecin affirme qu'il va sans doute rester aveugle.

Les crépitements des flammes qui naissaient envahirent la pièce en l'illuminant. Clotilde restait près de la porte, les bras serrés contre elle, regardant le « cantou » où flambait un bois sec et nerveux. Soudain, elle perdit contenance.

— Je suis coupable, c'est de ma faute, sanglota-t-elle en plongeant son visage dans ses mains.

Martin s'avança vers elle d'un pas incertain. Que

pouvait-il faire ? Il s'arrêta près du vaisselier, ouvrit l'une des portes du bas, en retira deux verres et une bouteille de vieille prune. Il allait verser l'alcool dans les verres lorsqu'il sentit le parfum de la jeune femme et la chaleur de son corps à quelques centimètres de lui. Une main effleura son dos puis deux bras l'entourèrent. A travers le tissu de sa chemise, il perçut un visage mouillé de larmes qui se blottissait contre lui.

— Martin, chuchota Clotilde, ne me laissez pas ! J'ai besoin de vous...

Il reposa la bouteille et les verres. Ce corps et ces mots murmurés éveillaient en lui un sentiment contre lequel il ne pouvait lutter. Il se retourna, saisit le visage de la jeune femme à pleines mains et l'approcha du sien. Depuis combien de temps n'avait-il pas tenu une femme ainsi ? Les mois qui s'étaient succédé avaient renforcé un isolement qu'il avait fini par accepter comme on se fait à une infirmité. Une ou deux prostituées de rencontre, recommandées par des compagnons d'infortune, lui avaient servi d'exutoire. Et voilà qu'un beau visage de femme blessée s'offrait à lui comme un cadeau inespéré. Ses yeux clos et ses lèvres entrouvertes étaient trop tentants pour qu'il les refusât. D'abord, un long baiser les unit puis il remonta le tissu de sa robe en le froissant tandis que le châle de la jeune femme glissait de ses épaules vers le sol. Elle lui parut toute légère, presque aérienne, lorsqu'il la porta jusqu'au lit. Plus un mot ne sortit de sa bouche, même quand elle répondit aux caresses pressantes du jeune homme par une ardeur à laquelle il ne s'attendait pas.

Après quelques petits cris, elle eut juste un dernier soubresaut puis, alors qu'il retombait sur le côté, encore haletant, elle se leva et commença de se rhabiller.

— Tu pars ? fit-il avec la voix de ces enfants qui se croient abandonnés.

Clotilde finissait déjà d'ajuster sa robe. Le feu et les lueurs de la lampe à pétrole donnaient à ses cheveux et à sa peau une rousseur d'automne. Martin ne comprenait pas sa précipitation mais à la voir ainsi, incarnant la prochaine saison, il pressentait que, comme l'été, elle allait s'enfuir sans laisser de traces.

— Je dois rentrer, il est tard, dit-elle en lissant ses cheveux pour les discipliner.

Avec un soupir, il enfila son pantalon et sa chemise.

— Tu aurais pu dormir ici...

Mais elle avait remis son châle sur ses épaules et filait vers la porte. La main sur la clenche, elle s'immobilisa.

— Il ne s'est rien passé entre nous, Martin. Désormais, vous devrez vous en souvenir.

Le vouvoiement, la tournure de sa phrase atteignirent le jeune homme de plein fouet. Pire qu'une gifle, le désaveu de cet amour qui s'ébauchait, le rejet d'une étreinte qu'il avait crue sincère le déchiraient de haut en bas comme ces coups de baïonnette dont il avait vu certains cadavres porter l'horrible stigmate, pendant la guerre.

Plusieurs fois, il avala sa salive comme s'il réprimait une nausée.

— Pourquoi ? Pourquoi ? répéta-t-il en la retenant par les épaules.

— On m'attend. Je dois rentrer. Ne me demandez rien de plus !

D'un mouvement, elle se dégagea de son emprise puis descendit les marches du perron.

— A demain ! dit-elle encore. Nous reparlerons de Louis.

Et sans autre explication, à grands pas, elle s'enfonça dans la nuit. Pétrifié, derrière elle, Martin claquait des dents.

9

Clotilde ne rencontra personne jusqu'à la propriété. Quelques cris d'oiseaux nocturnes et des craquètements d'insectes furent ses uniques compagnons. Quand elle arriva, un noir absolu baignait les portes et les fenêtres de la maison. Avec précaution, elle introduisit la clé dans la serrure en essayant d'atténuer chaque bruit. Par chance, elle connaissait les coins et les recoins du grand couloir. Elle n'eut qu'à étendre le bras pour saisir une lampe à pétrole posée sur une petite table près de l'entrée et l'alluma. Une lueur tamisée l'aida à traverser la salle et à rejoindre l'escalier. De peur que le plancher ne craque, elle ôta ses chaussures et les abandonna au bas des marches, mais elle ne put faire que quelques pas. Brusquement, la porte qui donnait sur la salle s'ouvrit et la silhouette de Lucien Chassagne se découpa sur un carré de lumière vive.

— C'est donc à cette heure que vous rentrez ?

Trop surprise, la jeune femme ne put répondre. Comment avait-il deviné sa présence, sinon en l'espionnant ?

Enveloppé dans une robe de chambre chamarrée au tissu soyeux, une lampe à la main, il paraissait n'avoir même pas dormi. Clotilde allait répliquer lorsque la voix de son beau-père retentit à nouveau, mais, cette fois, moins arrogante, plus basse :

— Et Louis ? J'ai appris son accident...

Il était tard et la journée mouvementée de la jeune femme ainsi que son aventure avec Martin la poussaient à s'isoler.

— Il est à l'hôpital, fit-elle, laconique. Nous reparlerons de tout cela demain matin, si vous le voulez bien. Je suis fatiguée.

Elle continua son chemin, mais fut obligée de passer devant lui avant de bifurquer vers les escaliers. Il choisit ce moment pour élever la lampe qu'il tenait à hauteur du visage de la jeune femme.

— D'où sortez-vous ? gronda-t-il.

Effrayée par son regard, Clotilde se détourna. Par quel mystère son œil implacable parvenait-il ainsi à débusquer le moindre changement ?

— Quand allez-vous cesser de me surveiller ? le rabroua-t-elle. Votre imagination vous joue des tours !

Elle se mit à grimper les marches quatre à quatre mais, dans sa précipitation, son châle tomba de ses épaules. Aussitôt, elle redescendit pour le ramasser sans prendre garde à Chassagne qui se baissait aussi. Leurs mains se frôlèrent. Un frisson d'effroi parcourut

Clotilde. Elle arracha le châle des mains de son beau-père et fit un pas en arrière.

— Vous sentez l'homme ! dit-il.

Des larmes de dépit emplirent ses yeux. Elle reprit sa course dans les escaliers.

— Vous êtes le diable ! cria-t-elle avant de rentrer dans sa chambre et de tirer le verrou avec rage.

Après un moment, Lucien fit demi-tour et pénétra dans la salle à manger. Tout son être vibrait, mais il ne savait s'il s'agissait de tristesse ou de dégoût. Quel homme venait de la tenir entre ses bras ? Car, il en était sûr, depuis la mort de Paul, jamais ses yeux ni ses joues n'avaient eu un tel éclat. Il s'assit face à la cheminée où des cendres froides s'éparpillaient. Comment faire taire ce sentiment qui montait en lui ?

Il pensait à son fils, à cette impression de l'avoir perdu une deuxième fois. Pourtant, pas une larme ne franchissait ses yeux ; c'était un chagrin aride, dur comme un corps qui se dessèche avant la mort.

« Combien de temps me reste-t-il à vivre ? » pensa-t-il.

— Le médecin affirme que vous nous enterrerez tous ! fit la voix de Léonie, qui l'avait rejoint sans même qu'il s'en aperçoive.

Elle déposa une couverture sur les épaules du vieil homme.

— L'automne s'annonce, il vaut mieux être prudent.

Il comprit qu'il avait dû parler tout haut.

— Pourquoi êtes-vous là ? demanda-t-il.

Comme elle s'activait vers la cuisine sans répondre, il se douta qu'elle avait dû entendre des bribes d'échange entre Clotilde et lui. Quand elle revint, une tasse de tisane fumante entre les mains, il insista :

— Avez-vous été dérangée par quelque chose ?

Léonie lui tendit la boisson chaude puis elle s'assit non loin de lui sur le banc qui se dressait devant la cheminée :

— Vous souvenez-vous de mademoiselle Coudert ?

Il la regarda, étonné. Quel besoin avait-elle d'évoquer cette histoire ? Et comment était-elle au courant ?

— Je sais ce que vous pensez, poursuivit-elle, mais vous avez oublié que je l'ai vue souper ici plusieurs fois.

Il fit un effort pour se remémorer des images qui s'effaçaient de sa mémoire, puis but une longue gorgée de l'infusion qu'elle avait filtrée. La saveur sucrée du mélange de plantes le réconforta. Près de lui, la servante semblait plongée dans la contemplation de quelques lames disjointes au milieu du plancher.

— A cette époque, reprit-elle, vous étiez ce qu'on pourrait appeler un jeune veuf...

— C'est fort possible, enchaîna-t-il, je crois que Gabrielle était décédée depuis trois ans tout au plus. D'ailleurs, je me souviens à présent que mademoiselle Coudert et moi-même, nous allions promener le petit Paul à la foire de Brive...

Comme une bouffée de jeunesse tardive, soudain il paraissait tout ragaillardi par cette évocation.

— Alors, coupa Léonie, pourquoi interdisez-vous aux autres ce que vous avez vécu ?

Il faillit s'étrangler en avalant de travers une nouvelle gorgée du liquide chaud. Après avoir toussé, il reposa sa tasse sur le bout de la table, prêt à tancer la servante pour son audace.

Mais elle s'était déjà mise debout et, les bras croisés avec aplomb sur la pèlerine qui lui servait de robe de chambre, elle le défiait d'un regard tranquille.

Il hocha la tête. Comment s'opposer à l'évidence qu'elle avait soin de lui rappeler ? Comme Clotilde aujourd'hui, lui aussi avait connu d'autres amours, d'autres aventures. N'était-ce pas ce qu'il y avait de plus naturel ou élémentaire, cette façon de renaître, de surmonter les drames et les blessures ?

— Si monsieur le permet, je vais me recoucher. Demain, j'ai une grosse journée en perspective.

Perdu dans ses pensées, il marmonna un vague « Bonsoir ».

Le jour se levait à peine lorsque Martin mit le nez dehors. Une pluie fine drapait Donzenac d'un voile gris et uniforme. Il referma sa porte sans même répondre au salut du boulanger qui émergeait de son fournil, les bras pleins de farine, et le hélait du pas de sa boutique. Sa nuit l'écrasait encore. Non par le manque de sommeil mais par l'affreux sentiment d'avoir été manipulé, berné par un jeu dont il n'avait rien vu venir. L'image obsédante de Clotilde s'enfuyant après l'amour le tenaillait sans relâche. Il repensait à chacun de ses gestes, à chacune de ses paroles sans trouver d'explication ni même d'indices qui auraient pu lui ouvrir la voie. Dans ce tumulte accablant, il en oubliait même Louis.

Le clocher de l'église sonnait six heures quand il arriva devant l'usine. Comme si les lieux du drame avaient été abandonnés en hâte, toutes les machines paraissaient suspendues en pleine activité. Même le four d'où s'étaient échappées les cendres de charbon de bois demeurait béant et, par terre, outils et morceaux de paille s'entremêlaient dans un curieux fatras.

Un découragement le prit. Fallait-il attendre le retour des ouvriers ou bien commencer à ranger tout de suite ? Il ne se posa guère longtemps la question. De l'entrée de la fabrique, Clotilde l'apostropha :

— Bravo ! Martin, vous êtes bien matinal ! A deux, nous pouvons déjà essayer de remettre un peu d'ordre.

Une fois de plus, sa désinvolture le stupéfia. Quel jeu jouait-elle à travers cette indifférence presque outrancière ? Voilà quelques heures à peine, il la tenait entre ses bras, la pliait à son désir sans même qu'elle résiste ou proteste. Sa docilité à l'acte d'amour était aussi incompréhensible que cette volonté d'agir vite, comme si elle devait oublier à travers celle-ci l'abandon d'un corps qu'elle refusait d'admettre.

Sans enthousiasme, Martin commença de regrouper les outils contre un coin du mur tandis qu'elle balayait les brins de paille et les morceaux de chaux collés et refroidis. Il remarqua le pantalon gris dont elle s'était revêtue ainsi que le chemisier jaune qui rehaussait son teint mat et ses cheveux noirs. Pour être plus à l'aise sans doute, elle avait enroulé autour de sa taille une large ceinture qui tendait son corsage, soulignant sa poitrine de manière presque indécente. Tout à coup, il ne put se contenir, et, furieux, jeta un maillet contre le mur. En quelques pas, il fut près d'elle.

— Pourquoi me traitez-vous comme ça ? Que vous ai-je fait ? Ou qu'ai-je dit qui vous a déplu ?

Elle eut une grimace d'agacement.

— N'en parlons plus ! Croyez-moi, Martin, c'est mieux ainsi.

Mais elle le connaissait mal. Il n'était pas près de renoncer. Cédant à la colère, il lui saisit les poignets, la forçant à lâcher le balai et le ramasse-poussière qu'elle maniait.

— Aïe ! s'écria-t-elle. Vous me faites mal !

Mais Martin n'écoutait que le sentiment d'injustice qui l'enflammait.

— Je vous aime, Clotilde, répétait-il en la secouant, comment osez-vous me traiter ainsi, après ce que nous venons de vivre ?

Elle se mit à geindre sous la douleur des doigts qui enserraient ses poignets jusqu'à les faire bleuir.

C'est à ce moment qu'une voix d'homme cassa l'élan brutal qui aveuglait Martin :

— Arrêtez, tout de suite ! Ou j'appelle les gendarmes !

Sous leurs yeux affolés, Lucien Chassagne se dressait à l'entrée de l'usine.

Martin lâcha prise. Pas une minute il ne s'était représenté l'apparition du vieil homme. Pendant un long moment, ce dernier les toisa tour à tour avec ce regard perçant dont il usait pour mieux se rendre maître des situations difficiles. Dans cet étrange silence, on n'entendait plus que le vent qui s'engouffrait dans la haute cheminée et le grincement lancinant de la porte qui oscillait sur ses gonds rouillés.

— J'en étais certain ! déclara-t-il soudain avec un sourire appuyé, trop heureux d'avoir découvert ce qu'il cherchait.

Il ne put en dire plus. Un index pointé dans son dos l'obligea à faire volte-face. Un homme de taille moyenne, habillé d'un vieux pantalon de toile et d'une veste de chasse, un large chapeau vissé sur la tête, le regardait d'un œil presque inquisiteur.

— Etes-vous Lucien Chassagne ?

— En effet, à qui ai-je l'honneur ?

— Amédée Lozach, le père de Louis, l'ouvrier qui a perdu la vue.

L'industriel marqua un temps d'arrêt avant de se reprendre en désignant Clotilde :

— Voulez-vous plutôt vous adresser à ma belle-fille, c'est elle qui dirige l'usine.

Le cultivateur se mit à lisser sa moustache tandis que, sous ses sourcils broussailleux, ses yeux allaient sans cesse de Clotilde à Chassagne.

— Je n'ai pas l'habitude de parler avec une femme de ces choses-là, finit-il par dire. Pour moi, vous êtes le patron. C'est avec vous que je veux m'entretenir.

Son air buté, son ton catégorique avaient quelque chose de définitif. Par expérience, Chassagne savait que les hommes d'ici ne changeaient guère d'opinion. En guise d'appel à l'aide, il lança un regard vers Martin, qui en profita pour réagir aussitôt :

— Alors, nous serons trois pour vous écouter. Au moins, vous ne manquerez pas d'interlocuteurs !

Le jeune contremaître avait l'art et la manière. Assis à l'intérieur de la maison, devant un premier verre de vieille prune, Amédée repoussa son chapeau vers l'arrière. Au deuxième, il racontait ses souvenirs de guerre, lorsqu'en 1870 il avait noyé deux Prussiens dans les eaux de la Loire. Mais en abordant l'accident de son fils, il parut recouvrer toute sa détermination. Les yeux rivés à la table de la salle à manger, sans même un regard vers Clotilde, il s'obstina :

— Pour Louis, c'est une affaire d'hommes.

— Vous voulez dire que je suis de trop ? interrogea-t-elle.

— J'ai toujours connu les Chassagne à la tête de cette fabrique, continua-t-il. Le papier de paille comme la terre, ce n'est pas pour les femmes. Elles aident, c'est bien, mais, pour le reste…

Martin vit le visage de Clotilde s'empourprer. Elle qui cherchait tant à se faire reconnaître était confrontée à la réalité d'un monde qui n'était pas près de changer.

— Heureusement que nous étions là pendant la guerre, se justifia-t-elle, sinon qui aurait remplacé le boulanger pour vous nourrir ?

— J'ai toujours fait mon pain moi-même, rétorqua le vieux Lozach. Pourquoi aurais-je dû m'arrêter ?

Chassagne se mordit les lèvres pour ne pas sourire. Cet affrontement lui plaisait. Le père de Louis allait-il avoir le dernier mot dans cette discussion qui s'annonçait plutôt âpre ?

Mais le vieux paysan était venu avec une idée derrière la tête. Prétextant un manque de temps, il réclama tout de suite huit mille francs de dommages et intérêts. Avec une partie de cet argent, il espérait acheter une petite maison et un terrain pour son fils, histoire de le mettre à l'abri du besoin. Avec l'autre, comme on se procure du bétail, il désirait lui trouver une femme qui s'occuperait de lui.

La mine de Chassagne s'allongea. La somme importante n'était guère facile à réunir. Quant à l'idée d'obtenir une femme comme on va à une foire choisir une génisse, cela avait quelque chose de risible et de pitoyable à la fois qui le laissait pantois.

Martin tenta de discuter. Peine perdue. Huit mille francs pour une vie brisée, c'était le seul marché que le vieux Lozach leur mettait entre les mains.

10

En tout et pour tout, Martin réussit à négocier un délai de cinq jours qu'Amédée lui concéda du bout des dents. Avant de sortir, le paysan eut soin de rappeler qu'il ne patienterait pas au-delà.

La porte refermée, comme si elle en voulait à Martin de n'avoir pas su les défendre, Clotilde ordonna sans ménagement au jeune homme de rejoindre la fabrique. Chassagne observa les traits contrariés de Savignac. Trop content, il ironisa :

— Vous devriez vous y faire, mon vieux. Le travail et les affaires sont une chose, mais vouloir remplacer Paul est un projet démesuré. Clotilde a le choix parmi les prétendants. Ne vous croyez pas indispensable !

La haine intacte du patriarche s'étalait derrière ses mots. Depuis qu'il avait assisté à son algarade avec la jeune femme, l'industriel s'ingéniait à enfoncer le clou jusqu'au bout.

— N'oubliez pas qu'elle n'est pas non plus à vos

ordres, répliqua Martin. Je peux encore faire confiance au temps, pas vous !

Il claqua la porte avec une telle violence que le mur parut s'ébranler. Chassagne, toujours assis dans son fauteuil, eut un geste désabusé vers Clotilde.

— Il a raison, le bougre, la mort est une compagne que je ne crains pas.

— Tout le monde le dit, commenta-t-elle, vous êtes plus fort que les rochers qui bordent la Corrèze.

— Bon ! coupa-t-il, en attendant, comment allez-vous trouver ces huit mille francs ?

Par la fenêtre, la jeune femme aperçut Léonie qui préparait un lourd panier de linge. Pourquoi la servante acceptait-elle tout ce travail sans la moindre rémunération ? Ce n'était même pas le peu qu'elle mangeait qui leur coûtait quelque chose.

— Comme elle doit vous aimer ! s'étonna-t-elle. Cette pauvre femme se sacrifie en permanence sans la moindre plainte.

Lucien suivit son regard.

— Ce n'est pas ce que vous croyez, rectifia-t-il. A travers moi, elle honore la mémoire de Gabrielle et de Paul ; du moins, c'est ce qu'elle m'a confié.

— Vous auriez aimé que je fasse comme elle, n'est-ce pas ?

En réponse, le vieil homme murmura une phrase dont elle ne saisit pas le sens mais qu'elle interpréta comme un signe d'encouragement.

— Pour l'argent du père Lozach, enchaîna-t-elle alors, peut-être pourriez-vous vendre votre propriété de Saint-Viance ? Avec son terrain bien exposé, transformable en verger, nous pourrions en tirer un bon prix.

Chassagne avait le dos tourné, mais, à la raideur qui soudain paralysa sa nuque, Clotilde comprit qu'elle avait parlé trop vite.

— Non, non, se rattrapa-t-elle, j'ai dit ça sans réfléchir. C'était juste une idée qui me traversait l'esprit.

Comme un automate, il se mit debout avant de placer l'une de ses mains contre le montant de la cheminée. Elle crut qu'il s'agrippait là pour ne pas tomber et, dans un réflexe, étendit les bras, prête à le soutenir.

— Vos ambitions sont de plus en plus claires, fit-il d'une voix hachée par l'émotion, vous voulez me dépouiller de tout ! Me réduire à rien, comme ce pauvre Louis qui a payé par votre négligence. Alors, allez-y, poursuivit-il en la regardant, prenez le fusil de mon père, accroché au-dessus de la cheminée ! Brûlez-moi la cervelle ! Avec un peu de chance et votre imagination, vous maquillerez cet acte en suicide. Qui mettra en doute vos arguments ? Tout le monde sait que je ne possède plus rien.

Sans même attendre, il s'empara du fusil puis le tendit vers sa bru.

— Une femme comme vous n'a peur de rien. Pourquoi hésitez-vous ?

Clotilde prit l'arme mais, surprise par son poids, elle faillit la lâcher.

— Je vais vous montrer, fit Chassagne.

Il reprit le fusil, l'ajusta contre son épaule, le canon braqué devant lui.

— Voyez ! Ce n'est pas plus compliqué. Après, il suffit d'appuyer sur la détente. Essayez de nouveau !

Excédée par ce jeu qui ne menait à rien, Clotilde se rua sur lui pour lui arracher l'arme. Elle la jeta dans l'âtre où vivotait un feu.

— Vos paroles insensées n'ont même pas l'excuse de la vieillesse ! s'écria-t-elle. Je vous connais trop bien pour ignorer quel comédien vous êtes ! Rassurez-vous : même sans votre aide, j'aurai cet argent en temps et en heure !

Révulsé par son geste, Chassagne ne pensait qu'à une chose : tirer le fusil hors du feu. Il saisit un tisonnier pour l'écarter, mais les flammes avaient déjà entamé le bois de la crosse et noirci le métal. Dans son dos, la porte d'entrée se referma avec bruit. Alors, après un long silence, il plaça une grosse bûche, activa le feu comme en plein hiver et, quand les flammes furent assez hautes, il ôta la cartouche qui restait dans le canon du fusil, puis il laissa retomber l'arme au beau milieu de l'âtre et se rassit dans son fauteuil.

Quand Léonie rentra, elle le trouva à la même place, contemplant un morceau de métal tordu, calciné, qui gisait sur un tas de cendres. Le feu avait fait son office. Seul un coup d'œil au-dessus de la cheminée, là où l'arme avait laissé une empreinte plus claire, la renseigna. Abandonnant sa corbeille de linge, elle se pencha pour examiner ce qui restait du fusil.

— Pourquoi ? fit-elle seulement.

Le vieux Chassagne ne répondit pas. Il avait l'air égaré de ceux qui se réveillent après un profond sommeil.

— Quelle heure peut-il être ? questionna-t-il, comme affolé.

— Presque midi, il est temps de préparer le repas.

Elle haussa les épaules, empoigna sa corbeille avant de se diriger vers la cuisine.

— Je n'ai même pas pensé à me rendre à la mairie, s'exclama-t-il, c'est la première fois que j'oublie Paul...

— Vous ne l'avez pas oublié, lança-t-elle, c'est la vie qui revient.

— Quelle vie ?

Il fronça les sourcils. De quoi se mêlait-elle ? Quelqu'un avait-il le droit de lui dicter sa conduite ?

Bientôt, du fond de la cuisine, montèrent des bruits de couverts et de plats qui s'entrechoquaient.

— Léonie, appela-t-il, vous qui connaissez tout ici, que diriez-vous si je vendais ma maison de Saint-Viance ?

Aucune réponse ne fit écho à sa question. Sidérée, la servante n'osait même pas lui demander s'il plaisantait ou non.

La journée s'étira sans que Clotilde réapparaisse. Dans la fabrique, les ouvriers avaient repris le travail sous les consignes de Martin, dont l'humeur massacrante explosait à la moindre peccadille. A la pause de midi, personne n'ouvrit la bouche. Seul Ferdinand, que sa main bandée cantonnait au balayage du sol ou à l'entretien des presses, donna des nouvelles de Louis. Elles n'étaient guère fameuses. L'ouvrier ne sortirait pas de l'hôpital avant trois semaines. Martin pensait déjà à le remplacer. On lui avait signalé un certain André Vasseur, originaire de Saint-Robert, qui cherchait du travail dans une papeterie. Le choix n'était pas facile. La guerre ayant décimé les meilleurs éléments, la vigilance s'imposait si l'on voulait un bon rendement face à une concurrence qui gagnait du terrain à Brive et ailleurs. Plusieurs fois au cours de l'après-midi, Savignac tempêta contre ses hommes, sans raison apparente.

— La pâte est trop épaisse, s'emportait-il, elle va coller dans le cylindre ! Il y a des nœuds dans la cuve !

Ferdinand et Albert échangeaient un regard avant de se remettre à brasser les pelles en bois, actionnées par une force hydraulique. Tous s'interrogeaient sur les motifs des emportements du contremaître, et la peur de mal faire leur serrait le ventre comme un étau. Dès le début, Martin avait été clair : cent kilos de papier devaient être fournis par jour, sinon les paies seraient réduites, puis le renvoi suivrait. Clotilde avait tenu le même discours : produire même en petites quantités un papier d'une qualité irréprochable. La renommée de l'usine en dépendait.

Les ouvriers étaient depuis longtemps partis lorsque la jeune femme se montra enfin. Las d'attendre, Martin s'apprêtait à rentrer chez lui quand il l'aperçut derrière la grille en compagnie d'un homme qu'il ne connaissait pas. Dans la lumière du soir, à l'image des feuilles qui pendaient aux arbres, ses cheveux bruns chatoyaient d'une lueur cuivrée. Comme à chaque fois qu'il la voyait, un désir irrépressible, réveillé par leur furtive mais violente étreinte, se ranimait en lui. Une pointe de jalousie envers l'inconnu qui était à ses côtés s'ajouta à cette étrange attirance. En se contenant, il la salua, prêt à poursuivre son chemin sans s'attarder, lorsqu'elle le héla :

— Venez donc, Martin ! Je vais vous présenter mon beau-père, je veux dire le mari de ma mère.

Presque à regret, le jeune homme fit demi-tour. Il se retrouva en face d'un homme d'une quarantaine d'années, à l'épaisse moustache et aux cheveux déjà grisonnants. Clotilde fit les présentations :

— Julien Leyral et Martin Savignac, le contremaître de l'usine.

Les deux hommes se serrèrent la main. Entre eux, une sorte de méfiance réciproque s'installa d'emblée. Elle ne fit que se renforcer chez Martin lorsque Clotilde lui annonça sans préambule que Julien avait accepté de lui prêter les huit mille francs nécessaires.

— Ah ! commenta-t-il sans s'appesantir.

— On dirait que vous êtes déçu, souligna la jeune femme.

— Moi, vous savez, les histoires de famille… En tout cas, fit-il à l'adresse de Leyral, vous tirez l'usine d'un bien mauvais pas. Soyez-en remercié !

Puis, sans lui serrer une nouvelle fois la main, il souhaita « Bonsoir » et s'en alla.

— Drôle de garçon ! constata Leyral à voix basse. Ne serait-il pas un peu jaloux ?

Clotilde mit un doigt sur sa bouche :

— Chut ! ordonna-t-elle en souriant, il pourrait vous entendre.

D'une traite, Martin remonta les ruelles de Donzenac.

L'apparition de Leyral aux côtés de Clotilde ne le laissait pas en paix, de même que le visage épanoui de la jeune femme. Il avait beau se raisonner, il était sûr d'avoir perçu chez elle ces traits détendus, cette expression reconnaissante qu'elle avait eue entre ses bras. Il ne parvenait pas à faire la différence. Cet homme à l'argent facile avait quelque chose d'un séducteur que les scrupules ne devaient pas embarrasser. Il décida de prendre des renseignements sur lui.

Quand il rentra enfin, sa maison lui parut froide. La fraîcheur de septembre perçait déjà les murs, renforcée sans doute par l'impression de solitude qui lui collait à la peau. En frottant ses mains l'une contre l'autre, il s'approcha de la cheminée, s'accroupit pour placer quelques bûchettes au milieu de l'âtre. C'est au moment où il les enflammait que la sonnette de l'entrée tinta.

Une fraction de seconde, l'idée que Clotilde pouvait être là le fit jubiler. Ce n'est que la main sur la porte qu'il déchanta. Pourquoi aurait-elle choisi ce soir-là, alors que la compagnie de ce beau-père prodigue semblait la ravir ?

Il fut donc à peine surpris de se retrouver en face de Simone Gorse.

Au-dessus de la jeune fille, le crépuscule striait le ciel de grandes traînées mauves qui s'étiraient comme des rubans. Dans cette lumière, ses cheveux blonds ébouriffés par le vent qui se levait ressemblaient à un duvet d'oiseau. Il eut presque envie de les toucher.

— Je ne vous dérange pas ? demanda-t-elle.

Martin s'effaça.

— Si je peux vous offrir quelque chose à boire, ce serait avec grand plaisir...

Avant d'accepter d'entrer, elle jeta un regard autour d'elle.

— Il ne me sera pas possible de rester longtemps, s'excusa-t-elle, vous savez ce que c'est, il y a toujours de méchantes langues qui sont prêtes à médire.

Tandis qu'elle pénétrait dans la maison, un sourire creusa deux fossettes dans ses joues.

— Vous avez raison, renchérit Martin, je crois qu'il vaut mieux ne pas vous attarder.

Comme elle, il savait que des yeux épiaient les allées et venues de la rue. Toutes sortes de ragots, de commérages alimentaient les bavardages qu'on entendait sur le marché, au lavoir ou même à la sortie de la messe. Pour la détendre, il essaya de plaisanter :

— Je vais retourner le sablier qui est dans ma cuisine : en trois minutes vous devrez m'avoir tout dit !

Le sourire de Simone s'accentua, découvrant de petites dents parfaitement rangées. Sa beauté encore proche de l'enfance l'éloignait de celle de Clotilde, dont la féminité s'affirmait jusqu'au bout des ongles. Elle gardait encore les traits de la petite fille qu'elle avait dû être. Gênée par le regard de Martin qui la dévisageait, elle enchaîna très vite :

— Je suis juste venue vous avertir que Louis va sortir demain de l'hôpital. Un collègue de mon père nous l'a annoncé tout à l'heure.

Une ombre soudaine passa sur son visage. Elle plongea sa main droite dans l'une des poches de sa longue jupe et en retira un objet.

— Pouvez-vous remettre cela à monsieur Chassagne ?

Martin découvrit une plaque de métal comme en portaient au cou les soldats qui partaient au front. Il lut le nom de Paul Chassagne ainsi que son grade de lieutenant.

— Comment possédez-vous cette plaque ? s'étonna-t-il.

— On me l'a confiée quand je soignais des blessés. Elle a été retrouvée dans une tranchée... Vous vous demandez pourquoi je l'ai gardée jusqu'à présent, n'est-ce pas ? Eh bien, elle était rangée parmi d'autres dans un coffret. En l'ouvrant tantôt, je me suis dit qu'il valait mieux la rendre à sa famille. Acceptez-vous de vous en charger ?

Martin acquiesça. Peut-être était-ce un moyen de s'attirer les bonnes grâces de l'industriel ?

Plusieurs fois, songeur, il retourna la plaque entre ses doigts. Mais, avant même qu'il ne profère une parole, il sentit la bouche de la jeune fille frôler l'une de ses joues dans un baiser à peine esquissé.

— Merci. A bientôt, murmura-t-elle en courant déjà vers la porte.

Il n'eut que le temps de voir sa petite silhouette franchir le seuil et s'élancer au-dehors, alors que la nuit gagnait le village. Cette brève visite prenait presque l'allure d'une promesse. Il ne put s'empêcher de penser à Clotilde, à sa froideur calculée. Sur sa joue, l'empreinte des lèvres qui venaient de l'effleurer le brûlait comme une pointe de feu.

11

Le lendemain, Martin arriva le premier à la fabrique.

Pour l'avoir souvent découvert posté derrière la fenêtre de la salle, il savait que le vieux Chassagne le guettait. N'était-ce pas pour lui une façon de surveiller son temps de travail comme il l'avait fait durant toute sa vie pour ses ouvriers, lorsqu'il dirigeait l'usine ? Il avait beau s'en défendre, l'intransigeance qui avait forgé sa réputation lui collait encore à la peau sans même qu'il s'en rende compte. Martin se mit bien en évidence face à la fenêtre et fit signe qu'il désirait lui parler. Les volets de la chambre où Clotilde dormait étaient encore fermés. L'espoir de le voir seul lui parut donc possible. Une deuxième fois, il agita sa main. Sans hâte, Chassagne laissa le rideau retomber, puis, après une bonne minute, la porte s'ouvrit. Là, une hésitation parut le paralyser : devait-il aller vers Savignac ? Ou bien était-ce au jeune homme de s'approcher ?

De son index, Martin lui désigna l'entrée de l'usine. A cet endroit, il était sûr qu'ils ne seraient pas dérangés.

— Venez, insista-t-il, j'ai quelque chose à vous donner.

Un peu distant, Chassagne accepta enfin de le suivre. Devant l'entrée de la fabrique, l'ombre l'emportait encore sur le jour, mais les yeux du vieil homme furent tout de suite attirés par la plaque de métal qui luisait dans la main du contremaître.

— Simone, la fille du docteur Gorse, m'a prié de vous la remettre.

Pour mieux voir, Lucien s'empara de la plaque.

— C'est celle de Paul ! s'exclama-t-il.

Le regard de Martin s'abaissa vers le sol. Les yeux embués du vieil homme et sa voix presque cassée lui faisaient mal. Il n'avait plus face à lui ce patron qu'on avait toujours craint mais un père qui tenait entre ses doigts l'ultime lien qui le reliait à son fils disparu.

— Pourquoi ne me l'a-t-elle pas donnée plus tôt ?

Savignac eut un léger haussement d'épaules.

— Elle l'a retrouvée par hasard, m'a-t-elle dit, au milieu d'autres plaques que personne ne réclame ou dont elle ne sait rien. Avant de les rendre à l'armée, elle a pensé que vous seriez content de l'avoir.

Chassagne referma sa main sur la plaque comme s'il serrait un talisman, puis il la porta contre son cœur.

— Vous ne pouvez pas comprendre… fit-il.

— Si, répondit Martin, c'est bien pour ça que je vous la remets au lieu de la confier à quelqu'un d'autre.

Le regard de Chassagne croisa le sien. Le nom de Clotilde n'avait pas été évoqué mais, désormais, il était là, entre eux, comme un fil qui les liait dans une suspicion partagée. L'industriel eut juste un petit hochement de tête alors qu'Albert et Jean arrivaient en sifflotant sous un ciel gris. Il tendit la main vers Martin comme s'il désirait sceller un pacte. Celui-ci répondit à son geste tandis qu'au premier étage, debout et silencieuse, derrière la fenêtre de sa chambre, Clotilde assistait à la scène.

Quand il la surprit ainsi, Martin se détourna pour accueillir ses ouvriers d'un jovial « Bonjour ! ». Lucien, lui, rentra dans la maison, serrant toujours la plaque dont le cordonnet noir pendait hors de sa main.

C'est peu avant midi qu'une carriole tirée par une vieille jument s'arrêta devant la propriété. A l'avant, deux hommes se tenaient côte à côte, mais l'un d'eux avait une posture droite et rigide qui intriguait.

A l'extérieur de l'usine, sous les deux châtaigniers, les ouvriers étaient occupés à garnir des tranches de pain avec du lard et débouchaient une bouteille de vin apportée par Léonie. Martin ne fut pas long à reconnaître les deux occupants de la carriole. Amédée Lozach et son fils Louis, dont la cécité expliquait sans doute la curieuse raideur, s'avançaient déjà vers eux.

— Les gars, alerta-t-il à mi-voix, je crois que nous avons de la visite.

Aussitôt, les regards convergèrent vers les deux hommes. Un peu en retrait, le père Lozach n'aidait même pas son fils, dont la canne blanche battait le vide. Quand ce dernier heurta une grosse pierre et qu'il s'affala sans même un cri, Albert, Jean et Ferdinand bondirent vers lui, tandis que le vieux Lozach, imperturbable, se roulait une cigarette. Seuls ses yeux furetaient sous ses sourcils, à la recherche des témoins essentiels à cette scène : Chassagne et sa belle-fille. Il en fut pour ses frais. Ni l'un ni l'autre ne se manifestèrent. Martin lui-même le salua du bout des lèvres mais s'empressa auprès de Louis. Guidé par Ferdinand et Albert, ce dernier fut conduit jusqu'à l'entrée de l'usine, où on lui proposa un verre de vin et une tartine. Ses grosses lunettes noires rondes ne dissimulaient que ses yeux et une partie de son visage. Au-dessous, sa peau rougeâtre ressemblait à un assemblage de lambeaux de chair qu'on avait du mal à regarder sans frémir. Pour cacher leur malaise, les ouvriers couraient autour de lui, babillant comme des enfants lors d'une rentrée des classes. Ils trouvaient mille choses à lui dire, de la plus insignifiante aux commandes qu'ils assumaient tant bien que mal, comptant toujours sur son prochain retour. Le buste toujours droit, Louis les écoutait sans parler. Parfois, sa main cherchait le verre de vin qu'il avait posé près de lui. Devançant son geste, l'un ou l'autre plaçait ses doigts autour du gobelet et tous trinquaient de nouveau dans une euphorie forcée qui n'avait pour but que d'écarter leur profond désarroi.

A quelques pas d'eux, Amédée Lozach fumait cigarette sur cigarette, lorgnant vers la maison. Même si le délai n'était pas encore écoulé, il était là avec son fils pour se rappeler au bon souvenir des Chassagne. Après avoir observé son manège, Martin s'approcha de lui.

— Il me semble que vous êtes en avance, souligna-t-il en arrachant une feuille d'arbre qu'il se mit à chiffonner entre ses doigts.

Le vieux Lozach ne releva même pas sa phrase. Tout à coup, il ajusta son chapeau et, sans même faire attention à lui, se dirigea vers la maison. Martin faillit le rattraper, mais l'idée que tout cela ne le concernait plus le retint. Il se contenta d'exhorter ses ouvriers à reprendre le travail.

Après avoir frappé contre la porte, Lozach fut accueilli par Léonie, qui le laissa patienter dans le couloir, les deux pieds arrimés à une paillasse pour que ses sabots maculés de terre ne salissent pas le sol qu'elle venait de laver. Il ne protesta pas. Ce qui importait pour lui, c'était d'être là et de se montrer d'une manière ou d'une autre auprès de ceux qu'il considérait comme ses débiteurs. Il dut attendre un long moment avant que Clotilde ne se décide à venir. En guise de bonjour, elle inclina la tête d'une manière sèche, mais Lozach n'en avait cure. Il avait déjà repéré l'enveloppe qu'elle tenait dans sa main et ses yeux brillaient d'un éclat singulier. Elle lui tendit une liasse de billets.

— Voilà vos huit mille francs, fit-elle. Maintenant, vous pouvez disposer.

Elle eut beau ouvrir la porte avec ostentation, il prit son temps pour compter un par un les billets puis les recompta jusqu'à être certain de la somme.

— C'est bon, commenta-t-il alors en les rangeant dans l'une de ses poches, tout y est.

Il lui présenta sa main, mais elle fit semblant de

n'avoir rien remarqué et le congédia d'un : « Transmettez notre bonjour à Louis ! » Puis elle referma la porte avec une acrimonie à peine dissimulée.

Au-dehors, le soleil jouait à cache-cache avec les nuages et des feuilles jaunies tombaient des arbres en voletant. Dans l'allée centrale, quelques-unes crissèrent sous les pas d'Amédée, qui pensait aux prochains labours. Ses doigts palpèrent de nouveau sa poche.

« Avec ça, estima-t-il, je vais pouvoir acheter le champ de seigle du père Antoine. »

Un sourire satisfait plissa son visage buriné.

— On y va ! s'écria-t-il à l'adresse de Louis, qui patientait sous un châtaignier.

Un instant, ce dernier tourna sur lui-même sans parvenir à trouver son chemin.

— Tout droit ! cria son père.

Perdu, l'ouvrier essaya de se repérer en tâtonnant, mais il ne fit que se cogner à un pan du mur de la fabrique. Le rire saugrenu du vieux Lozach éclata dans l'air comme une musique discordante et inutile. Louis était incapable de continuer. Il posa son front contre le mur de grès et deux larmes coulèrent le long de ses joues.

— Bon Dieu, jura-t-il tout bas, j'aurais préféré crever !

— Appuyez-vous sur moi ! fit avec douceur une voix de femme.

Clotilde, qui l'avait rejoint, glissa un bras sous le sien.

— Venez, Louis, insista-t-elle, je vais vous aider.

Retrouvant soudain l'énergie qui le désertait, il la repoussa d'une brève mais violente secousse.

— C'est de votre faute si je suis ainsi ! Gardez votre pitié pour vous !

Elle n'eut que le temps de s'écarter pour éviter le coup de canne dont il fendit l'air. Juste après, il se mit à marcher vers son père, dont le rire avait fini par s'éteindre. Comme s'il voulait aussi narguer Clotilde, le vieux Lozach saisit son fils par la manche de sa veste et, tout en tapotant sa poche pleine de billets, l'amena jusqu'à la carriole.

— Sortons d'ici ! clama-t-il assez haut pour qu'on l'entende. Ces gens-là ne paieront jamais assez pour ce qu'ils t'ont fait !

Derrière eux, sur le seuil de l'usine, Martin vit Clotilde devenir aussi pâle que les draps qui séchaient, accrochés sous l'auvent de la buanderie. Il se tourna vers ses ouvriers, qui venaient d'assister à la scène.

— Allez ! Les gars, au boulot !

C'était devenu une habitude. Tous les soirs, une fois les ouvriers partis, Julien Leyral pointait son nez dans la propriété. Il venait seul. Jamais son épouse, Colette, la mère de Clotilde, ne l'accompagnait. Depuis qu'il l'avait épousée en secondes noces, les relations entre Colette et sa fille s'étaient dégradées.

Veuve à quarante ans, Colette Veilhan n'avait rien demandé à personne et, du jour au lendemain, s'était mise en ménage avec lui. Leyral avait attendu que les délais légaux soient écoulés pour l'épouser, à la veille de la guerre, en lui apportant quelques hectares de blé et une grande ferme. Les bonnes langues qui s'étaient déchaînées contre cette union avaient suffi à semer la brouille entre la mère et sa fille. Ne racontait-on pas que ce Julien Leyral avait trouvé refuge dans le village pour fuir un passé douteux et qu'il avait épousé la mère tout en convoitant la fille ? Pour mettre un terme à tout, Clotilde avait déserté la maison de sa mère, trop heureuse d'avoir rencontré Paul, pour s'installer avec lui dans une autre vie.

En prêtant à Clotilde l'argent que réclamait le vieux Lozach, Leyral se sentait presque chez lui, ici. Chaque soir, Martin apercevait sa haute silhouette qui traversait le jardin avec une rare assurance. Il y avait chez cet homme un côté conquérant qui l'exaspérait. Souvent, de la fabrique, il détaillait sa façon de marcher avec une désinvolture qu'il sentait étudiée, feinte. Car, bien des fois, Leyral s'arrêtait, regardait autour de lui avec attention comme s'il soupesait la terre, le moulin, la maison. Une acidité emplissait la bouche de Martin. Pour lui, cela ne faisait aucun doute : cet homme avait la tête pleine de chiffres. Ce qu'il avait donné d'une main, il était prêt à le reprendre de l'autre, selon son humeur. Clotilde était-elle seulement capable de le deviner, elle qui se précipitait au-devant de lui à chacune de ses apparitions ?

Après une petite promenade autour du jardin et du moulin, vers le Maumont qui coulait en contrebas, la jeune femme l'entraînait à l'intérieur de la maison. Si la fenêtre était ouverte, en partant, Martin entendait leurs phrases volubiles, le bruit des verres qui s'entrechoquaient et même la voix du vieux Chassagne qui se joignait volontiers à eux. Par sa générosité providentielle, cet homme ne l'avait-il pas sauvé, lui aussi ?

Ce soir-là, une fois de plus, Martin s'éloigna, l'amertume au coin des lèvres. Clotilde ne lui adressait plus la parole que pour des ordres ou pour des demandes de comptes et de rendements. L'impression qu'il la perdait chaque jour davantage le rendait tour à tour abattu ou plein d'une hargne dont il se soulageait chez lui en jetant un objet sur le sol ou contre un mur. Quand sa tension retombait, il s'efforçait de penser à Simone Gorse et son image dissipait en partie le combat intérieur qui le rongeait.

Le soleil se couchait quand il s'assit près de sa table, face à la fenêtre. A travers les rideaux, il observa les promeneurs qui longeaient sa maison. Peut-être Simone allait-elle revenir ? Au bout d'une heure, épuisé par son attente et par le labeur de sa journée, il finit par s'endormir à même la table, la tête au creux de son bras replié.

12

En recevant Leyral sous son toit, Chassagne faisait contre mauvaise fortune bon cœur. Pour lui, il ne présentait aucun autre avantage que de lui avoir permis de garder sa maison de Saint-Viance. Chassagne le jugeait superficiel et même rustre dans ses conversations sans intérêt.

Avant que Paul n'épouse Clotilde, il avait toujours eu en mémoire le père de celle-ci. Qui d'ailleurs à Donzenac ne se souvenait de la figure emblématique de Jacques Veilhan ? Instituteur, il avait toujours su allier une réputation d'honnête homme à un dévouement hors du commun envers les enfants. Des années après sa mort, certains avaient encore les larmes aux yeux rien qu'à évoquer son image.

Lucien avait toujours cru que Clotilde avait hérité de ce père l'ordre moral et la probité dont il ne s'était jamais départi. Lorsqu'elle avait clamé partout qu'elle désirait rompre toute relation avec sa mère à cause de son remariage, pas un instant il ne lui avait donné tort.

Et voilà, que là aussi, comme on devient parjure, il avait le sentiment qu'elle le trahissait encore.

Ce soir-là, quand Leyral s'annonça comme il en avait l'habitude, aussitôt Lucien se leva de table. Depuis quelque temps, Clotilde se débrouillait pour ne plus prendre ses repas en même temps que lui. Mais il avait appris à décrypter son manège. Elle s'installait près de la fenêtre, dans le coin le plus reculé de la salle à manger, et faisait semblant de lire. A chaque grincement de grille, à chaque bruit suspect, elle relevait la tête, plongeait ses yeux avec intensité au-dehors. Son repas à peine fini, Chassagne subissait son attente avec un dépit qu'il avait du mal à réprimer.

Cette fois, au premier coup de sonnette, il ne put se raisonner. Son assiette de soupe encore pleine, il claqua sa chaise sur le sol.

— Je pars, fit-il, je vous laisse en tête à tête avec cet être que vous étiez prête à renier il y a si peu de temps...

— Il nous a aidés, répliqua-t-elle en allant vers la porte, comment pouvez-vous l'oublier ?

— C'est de vous qu'il s'agit, protesta-t-il, uniquement de vous ! Ne m'impliquez pas dans cette malheureuse histoire !

Il remarqua qu'elle tendait d'abord les lèvres pour embrasser Leyral sur les joues.

Celui-ci, tout en ôtant son chapeau, répondit à son baiser. Puis il eut juste le temps de faire un pas en arrière pour laisser passer Chassagne, qui le bouscula presque avant de sortir. A part un « Bonsoir » lâché entre ses dents, l'industriel ne s'excusa même pas.

Il s'éloigna à pas rapides sans même s'aider de sa canne. La grille franchie, il n'entendit que la voix de Léonie qui l'appelait en vain. Sous un ciel que le crépuscule enflammait, il décida de monter vers le village, là où il espérait une rencontre salutaire, quelque chose qui le réconforterait.

Lorsqu'il atteignit la maison qu'il avait en tête, il dut souffler avant de saisir le heurtoir. Dans un geste instinctif, il porta la main à son cœur. Les battements qu'il ressentait soulevaient sa poitrine et l'empêchaient de respirer avec calme. En l'apercevant ainsi, l'un des habitants de la rue lui proposa de venir s'asseoir chez lui, mais il déclina son offre avec politesse. Après avoir repris son souffle, il frappa contre la porte.

Quand elle lui ouvrit, Simone Gorse était seule. Même à cette heure tardive, elle ne parut pas étonnée de le voir.

— Je suis venu ici il y a longtemps, expliqua Chassagne. A l'époque, vous étiez encore enfant.

Sur une invitation de la jeune fille, il pénétra dans un petit salon puis prit place dans l'un des fauteuils qui entouraient un guéridon.

— Le décès de votre mère a suivi de peu celui de mon épouse, continua-t-il.

La jeune fille s'assit en face de lui, au bord d'un autre fauteuil, comme quelqu'un qui se tient sur ses gardes. Conformément aux usages, elle lui proposa de prendre une boisson.

Sans le dire, sous les dehors d'une conversation banale, tous deux pensaient à la même chose. Cette plaque qui dormait au fond de l'une des poches de Chassagne parlait un langage bien plus fort que les mots qu'ils étaient en train d'échanger.

Il accepta de prendre un verre de cognac, en but une gorgée tandis qu'elle se contentait d'un doigt de liqueur de framboise.

— Avec l'automne, les jours raccourcissent, fit-elle en se levant pour allumer la lampe à pétrole qui était posée sur le guéridon.

Chassagne n'avait pas parcouru tout ce chemin pour évoquer des choses insignifiantes. Il alla droit au but.

— Comment expliquez-vous que la plaque d'identité de mon fils se soit trouvée entre vos mains ? N'appartenait-elle pas plutôt à l'armée ?

Simone se rassit en face de lui.

— Je me doutais que vous alliez m'en parler, mais...

— Mais pas ce soir, enchaîna-t-il. Je vous dérange peut-être, vous attendez quelqu'un ?

Pour le rassurer, la jeune fille secoua la tête en souriant. Dans son mouvement, des mèches bouclées de ses cheveux retombèrent sur son front. Pour la première fois, Lucien la voyait de près. A la lumière de cette lampe, sa silhouette menue dans sa robe de cotonnade paraissait différente de celle qu'il avait croisée au hasard de quelques promenades. Il avala une deuxième gorgée de cognac.

— Vous n'avez pas répondu à ma question, fit-il.

Elle pencha la tête dans une attitude presque recueillie.

— C'est le capitaine du régiment auquel il appartenait qui me l'a donnée. Paul et lui ont été touchés par le même obus. Mais l'un n'a perdu qu'une jambe tandis que Paul, lui...

Un silence s'installa. Tout le monde savait que Simone Gorse avait soigné des blessés pendant la guerre ; peut-être ce capitaine lui avait-il confié cette plaque parce qu'elle habitait le même village que Paul.

Chassagne, qui craignait de s'incruster, en avait appris assez pour songer à partir.

— Merci, dit-il à voix basse en s'extrayant de son fauteuil. Je me suis déjà trop attardé...

Elle le raccompagna jusqu'à la porte.

— Vous sentez-vous capable de marcher jusque chez vous ?

Il avait bien deux kilomètres à parcourir et la peur qu'il ne fasse un mauvais pas la rendait soucieuse.

— Ne vous tourmentez pas ! Je ne suis pas encore à l'article de la mort !

Il eut un petit rire sarcastique avant de coiffer son chapeau. A l'extérieur, le froid de la nuit, qu'un vent d'est renforçait, lui fit relever le col de sa veste.

— Au revoir, mademoiselle, vous serez toujours la bienvenue au Moulin.

Comme si elle n'était pas pressée, elle resta sur le seuil à le regarder s'éloigner.

— Au fait, s'écria-t-il soudain en se retournant, ne vous surnomme-t-on pas Nina ?

Il avait élevé la voix et des frissons parcouraient son corps avec le vent qui transperçait le tissu de son costume. La jeune fille se figea. Elle parut hésiter quelques secondes puis elle émit un rire étrange qui se transforma en une sorte de plainte que Chassagne eut du mal à capter.

Elle lui adressa un signe de la main puis haussa les épaules comme pour lui signifier qu'il se fourvoyait. Enfin, elle referma la porte et l'abandonna à la nuit.

Lucien ne se sentait plus vaillant. Quelque chose de douloureux venait de se réveiller en lui. Ce petit bout de femme, comme il l'appelait en son for intérieur, le dérangeait. Même si elle s'en défendait, une histoire avec Paul aurait pu être possible. Autour de lui, le vent sifflait en s'engouffrant sous les porches et dans les ruelles étroites.

Il avait de plus en plus froid en descendant vers le Moulin et ses doigts s'engourdissaient sur le pommeau de sa canne.

— Vous ne devriez pas sortir si peu vêtu par ce temps-là !

Il s'arrêta. Cette voix d'homme avait des accents familiers. Mais avant même qu'il ne s'autorise une réflexion, d'autorité une main recouvrit ses épaules d'une veste épaisse et la carrure de Savignac se dessina sous l'un des réverbères qui éclairaient la rue de Fontanges.

— Que faites-vous là ? interrogea Chassagne tout en maintenant la veste sur ses épaules.

— Quand je ne parviens pas à dormir, je me promène un petit quart d'heure ; après, le sommeil vient sans difficulté.

— Dans ce cas, vous allez devoir reprendre votre veste, conseilla l'industriel ; j'ai encore un bout de chemin à faire. Je ne veux pas vous priver de votre vêtement.

— Gardez-la ! Je la récupérerai demain. Toutefois, si vous me le permettez, je vais marcher un peu avec vous.

— Non, je préfère être seul.

Savignac n'avait pas le choix. Le vieil homme gardait toujours la même ligne de conduite. Il ressemblait à ces animaux sauvages qui ne tolèrent aucun intrus sur leur territoire.

— Eh bien, bonne nuit ! lui souhaita Martin. Un jour ou l'autre, vous serez bien obligé de m'accorder votre confiance.

— Pourquoi donc ?

— Parce que Julien Leyral est entré dans votre vie.

Savignac, qui estimait en avoir assez dit, fit demi-tour, le laissant pensif sous le ciel obscurci.

13

Il faisait à peine jour lorsque Clotilde ouvrit le livre des comptes et des commandes. Depuis la veille, deux nouveaux ouvriers, originaires d'Objat, avaient été engagés après qu'elle eut trié sur le volet plusieurs candidatures. Mais un doute l'étreignait. La production de papier stagnait malgré ses recommandations, et les journaux vantaient de plus en plus la fabrication scandinave d'un papier à base de pâte à bois qui était plus rentable.

Elle en avait parlé à Martin : lui seul pouvait comprendre qu'en face d'une éventuelle concurrence un double travail s'imposait. Comment tenir bon ?

Elle se déplaça jusqu'à la fenêtre, poussa les volets. Des étoiles clignotaient encore dans un ciel sans nuages qui présageait un temps froid et sec en ce début d'octobre. Elle serra la ceinture de son peignoir puis revint vers la table où le livre l'attendait toujours. D'un côté, des colonnes de chiffres s'alignaient, de l'autre, les noms des clients. A part deux nouvelles boucheries de Brive, aucune commande importante ne se profilait. Le projet de fournir du papier à la capitale et même aux savonneries de Marseille était loin. L'idée d'aller faire du porte-à-porte l'effleura au moment où Léonie entrait dans la pièce.

— Vous êtes bien matinale, madame !

La jeune femme acquiesça sans même répondre. Elle n'aimait pas voir la servante tourner autour d'elle. Sa présence lui pesait depuis que Julien venait régulièrement. Elle la soupçonnait même de raconter chacun de leurs faits et gestes à Lucien Chassagne.

— Vous devriez rallumer le feu, fit-elle comme si elle cherchait à l'éloigner.

Léonie se courba vers l'âtre, ajustant son long tablier entre ses jambes pour qu'il n'offre pas de prise aux flammes, puis elle saisit des branchages et une bûche. Une chaleur tiède ne tarda pas à monter jusqu'à Clotilde. Au-dessus des deux femmes, des bruits de pas firent craquer le plancher. Lucien se levait. Bientôt, il les rejoindrait. Clotilde referma le livre de comptes et le remit dans le tiroir de la commode en chêne dont elle gardait la clé sur elle. Puis elle s'étira en bâillant.

— Je meurs de faim. Dépêchez-vous, Léonie !

La servante, qui reposait le tisonnier, ne put contenir son irritation :

— Je n'ai que deux mains, madame !

Sa remarque heurta Clotilde ; elle se cabra.

— Comment osez-vous me parler ainsi ?

Léonie prit son temps pour essuyer ses mains noircies sur son tablier.

— J'ai servi dans cette maison depuis presque quarante ans, jamais on ne m'a reproché de mal faire mon travail !

— Eh bien, moi, je vous le reproche, gronda Clotilde. C'est parce que vous vous sentez soutenue que vous vous permettez une telle arrogance !

La servante n'eut même pas à protester. Chassagne, qui venait d'apparaître, frappa le sol de sa canne.

— Personne ne soutient personne, ici, tonna-t-il, mais l'injustice et la bêtise m'insupportent. Tenez-vous-le pour dit !

Il n'avait regardé aucune des deux femmes en particulier, mais Léonie fila en hâte vers la cuisine tandis que Clotilde, la tête haute, ne bronchait pas.

— Je sais ce que vous pensez, continua-t-il un ton plus bas, alors épargnez-moi vos commentaires !

Il marcha jusqu'à sa place habituelle et s'assit près de la table. Clotilde attendit que Léonie revienne chargée d'un plateau pour prendre une tasse de café et aller s'installer dans le fond de la pièce, devant l'une des fenêtres.

— Qui attendez-vous ? ironisa Chassagne. Savignac ou Leyral ?

C'était plus fort que lui, ce besoin de la pousser dans ses plus secrets retranchements. Il fallait qu'il lui livre bataille, qu'il la provoque. Pourtant, rien ne lui était devenu plus insupportable que les silences dont elle s'entourait, à présent.

— Pourquoi ne répondez-vous pas ? Ma question vous gêne, sans doute ?

Le regard ailleurs, Clotilde buvait son café. Elle avait appris à se taire et assistait en spectatrice à cette rage intérieure qui le dévorait. Plusieurs fois, une soucoupe, un verre ou une tasse lui avait échappé des mains pour se briser sur le sol. Il jurait, trépignait presque comme un enfant en appelant Léonie. Elle devenait la coupable. Le café était trop brûlant ou la tasse mal posée. N'importe quel prétexte faisait son affaire pourvu qu'il passât ses nerfs sur quelqu'un. Ce n'est que lorsqu'il la voyait contrariée ou au bord des larmes qu'il s'excusait d'un mot rapide : « Allons ! Vous savez bien qu'on m'a toujours qualifié de soupe au lait. »

La servante emportait les morceaux de porcelaine vers la cuisine. On entendait le bruit de la vaisselle cassée qui tombait dans la poubelle puis le silence revenait.

Cette fois-ci, Chassagne évita tout dégât, mais il se mit à tapoter le bord de sa soucoupe avec sa cuillère.

— Comment allez-vous rembourser votre emprunt ? fit-il brusquement.

Clotilde avait fini de boire. Elle revint vers la table pour y déposer sa tasse.

— J'ai fait une hypothèque sur l'usine. Si, un jour, nous sommes contraints de vendre, Julien Leyral aura la plus large part puisque c'est aussi grâce à lui que la cheminée a été réparée.

La main du vieil homme se contracta si fort sur la petite cuillère qu'elle se tordit. Il devint plus blanc que la nappe qui recouvrait la table. Une fois de plus,

Clotilde ne l'avait pas consulté, disposant du patrimoine à son gré.

— Je pensais que vous étiez fâchée avec votre mère à cause de son remariage avec Leyral, persifla-t-il. Quel revirement soudain !

— C'est le seul qui nous ait tirés d'affaire. Qui aurait payé les huit mille francs réclamés par le père Lozach ? Vous, peut-être ?

La raillerie était trop flagrante et la question trop directe. Chassagne sentit à nouveau la colère poindre en lui, mais il n'alla pas plus loin. Il savait que sa bru cultivait le même art de la provocation. Mieux valait la surprendre sur un autre terrain.

— J'étais prêt à vendre ma propriété de Saint-Viance, répliqua-t-il. Si vous ne me croyez pas, demandez à Léonie !

Sans attendre sa réaction, il quitta la table et se dirigea vers la porte qui donnait sur le jardin.

— Je ne suis pas qu'un vieil avare, ni un tyran, poursuivit-il. Peut-être un jour l'entendrez-vous ?

Sous un soleil voilé, il avança dans l'allée tapissée de feuilles mortes. Au loin, les ouvriers arrivaient en parlant haut et fort comme ils en avaient l'habitude. A sa vue, ils soulevèrent leur casquette. Chassagne répondit à leur salut avant de continuer vers la grille. Dans son dos, Clotilde le fixait sans pouvoir détacher ses yeux de sa silhouette.

— Et s'il venait à disparaître, murmura-t-elle, comment ferions-nous ?

— Je suis sûre que vous vendriez le Moulin, s'exclama Léonie, qui avait rejoint la salle.

— Taisez-vous, articula Clotilde d'une voix cassée, vous dites des bêtises !

Et, sous l'œil ébahi de la servante, elle courut s'enfermer dans sa chambre.

Longtemps, Clotilde pleura, allongée sur son lit, le visage enfoui dans son oreiller. Personne ici, pas plus qu'ailleurs, ne parvenait à la comprendre. Son père mort, elle s'était retrouvée seule face à une mère qui ne lui avait jamais manifesté la moindre tendresse. Cette femme coquette jusqu'à l'extrême n'avait eu qu'un unique souci : remplacer ce mari disparu dont elle n'avait fait que se plaindre. Julien Leyral avait vite, trop vite sans doute, au goût de Clotilde, succédé à celui qu'elle pleurait encore.

Elle renifla comme une petite fille, essuya ses yeux avec le drap puis s'assit sur le bord du lit. En vérité, qui d'autre qu'elle pouvait expliquer cette passion qui l'animait ? Cette volonté de revanche que son père lui avait inculquée ?

Encore petite fille, elle se souvenait de ses longues promenades avec lui, la main blottie dans sa main. Il lui parlait de sa vie comme à un adulte. « Je n'ai que toi, répétait-il, ta mère et moi nous ne sommes que deux étrangers. »

A six ans, Clotilde avait déjà réalisé que la vie séparait, blessait et que certains êtres ne restaient ensemble que pour masquer la façade lézardée de leur couple.

« Toi, tu auras un autre destin ! » disait-il et sa main serrait un peu plus fort celle de sa fille, comme s'il voulait sceller un pacte indéfectible.

Clotilde n'avait jamais parlé de cet accord secret et, lorsqu'il était mort, après avoir embrassé son front, tout naturellement elle avait juré de ne jamais baisser les bras et d'être à la hauteur de la leçon qu'il lui laissait en héritage.

Un timide rayon de soleil perça la vitre et vint se perdre sur la joue mouillée de la jeune femme. Elle alla vers la fenêtre, colla son front sur l'un des montants de bois. Devant l'entrée de la fabrique, Martin discutait avec Lucien. Pour ne pas être vue, elle se dissimula en partie derrière l'un des rideaux de cretonne. De là, elle pouvait détailler Martin, son visage, sa bouche, ses cheveux noirs. Elle le trouvait beau, aussi beau que Paul. D'ailleurs, c'est à travers cette image qu'elle s'était donnée à lui. Dans leur fugace étreinte, elle n'avait eu qu'un nom en tête, celui de ce mari qui lui manquait comme au premier jour de leurs épousailles.

Une fois le rêve achevé, elle avait ouvert les yeux sur une réalité douloureuse. Même si Martin lui plaisait, aucun homme ne pouvait chasser le souvenir de celui qu'elle aimait encore malgré les années.

Comme s'il sentait quelque chose, Chassagne leva les yeux vers sa chambre. Elle eut juste le temps de se repousser dans l'ombre. Il la détestait, elle en était sûre. La vente de sa propriété de Saint-Viance n'était qu'une invention.

Pourquoi ne l'avait-il pas proposé tout de suite ? Cet homme qu'elle avait cru aimer comme un second père s'éloignait d'elle, de jour en jour. Le temps de leur entente n'avait été qu'un feu de paille. Réunis par le deuil de celui qui marquait à jamais l'histoire de cette maison, ils avaient fini par se haïr à cause de lui comme s'ils cherchaient à se l'approprier par-delà sa mort.

Dans l'allée, les deux nouveaux ouvriers, Gautier et Norbert, s'approchèrent de Martin. Clotilde nota leur agitation inhabituelle. Ils faisaient de grands gestes et semblaient se quereller en s'apostrophant. Quand ils s'empoignèrent, Martin essaya de s'interposer, mais il reçut un coup de poing maladroit qui le fit tituber. Aussitôt, Chassagne leva sa canne et sans crier gare assena un coup sur celui qui paraissait le plus excité. A ce moment, Clotilde ouvrit la fenêtre.

— Arrêtez-vous, cria-t-elle aux deux ouvriers, ou je vous renvoie sur-le-champ !

A toute vitesse, elle enfila une robe puis se précipita vers le lieu de l'altercation. Lorsqu'elle arriva, Martin était penché vers le vieux Chassagne, affalé de tout son long sur les cailloux de l'allée. Près d'eux, Gautier et Norbert, dont les visages rouges et tuméfiés témoignaient de leur violente algarade, étaient tenus en respect par Albert, Ferdinand et Jean, qui les menaçaient de leurs pelles. Clotilde s'accroupit auprès de Lucien. Immobile, il gisait, les traits jaunes, comme parcheminés. Une insoutenable émotion la prit à la gorge.

— Il est mort ! Il est mort ! répéta-t-elle, hagarde, en regardant Martin.

Ce dernier enleva sa veste et l'étala sur le vieil homme.

— Je vais chercher le docteur Gorse, c'est plus prudent.

Tandis qu'il s'éloignait, Clotilde prit la tête du vieux Chassagne entre ses mains.

— Répondez-moi ! sanglota-t-elle en le suppliant.

Mais rien ne filtra des lèvres décolorées du vieillard.

Quand, à son tour, Léonie se pencha vers lui, elle ne put que constater cet état de léthargie qui le laissait anéanti sur le sol. Elle tâta ses extrémités. Un peu de chaleur parcourait encore ses membres ; il lui fallait de l'alcool. A travers ses larmes, Clotilde suivit du regard la course cahotante de la servante jusqu'à la maison. Dans son dos, la voix d'Albert tenta d'expliquer le drame :

— Il a buté contre une pierre et personne n'a pu le retenir. Sa tête a dû cogner la racine du chêne qu'on aperçoit près de lui...

Mais, pour Clotilde, ce n'était pas suffisant. Il lui fallait un coupable, des coupables. Tout ce qui était advenu ne l'intéressait pas. Les yeux secs mais la figure enflammée, elle se redressa.

— Vous et vous, dit-elle en pointant son index sur les deux nouveaux ouvriers, je ne veux plus vous voir ici ! Vous êtes renvoyés !

Les pelles de Ferdinand et d'Albert s'abaissèrent. Gautier et Norbert essayèrent bien de protester, mais le retour de Martin avec la carriole du docteur Gorse les empêcha de continuer.

— Partez immédiatement ! fit de nouveau Clotilde avec toute l'assurance dont elle était capable.

Les deux compères eurent une moue qui semblait dire « Ce n'est pas notre faute », mais ils n'insistèrent pas et s'en allèrent.

Le docteur Gorse s'approcha. D'abord, il examina longuement le vieux Chassagne, lui administra une piqûre puis demanda aux hommes qui restaient de le transporter chez lui. Clotilde eut beau le presser de questions, il ne répondit rien. A l'intérieur de la maison, il se mit à rédiger une ordonnance qu'il prit soin de détailler à Léonie, comme si elle était la seule personne en laquelle il avait confiance. Amère, Clotilde quitta la pièce pour arpenter le jardin.

Empêchant le soleil de se montrer, des voiles de brume persistaient au-dessus du Maumont. Sans prendre garde à l'herbe humide, elle s'assit près de la roue en pierre du moulin. Des croassements de corbeaux en quête de quelque nourriture se mêlèrent aux tintements lugubres de la cloche de l'église. On enterrait le père Guillard, l'un des adjoints de la commune, retrouvé mort dans son champ. Comme pour conjurer un mauvais sort, Clotilde se signa. Dans le fond, que craignait-elle le plus, sinon la disparition de ceux qui lui étaient proches malgré les déchirements et les querelles ? Elle entendit une porte s'ouvrir, le médecin se préparait sans doute à s'en aller. Elle se retourna, prête à l'interroger, lorsqu'elle découvrit une jeune femme qui la dévisageait.

— Je suis Simone Gorse, se présenta cette dernière, la fille du médecin qui vient de soigner votre beau-père. Pouvons-nous parler ?

14

Julien Leyral frotta ses mains l'une contre l'autre pour se réchauffer. Cet automne s'annonçait aussi rude qu'un hiver et les brouillards qui stagnaient par nappes le long de la Corrèze n'arrangeaient pas ses affaires. Il siffla son chien et fit glisser la bandoulière de son fusil de chasse pour caler l'arme sous son bras. Quelques lointains coups de feu l'avertirent que d'autres chasseurs traquaient aussi le gibier. Il aperçut un vol de canards sauvages mais, la tête ailleurs, refusa d'épauler.

Il venait d'admirer ses champs dont la terre luisante, repue, avec ses larges sillons, lui avait semblé comme une femme endormie. Là, le blé, là, le seigle, là encore, l'avoine, sans compter les vergers remplis de pommiers bien exposés au-dessus de la rivière.

Bientôt, ce sol nu regorgerait à nouveau de moissons à venir et de fruits. Mentalement, il comptait déjà les boisseaux, les ventes et tout ce que cela lui rapporterait. A quarante-cinq ans, il s'estimait satisfait d'avoir pu acquérir ce véritable grenier de richesses qui le comblait à chaque saison.

Près de lui, son chien se mit à gronder, la patte levée. Leyral serra son fusil. Une agitation bizarre secoua un fourré à quelques pas de lui. Sûr de son coup, le souffle suspendu, il plaça la crosse de son fusil contre sa joue et attendit. Deux longues oreilles aux aguets émergèrent des broussailles puis, avec la rapidité d'un éclair, un lièvre détala vers l'un des champs. Le canon du fusil suivit sa trajectoire en zigzag jusqu'à ce qu'il ne fasse qu'un avec son extrémité. Mais le silence s'installa. Aucun coup de feu ne partit.

Leyral rabaissa son arme tandis que son chien couinait d'impatience et d'étonnement. Pour le calmer, il lui tapota la tête.

— Allez, Youki, ce petit gibier n'est pas pour nous !

Mi-amusé, mi-déçu, le chasseur s'assit sur une grosse pierre et sortit de sa gibecière le casse-croûte préparé par leur servante, sur les conseils de son épouse. Il écarta les deux tartines de pain et découvrit des tranches de lard grillées, étalées sur de la graisse d'oie. Voilà deux jours qu'il partait à la chasse et voilà deux jours qu'on lui servait la même chose.

— Putain, jura-t-il, je lui ai pourtant dit que je détestais ça !

Contrarié, il allait jeter son en-cas dans le cours d'eau lorsque les yeux quémandeurs de son chien l'arrêtèrent.

— Ah ! C'est vrai, s'exclama-t-il en riant, toi, au moins, tu risques d'apprécier...

En quelques secondes, Youki se rua sur cette manne improvisée qu'il dévora à grands coups de dents. Leyral sentit une irritation s'immiscer en lui. A cause de cette épouse qui n'écoutait que sa propre voix, il n'avait rien à manger. Combien de fois ne lui avait-il déjà répété qu'il n'aimait pas le lard ? Depuis qu'ils s'étaient mariés, il y avait de cela presque huit ans, jour pour jour, c'était comme si elle s'obstinait à ne pas tenir compte de ses goûts. Il avait fini par se dire qu'elle ne voyait à travers lui que l'image de son défunt mari.

Il tapa du pied sur le sol. Ces huit années avaient déjà raviné leur couple d'une sournoise et profonde cassure. Très vite, il avait compris que la belle Colette l'avait choisi pour le confort et la commodité d'un avenir qu'il était en mesure de lui procurer. Son mari décédé brutalement, elle n'avait hérité de rien. Tout au long de sa vie, Jacques Veilhan n'avait accumulé pour toute richesse que des livres qu'il avait eu soin de destiner à sa fille, Clotilde. Ces derniers avaient été vendus à un brocanteur de passage pour payer les frais de l'inhumation. Dès lors, seule dans cette détresse qui la rendait encore plus attirante, la brune et piquante Colette avait suscité bien des demandes en remariage jusqu'à ce que son choix se porte sur lui.

Aux pieds de Julien, Youki, couché, se léchait les babines. Un tel festin lui paraissait une réelle aubaine et dans ses yeux brillait une lueur de reconnaissance qui ne trompait pas. Son maître le flatta. Il aimait presque mieux la compagnie de son chien au cours de ses grandes randonnées que celle de son épouse, dont il appréciait de moins en moins la coquetterie exagérée et cette part d'égoïsme qui la faisait parler d'elle sans arrêt. Il leva la tête vers le ciel : par-ci, par-là, des trouées plus claires perçaient les brumes encore denses. Malgré le froid, il était bien, ici, entouré de ses champs, dans un isolement qui, somme toute, le réconfortait. Un instant, l'image de Clotilde surgit devant ses yeux. C'est à cet endroit, alors qu'il examinait les clôtures de ses parcelles, qu'elle était venue le trouver pour lui demander de l'argent. Il n'avait eu aucune nouvelle d'elle depuis son mariage avec Paul Chassagne. L'avant-veille de la cérémonie, après une violente dispute avec sa mère, elle s'était enfuie de la maison en lançant un « Allez au diable ! » qui sonnait encore à ses oreilles.

« Si nous dînions ? » avait seulement proposé Colette un peu plus tard, avec cette voix charmeuse dont elle se servait comme d'un atout supplémentaire.

Tout au long de la soirée, elle n'avait cessé de l'entourer, de le choyer, jusqu'à s'offrir à lui avec cette volupté teintée d'inconscience dont à l'époque il était encore dupe.

Tous ces souvenirs remuaient en lui un passé que son estomac vide contribuait à rendre encore plus pénible. A cette heure, il imaginait ses autres compagnons ouvrant leur gibecière, comparant leurs prises tout en partageant casse-croûte et vin. A la pensée de devoir continuer sans avoir mangé depuis l'aurore, il eut envie de rentrer. Tant pis pour le sanglier dont il avait rêvé ! Ce dernier attendrait bien quelques jours. Il se mit en route vers Mazières, le hameau qu'il habitait, situé non loin de Donzenac. Il s'aperçut que sa marche le soulageait de ses rancœurs et que le vent qui se levait portait ses pas. Lorsqu'il longea l'auberge des Veyrade, une odeur de viande et de chou lui chatouilla les narines. Il ne put résister.

Du fond de la salle, pleine à cette heure, Marcel Veyrade l'accueillit d'un large sourire, mais il ne put lui indiquer qu'une table de quatre personnes où il ne restait qu'une seule place. Youki se coucha aux pieds de son maître tandis que celui-ci, tout en s'asseyant, saluait les trois hommes qui prenaient leur repas. Ils répondirent du bout des lèvres à son bonjour avant de replonger le nez dans leur assiette. Le nouvel arrivant n'avait pas le choix : il commanda une part de potée, l'unique plat du jour. En attendant qu'on le serve, il capta autour de lui des échanges de regards qui en disaient long sur sa présence.

— Je vous dérange, peut-être ? fit-il. Je suis désolé, il n'y a pas de place ailleurs.

L'un des hommes, le plus âgé, qui lui faisait face, arbora un sourire qui se voulait plus affable. Quelques rares cheveux gris garnissaient ses tempes. Il fit mine de soulever sa casquette :

— Je vous connais, il me semble. N'êtes-vous pas Julien Leyral, le propriétaire des plus beaux champs de la commune ?

Julien entama le repas qu'on venait de lui apporter. Après deux bouchées, il se tourna vers celui qui lui avait adressé la parole :

— Et vous ? N'êtes-vous pas un ouvrier des ardoisières ?

Le village de Travassac n'était guère éloigné, il savait comme tout le monde que l'activité des carrières mobilisait une nombreuse main-d'œuvre.

— Non, répondit l'autre, nous sommes trois à chercher un placement. D'ailleurs, enchaîna-t-il plus haut, peut-être engagez-vous des journaliers ou des valets de ferme ?

— Quel genre de travail faisiez-vous auparavant ? questionna Leyral en essuyant sa moustache et sa bouche avec sa serviette.

Il réprima un rot de satisfaction avant de boire une bonne rasade de vin, le petit doigt tendu en l'air, ainsi qu'on lui avait appris pour être un vrai « Mossour [1] ».

Les trois hommes se regardèrent. Une hésitation commune semblait sceller leur bouche. Au bout de quelques instants, le plus âgé reprit la parole :

— Moi, j'ai travaillé dans la papeterie Lombard. Avant la guerre, je m'occupais de vignes et de vin, maintenant mes deux bras me permettent de me louer de ferme en ferme. Mais je cherche une place stable. A trente ans, ce n'est pas le courage qui me manque.

Julien hocha la tête puis il eut un regard interrogatif vers les deux autres.

— Nous, souffla celui qui n'avait rien dit, nous venons de la fabrique des Chassagne. Nous avons été licenciés sur un malentendu.

---

1. Monsieur.

— Je vous en prie, supplia alors son voisin, nous savons que vous êtes lié avec eux. Norbert et moi, nous nous sommes chamaillés à propos d'un bal et d'une fille que nous avions invitée ; le vieux nous est tombé dessus à bras raccourcis et sa belle-fille a pris sa défense sans même être au courant. Cette dispute ne méritait pas une telle punition.

Leyral abandonna sa chaise. Il n'avait pas envie d'en entendre plus. Il fouilla dans ses poches, en retira quelques pièces pour payer son repas puis, une dernière fois, il s'adressa au plus âgé qui n'osait rien ajouter.

— Comment t'appelles-tu ?

— François Lenglet. J'habite Sainte-Féréole.

— Je vais voir ce que je peux faire, dit Leyral en rassemblant ses affaires. Salut, messieurs !

Le fusil en bandoulière, son chien sur les talons, il quitta la petite salle qui se désemplissait peu à peu.

— Pauvre type ! marmonna Gautier entre ses dents. Il est bien de leur race !

Leyral s'enfonça dans des sentiers déserts. Devant lui, son chien reniflait chaque tronc d'arbre, chaque trou qui évoquait un terrier ou une cache. Avec lui, plus que jamais, Julien se sentait complice de cette nature arpentée des dizaines de fois. Il s'arrêta près d'un beau chêne rouvre dont les feuilles tranchaient sur les branches presque nues des autres arbres. Il passa sa main sur l'écorce rugueuse. A qui dire le plaisir d'être là, au milieu de cette nature qu'il aimait autant que le corps d'une femme ?

— Youki, commanda-t-il, au pied !

Heureux de sa liberté, le chien suivait déjà une piste. Il revint vers son maître les oreilles rabattues, déçu par cette partie de chasse qui n'aboutissait pas.

D'abord, il s'assit, puis, tout à coup, baissa la tête et se mit à grogner. Julien comprit qu'il l'avertissait d'une présence. Aussitôt, il lui intima l'ordre de rester tranquille pendant qu'il armait son fusil. A demi caché derrière le chêne rouvre, il se sentait à l'abri avec son arme qui le protégeait de toute intrusion. Sur le sol, des branchages craquèrent. Youki gronda plus fort. Un homme ou un animal approchait. Leyral écouta avec attention. S'il s'agissait d'une bête, celle-ci devait être jeune car elle avançait à pas légers comme si elle frôlait le sol. Au moment où le chasseur se penchait pour mieux voir, Youki émit des petits jappements et s'élança en direction du bruit.

Quelques secondes plus tard, une voix de femme retentit :

— Julien ? C'est moi, où êtes-vous ?

— Clotilde ! Que faites-vous ici ?

La jeune femme s'accroupit pour caresser le museau du chien.

— Je vous cherchais.

Il ne répondit pas. Pour lui, ces promenades étaient sacrées. Face à elle, il se sentait pris dans un piège.

— Vous ne semblez pas content de me voir ?

Il remarqua qu'elle s'était fardée plus que de coutume et que son chemisier rose pâle rehaussait la luminosité de son teint. Même si sa présence paraissait incongrue au milieu de cette nature sauvage, il ne pouvait s'empêcher d'admirer sa beauté. Un rayon de soleil traversa la couche de nuages, éclairant la clairière où ils se trouvaient. Leyral se posa sur un tronc d'arbre tandis que Youki s'amusait à fouiller les feuilles de sa truffe.

— Les parties de chasse ne sont pas pour les femmes, dit-il. Vous avez pris des risques en venant jusqu'ici.

Clotilde arracha des brindilles à des taillis et, tout en les mordillant, s'approcha.

— Puis-je m'asseoir près de vous ?

Il fit signe que oui et se poussa.

— Vous ne parlez pas beaucoup, constata-t-elle au bout d'un moment, le nez pointé vers le ciel qui s'assombrissait de nouveau.

Hors du cadre où ils se côtoyaient, une gêne, qu'il était incapable de justifier, le tenait en retrait.

— Pardon ! Mais je n'ai jamais été un grand bavard, vous le savez bien...

— Je ne sais rien de vous, reprit-elle à voix plus basse, sauf que...

Elle serra les lèvres comme si elle refusait d'en dire trop.

— Sauf que je suis le mari de votre mère, n'est-ce pas ?

Au frémissement de ses narines, il crut qu'elle allait pleurer.

— Julien… mumura-t-elle.

Puis, avant même qu'il n'ait pu faire un geste, elle prit son visage à pleines mains et plaqua ses lèvres sur les siennes.

Avec douceur mais fermeté, il la repoussa. Malgré l'ardeur de ce baiser, il se représentait bien le danger d'une telle idylle. Pour atténuer l'effet engendré par son refus, il se mit à lui caresser le visage.

— Vous êtes si belle, si fascinante, Clotilde… Ne gâchons rien !

Choquée par son rejet, la jeune femme se métamorphosa. Une expression venimeuse se peignit sur ses traits. Perdant tout contrôle, elle le gifla à toute volée.

— Vous m'avez appâtée comme du vulgaire gibier et maintenant vous me rejetez parce que vous êtes incapable de faire face ! Lâche ! hurla-t-elle en le martelant de ses poings.

Il dut lutter jusqu'à ce qu'il réussisse à enserrer ses poignets, mais il n'avait pas encore le dessus. Elle se laissa tomber vers l'arrière en l'entraînant avec elle. Leyral ne put éviter une pierre qui émergeait du sol et se retrouva à genoux.

— Aïe ! fit-il.

Du sang coulait de son pantalon déchiré.

— Vous êtes blessé ! s'écria Clotilde, encore haletante. Laissez-moi regarder !

Il n'avait guère envie qu'elle le touche une nouvelle fois.

— Je n'ai pas besoin qu'on s'occupe de moi, ronchonna-t-il.

Elle n'eut pas le temps de protester. Non loin d'eux, des branchages s'écartèrent et la silhouette de Simone Gorse se profila entre les buissons et les arbres.

— Et moi, déclara-t-elle d'une voix rauque, me permettrez-vous de vous soigner ?

Clotilde comprit que la jeune fille avait dû assister à leur empoignade et se releva.

Leyral se remit également debout.

— Vous avez toujours été la bienvenue, Simone, vous l'êtes donc une fois de plus !

15

Simone tamponna puis entoura le genou de Julien d'un large mouchoir blanc. Clotilde était persuadée que la jeune fille avait dû la suivre. Depuis leur entrevue au Moulin, Clotilde pressentait chez Simone un secret dont cette dernière n'avait pu lui confier que quelques bribes avant de renoncer. Ici, au milieu de ces bois qui retentissaient toujours d'aboiements lointains, de coups de feu tirés par d'autres chasseurs, le trio que toutes deux formaient avec Julien lui apparaissait sous un autre jour.

Une jalousie sournoise gonflait les veines de Clotilde, s'insinuant dans tout son être à travers le spectacle de Simone agenouillée devant Leyral. La patience de ce dernier, son sourire béat face à celle qui officiait avec un art accompli avaient quelque chose d'insupportable. Tout à coup, un vent de révolte l'embrasa. Elle se dressa, hérissée par un écœurement qu'elle ne pouvait dominer.

— Vous préférez rester ensemble, sans doute ?

Elle avança d'un pas, les bras raidis le long du corps, les mâchoires contractées.

— Ce n'est pas la peine de vous cacher. J'ai tout compris !

Comme elle se détournait pour s'enfuir, Julien se précipita pour la retenir, malgré son pansement de fortune. Il agrippa son bras, mais elle émit un tel cri qu'il lâcha prise. A ses pieds, un serpent se frayait un chemin entre les mottes d'herbe et les cailloux.

Pour devancer Youki, qui allait se jeter sur le reptile, Julien eut le réflexe qui s'imposait. Il réussit à poser l'une de ses bottes près de la tête de l'animal, et, armant son fusil, en un clin d'œil, il lui éclata la tête d'une décharge. Quelques spasmes parcoururent le corps du serpent avant qu'il ne retombe immobile.

— Saloperie de vipère ! fit-il en l'examinant. Si je n'avais pas été là…

— Vous m'avez sauvé la vie, c'est sans doute ce que vous voulez dire ? interrogea Clotilde.

— Non. Elle se dirigeait vers moi.

La voix de Simone, qui s'était rapprochée d'eux, abrégea leur échange. Les deux jeunes femmes se mesurèrent du regard. Le geste de cet homme devenait un enjeu dont elles se disputaient la portée.

— Je suis désolé, rit soudain Julien, c'est Youki que j'ai voulu protéger, et lui seul. Hein, mon chien ?

Il se pencha, enfouit son nez dans le pelage de son compagnon et se mit à lui caresser les oreilles.

Quand il s'arrêta, Clotilde s'éloignait à grands pas vers le village. Il aperçut le bas de sa robe qui virevoltait au-dessus de ses chevilles. Alors, il fit glisser son fusil sur la terre et ouvrit les bras vers Simone.

— Tu es belle, murmura-t-il, heureusement que je t'ai !

Ils échangèrent un baiser passionné, convaincus d'être cachés par les rangées d'arbres qui les entouraient. Mais, plus bas, mue par cette intuition qui ne la quittait pas, Clotilde avait fait demi-tour et, tapie derrière des fourrés, dardait ses grands yeux noirs sur le couple enlacé.

Choquée, elle se dépêcha de rejoindre la fabrique.

En traversant la route qui descendait vers le Maumont, elle ne prit pas garde à une bicyclette qui roulait à vive allure. Pour ne pas la renverser, le conducteur dut faire un brusque écart qui l'envoya s'affaler sur le bas-côté. Sans même savoir à qui il avait affaire, il abreuva la jeune femme de reproches. Les jambes tremblantes, Clotilde le regardait sans le voir. La bicyclette avait encore une pédale qui tournait dans le vide tandis que son propriétaire se tenait le bras droit, contusionné par sa chute.

— Vous êtes-vous fait mal ? questionna-t-elle.

Tout à l'inspection de son vélo, le cycliste lui jeta un vague regard avant de la dévisager de nouveau :

— Ne seriez-vous pas Clotilde Chassagne ?

Elle acquiesça, étonnée qu'il puisse la connaître alors qu'elle n'avait aucun souvenir de lui.

— François Lenglet, se présenta-t-il. J'espérais justement vous rencontrer.

Tandis qu'il lui tendait la main, elle remarqua que sa manche de chemise était déchirée et qu'un peu de sang s'échappait d'une large balafre. Elle ne put s'empêcher de penser à Julien Leyral. Aussitôt, l'image du couple enlacé se dessina devant elle avec une précision qui la meurtrit. Elle se laissa tomber sur une souche d'arbre près de la bicyclette renversée et fondit en larmes.

— Allons, encouragea Lenglet, je n'ai qu'une égratignure et vous êtes sauve. Tout va bien !

Il lui offrit un mouchoir pour s'essuyer les yeux.

— C'est de ma faute ! C'est de ma faute ! répéta-t-elle plusieurs fois.

Lenglet s'assit à ses côtés. Sur la route, le conducteur d'une carriole leur proposa de l'aide mais elle refusa. Il fallut patienter encore un moment avant qu'elle ne se ressaisisse et que ses yeux redeviennent secs :

— Comment me connaissez-vous ? questionna-t-elle alors.

Lenglet sentit que l'instant était propice :

— On dit que vous recrutez des ouvriers dans votre usine. Peut-être m'accepterez-vous parmi eux ?

— Si vous savez ce que représente ce métier, il n'y a pas de problème.

— J'ai travaillé dans l'usine Lombard de Brive, expliqua-t-il. Je suis parti parce que je ne m'entendais pas avec le patron.

— Venez demain matin ! proposa-t-elle.

Il la remercia avec empressement avant d'essayer de remettre son vélo d'aplomb. Mais là, il dut déchanter.

La roue avant était trop voilée pour lui permettre de continuer.

— Je veux bien vous engager, intervint Clotilde, prudente, toutefois je ne peux pas prendre en charge les réparations de votre bicyclette. Vous devez considérer que travailler chez les Chassagne est une chance qui se suffit à elle-même.

Muet, Lenglet contemplait sa roue tordue. Il n'avait pas les moyens de s'en acheter une neuve. Quelques longs mois de chômage avaient eu raison du maigre pécule qu'il avait mis de côté.

— Depuis que j'ai perdu mon travail, dit-il, je vis chez ma mère à Sainte-Féréole. Je vais avoir besoin de mon vélo pour me rendre à la papeterie. Comment ferai-je ?

Face à lui, Clotilde avait récupéré sa présence d'esprit et son sang-froid. L'argent qu'elle devait à Leyral s'ajoutait à la stagnation des commandes. Elle avait beau considérer le problème sous tous ses angles, elle ne pouvait envisager la moindre dépense supplémentaire.

— Tant pis ! fit-elle, je ne peux rien vous donner de plus.

Elle s'apprêtait à partir lorsqu'il lui barra la route.

— Vous vous en tirez à bon compte ! Une promesse de travail et vous voilà dédouanée. Et moi, comment vais-je me déplacer, à présent ?

Clotilde lui adressa l'un de ces regards froids dont elle avait le secret. Cet homme semblait âgé d'une trentaine d'années tout au plus. Elle ne savait rien de lui, ni de son parcours, ni de sa formation. Pourquoi avait-il quitté l'usine de Brive ? Peut-être mentait-il ?

— C'est tout ce que je peux vous proposer, répondit-elle. Et, croyez-moi, notre fabrique n'engage pas n'importe qui. Alors, à vous de voir...

Elle tenta encore de l'écarter, mais il résista.

— Quelle garantie m'offrez-vous ? Qui me dit que vous n'allez pas me traiter comme Norbert et Gautier ?

Ainsi, il connaissait les deux ouvriers et leur renvoi alimentait déjà les commérages.

— J'en ai assez entendu, termina-t-elle. Si vous n'êtes pas content, vous pouvez disposer !

Elle voulut le contourner, mais il la saisit aux épaules, l'obligeant à croiser son regard gris acier.

— On vous dit aussi dure et coupante qu'un bloc de glace. Otez donc le masque que vous portez en permanence sur votre visage !

D'une pression, il l'amena près de lui. Ses mains serrèrent plus fort ses épaules.

— Lâchez-moi, ordonna-t-elle, ou je crie !

— Demain, dit-il sans desserrer ses doigts, le regard plongé dans le sien, je viendrai à l'usine à sept heures. Vous serez là pour m'accueillir !

Comme elle tentait une dernière fois de s'esquiver, il relâcha son étreinte. Elle vacilla et dut se rattraper au tronc d'un chêne pour ne pas tomber. Délivrée, elle s'enfuit à toutes jambes.

Les yeux de Lenglet restaient ancrés au fond de sa mémoire. Ils la poursuivirent jusqu'à son arrivée à la propriété.

Le premier qui remarqua son entrée fut Lucien Chassagne.

Au rez-de-chaussée, derrière la fenêtre de la salle, il se tenait droit comme une statue. Clotilde stoppa net sa course. L'étonnement de l'apercevoir ainsi l'effrayait et la rassurait en même temps. Par quel miracle avait-il surmonté aussi rapidement les contrecoups de la bagarre dont il s'était mêlé ?

Il ouvrit la fenêtre. De grosses gouttes de pluie rebondissaient sur le toit de l'usine avec des bruits métalliques. Clotilde hésita. Où aller pour réfléchir dans le calme à tout ce qui emplissait sa tête ?

Le vieux Chassagne ne lui laissa guère le temps de tergiverser.

— Ne soyez pas trop triste, s'écria-t-il, je ne suis pas encore mort !

Il acccompagna sa phrase de son habituel rire sardonique. La jeune femme haussa les épaules. En cherchant à se protéger de la pluie qui redoublait, elle réalisa soudain qu'elle n'avait plus le châle qu'elle avait emporté. Sans commune mesure avec l'événement, une insoutenable tristesse l'accabla.

Claquant des dents sous l'averse, elle restait sur place, tandis qu'au fond de ses yeux les visages de Leyral et de Simone Gorse se superposaient à celui de François Lenglet.

— Je vous cherchais, dit une voix d'homme.

Elle se retourna, prête à poser son front sur n'importe quelle épaule pourvu qu'elle pût enfin se soulager du tourbillon qui s'agitait au fond d'elle. Mais elle se retrouva devant Savignac et sa méfiance. Son chagrin ne pouvait faire le poids face à cet homme qu'elle avait éconduit.

— On dirait que vous pleurez, s'inquiéta-t-il.

Elle fit signe que non. Il n'était plus question de se donner en spectacle, ni même de montrer ses faiblesses. Et d'ailleurs, de quelle tristese s'agissait-il ? Dans la logique des choses, Julien ne serait jamais à elle. La seule et mince satisfaction qu'cllc pouvait en éprouver venait du fait que Colette, sa mère, sans le savoir, le perdait aussi. Elle inspira puis remit en place une mèche de cheveux mouillés qui collait à son front.

— Je vous écoute, fit-elle d'une voix raffermie.

Il l'entraîna sous l'auvent de l'usine pour être à l'abri. Ses traits soucieux et sa tête basse ne laissaient aucun doute quant à la teneur de ses propos. Quelque chose de grave se tramait.

Malgré la fraîcheur, Clotilde oubliait la pluie et le vent. Qu'avait-il donc à lui révéler qui le minait à ce point ? Mains dans les poches, Martin envoya quelques coups de pied dans des cailloux.

— Si nous ne pouvons envisager un travail continu, même la nuit, d'ici trois semaines nous devrons fermer et déposer le bilan.

Il avait parlé d'une traite. Son visage impassible montrait qu'il avait bien étudié la question.

— Travailler la nuit ! s'exclama Clotilde. Mais c'est impossible, voyons !

— Augmenter la production et la diversifier est notre unique chance de survie.

— Vous voulez dire qu'il faut fabriquer d'autres produits que le papier de paille ?
— En effet, répondit Martin, et c'est urgent !

16

Tout devait être réorganisé. Engager une équipe de nuit signifiait des charges beaucoup plus lourdes. Et pourtant, Martin ne désarmait pas. Pour lui, les horaires devaient être réaménagés : de midi à minuit et de minuit à midi. A cette seule condition, la production pouvait espérer devancer la concurrence qui grandissait aussi bien près de Brive avec la papeterie Lombard que dans le nord de la France ou dans la région parisienne.

Le jour était tombé depuis longtemps lorsqu'il en était encore à énumérer les nécessités d'une telle transformation. Invité à partager le repas du soir, il s'assit à la table des Chassagne avec l'esprit d'un devoir qu'il ne pouvait différer. En fait, il n'avait pas envie d'être là. Le vieux Chassagne paraissait l'écouter d'une oreille distraite et Clotilde semblait occupée ailleurs. Seules les allées et venues de Léonie, qui s'efforçait de lui être agréable à travers son souci de bien faire, le réconfortaient, en plus de sa cuisine attentive et revigorante. Mais pour le reste… !

Le vin acheté à un propriétaire de Juillac n'avait même pas le goût qu'on aurait pu espérer. Au début du repas, Lucien l'avait prévenu :

— On m'a fait cadeau de dix bouteilles, je n'étais pas en mesure de les refuser.

Comme s'il comptait sur la quantité de vin ingurgitée pour y puiser une vraie force de persuasion, Martin buvait verre sur verre.

En fait, il se sentait de plus en plus démuni. Comment convaincre Clotilde qu'agir était la seule façon d'enrayer l'inévitable déclin de la petite usine ?

Assise en face de son beau-père, la jeune femme touchait à peine le contenu de son assiette.

— N'aimez-vous pas mon canard au chou ? se désespérait Léonie.

— Il est délicieux, mais je n'ai pas très faim.

La déception altérait les traits de la servante, dont le regard allait jauger les autres assiettes. Du côté de Chassagne, pas de problème. Contre toute attente, le docteur Gorse à peine sorti, l'industriel avait abandonné son lit en prenant soin de se faire plaindre et dorloter. Mais l'appétit était bien là, intact. Témoignage le plus évident d'une santé qui résistait à tout.

— Ces gredins, avait-il seulement dit, ils ont cru m'assassiner, mais ils n'ont fait que prendre leur désir pour une réalité !

Entre deux bouchées, Savignac se taisait. Poli, il écoutait le maître des lieux commenter les affaires politiques, critiquer le maire de Donzenac, qui n'avait pas assez de poigne.

— Et le curé ? se risqua à demander le contremaître.

— Gentil, mais seulement valable pour les grenouilles de bénitier qui le suivent comme leur ombre.

— Dans le fond, renchérit Martin alors que le dessert était sur le point d'être servi, vous êtes un anarchiste qui s'ignore !

Ce fut la seule fois où Clotilde éclata de rire. Surpris, le jeune homme la dévisagea. En séchant à la chaleur des flammes qui dansaient dans la cheminée, ses cheveux avaient perdu leur discipline habituelle. Leur désordre lui donnait l'air d'une adolescente. Elle en devenait encore plus attirante. Le rire éclair de la jeune femme avait fusé dans la pièce, suscitant la pointe de légèreté qui manquait à cette soirée. Du coup, le vieil industriel avait souri lui aussi.

Quand Léonie apporta son clafoutis parfumé au rhum, une odeur suave et âcre chatouilla le nez des convives. Dès la première bouchée, ils furent unanimes à la féliciter puis, dans un silence recueilli, ils savourèrent le dessert.

Lorsque Martin se leva de table, aucune stratégie concrète n'avait été adoptée. Il prit congé de ses hôtes en les remerciant, mais le cœur n'y était pas. Clotilde le raccompagna jusqu'à la porte.

— Il faudra que nous reparlions de tout cela, dit-elle.

Martin esquissa une grimace qu'elle ne s'expliqua pas.

— Seriez-vous défaitiste à ce point ? se hasarda-t-elle à demander.

Irrité par ce qu'il prenait pour un aveuglement têtu, Savignac eut un mouvement d'humeur.

— Si, demain, rien n'est fait, si vous n'intervenez pas, je me verrai contraint de démissionner. Je ne veux pas assister au naufrage de cette usine.

— Vous avez trop bu, Martin, s'affola Clotilde. Vous ne pouvez ainsi tout envoyer promener. Ce serait une grande lâcheté de votre part.

— Est-ce bien vous qui me parlez de lâcheté ? Comment avez-vous pu oublier si vite l'intimité qui nous a unis ?

Sans attendre sa réaction, il ouvrit la porte et, en courant, se perdit dans la nuit.

Sur un arbre voisin, une effraie jeta son cri lugubre vers la lune tandis que des miaulements de chat se répercutaient de jardin en jardin.

Clotilde referma la porte. Une sensation d'oppression lui entravait la gorge. Elle posa son front contre le mur de l'entrée.

— Paul, murmura-t-elle.

Puis elle tendit le bras, saisit son manteau et s'en revêtit.

— Où allez-vous ?

Sa canne à la main, Lucien Chassagne l'avait rejointe.

— Je veux être seule, laissez-moi ! répondit-elle sans même le regarder.

En un tournemain, elle entrebâilla la porte pour se faufiler à l'extérieur.

— Clotilde, appela-t-il, répondez-moi ! Où allez-vous ?

Plus par pitié que par obéissance, elle se retourna. Il tenait une lampe à pétrole dont la lumière éclairait son visage inquiet. La jeune femme réalisa qu'il avait peur.

— Je vais chez ma mère, dit-elle, il vaut mieux que vous vous couchiez.

— Mais quand reviendrez-vous ?

Il semblait se cramponner à sa lampe comme s'il cherchait quelque chose à quoi se raccrocher.

— Demain, fit-elle, laconique. J'ai besoin de lui parler.

Longtemps, il resta sur le seuil à fixer l'ombre où elle avait disparu. Il n'accepta de rentrer que quand Léonie lui rappela qu'il était tard et que cela ne servait à rien de s'exposer ainsi au froid.

Depuis combien de temps Clotilde n'était-elle pas venue jusqu'à Mazières, devant cette maison bordée d'un jardinet ? La bâtisse se dressait un peu solitaire avec son toit d'ardoise refait et ses dépendances qui délimitaient le début de vastes champs. Les volets n'étaient pas fermés. Une lampe brillait au rez-de-chaussée. Elle serra les pans de son manteau. Pourquoi se retrouvait-elle ici à presque minuit alors qu'elle n'avait pas adressé la parole à sa mère depuis bientôt huit ans ? Elle avait même dû braver des voies désertes et dangereuses avant de parvenir dans ce hameau où ne l'attendait peut-être rien d'autre qu'un rejet.

Elle poussa la barrière. Aucun aboiement ne résonna. C'était suffisant pour la renseigner. Julien n'était pas rentré. Cette certitude l'aida à parcourir l'allée de gravier qui menait au perron de la maison. Elle dut sonner plusieurs fois avant qu'une servante sans âge, à l'embonpoint certain, ne consente à entrouvrir la porte.

— C'est à quel sujet ? lâcha cette dernière sur un ton qui n'avait rien d'aimable.

Clotilde n'avait pas envie de se faire annoncer comme n'importe quelle visiteuse. D'une main ferme, elle repoussa la porte et la servante puis s'introduisit dans le couloir. Aussitôt, elle déclencha des cris :

— Madame ! Madame !

Il n'en fallut pas davantage pour que Colette, la mère de Clotilde, se précipite.

En l'espace d'une seconde, elle reconnut sa fille.

— Vous pouvez monter dans votre chambre, Antoinette, fit-elle.

Quand les escaliers craquèrent sous les pas pesants de la servante, la mère et la fille, face à face, se regardaient toujours.

— Qu'as-tu à me dire de si urgent, à cette heure tardive ?

Clotilde s'attendait à sa question.

— Je suis désolée, mais je me doutais que tu étais seule et j'avais envie de te parler.

Colette eut un haussement de sourcils qui exprimait toute sa perplexité. Bien que sur le qui-vive, Clotilde ne décelait chez sa mère ni dureté ni désir manifeste de la renvoyer. Peut-être était-ce le résultat d'une tolérance opérée par le temps ? En tout cas, malgré les ans, sa recherche vestimentaire et son maquillage n'avaient pas changé.

— J'ai vieilli, n'est-ce pas ? fit-elle en lui désignant la salle à manger.

Clotilde s'abstint de répondre. Elle prit place dans l'un des confortables fauteuils placés près de la grande cheminée. Comme la coquetterie de sa mère, le décor de cette maison était bien le même. Elle aurait pu croire qu'elle était partie la veille tant les jours ne semblaient pas avoir compté.

— Tu n'ôtes pas ton manteau ?

Un peu embarrassée, Clotilde le déboutonna puis le posa en le pliant sur l'accoudoir de son fauteuil.

— Veux-tu boire ou manger quelque chose ?

Comme le froid du dehors l'emprisonnait toujours, la jeune femme demanda une infusion. En partageant une boisson avec sa mère, elle espérait rendre le dialogue plus facile. Trois minutes suffirent pour que Colette revienne avec un plateau et deux tasses fumantes. En passant près de l'une des lampes allumées sur une table, elle l'éteignit.

— Ainsi, rit-elle, tu verras moins mes rides !

Clotilde cherchait ses mots. L'ombre de son père hantait encore ces lieux. Elle s'aperçut qu'elle en voulait toujours à sa mère de l'avoir si vite remplacé. Colette reprit place dans le fauteuil opposé au sien. Elle croisa ses jambes, dévoilant un bref instant leur courbure parfaite. Clotilde remarqua ses chaussures à brides dont la forme et la qualité suggéraient un bon prix.

— Tu es toujours aussi élégante, constata-t-elle comme si elle ne trouvait rien d'autre à dire.

Colette posa sa tasse sur une petite table proche.

— Si nous en venions au fait ? Pourquoi es-tu là ?

Le ton un peu vif avait de quoi décontenancer, mais la question était prévisible.

Clotilde se racla la gorge comme si elle préparait un discours. Mais avant même qu'elle ne commence, sa mère se mit debout et se posta devant l'une des fenêtres. La robe mauve à large col qu'elle portait près du corps soulignait sa silhouette sans défaut. Ses cheveux bruns rassemblés en un lourd chignon sur la nuque dégageaient son fin profil. Dans la lumière tamisée, à part le léger affaissement de son menton et ces quelques rides qui sillonnaient son front, la beauté de ses quarante-huit ans n'avait pas souffert du temps. Clotilde pensait à Julien ; pourquoi la trompait-il ?

— Ne te force pas ! s'exclama soudain Colette. Je sais ce que tu es venue chercher.

— Et quoi donc ? s'enquit Clotilde, tout à coup projetée dans une autre réalité.

— De l'argent.

Elle pivota vers sa fille et, cette fois, croisa ses bras dans une attitude défensive. Le rêve de Clotilde se brisait. L'image de cette femme dont elle avait cru pouvoir se rapprocher dans cette solitude qui les frappait toutes deux s'effondrait à nouveau. Dans ce corps, ce visage qu'elle admirait encore, il n'y avait place que pour la méfiance et le doute.

La jeune femme se tassa sur son siège.

— J'ai l'impression que je n'ai jamais été ta fille…

Déconcertée, Colette revint s'asseoir.

— Nous sommes femmes toutes les deux, expliqua-t-elle, tu n'es plus la petite fille qui jouait sur mes genoux. Après toutes ces années de silence, comment veux-tu que je t'ouvre mes bras sans m'interroger ?

Elle avait raison. Clotilde hocha la tête. C'est vrai que ces retrouvailles ne pouvaient gommer le passé comme un coup de baguette magique.

— J'ai appris que tu as emprunté de l'argent à Julien, poursuivit Colette, j'ai trouvé le papier que tu lui as signé.

— Est-ce lui qui t'a mise au courant ?

— Non. J'ai découvert ce papier par hasard dans ses affaires.

Son visage se rembrunit.

— Je me demande pour quelle raison il t'a donné cet argent en cachette.

Il n'y avait plus rien à ajouter. L'histoire s'achevait comme un livre dont on tourne la dernière page. La suspicion qui naissait engendrait une nouvelle distance.

— Mais que crois-tu ? s'écria Clotilde. Dis-le ! Dis-le ! répéta-t-elle en sanglotant.

— Je te crois capable de tout, répliqua Colette sur un ton cinglant.

Maintenant, Clotilde suffoquait de chagrin. Des images de son père se mêlaient à celles de Julien et de Simone enlacés. Elle était arrivée ici pour trouver un peu de réconfort, peut-être même des conseils, et voilà qu'une fois de plus sa vie chavirait comme une barque s'échoue au milieu d'une tempête. Elle se détestait d'avoir cru à un miracle, elle détestait aussi cette mère qui l'accusait de lui voler son homme sans savoir qu'il en aimait une autre.

Excédée, elle bondit hors de son fauteuil et courut vers la porte.

— Je te hais ! hurla-t-elle.

Au-dehors, le froid qui se renforçait la paralysa. Elle ne put avancer plus loin. Sans un mot, Colette lui plaça son manteau sur les épaules avant de reculer.

— Ton Julien, persifla Clotilde, il couche avec Simone Gorse. Je les ai vus ensemble.

Prise de panique, elle détala comme un animal qui flaire un danger. Derrière elle, la voix forte de sa mère s'éleva :

— Pauvre folle !

17

La pendule sonna une heure du matin.

Colette n'avait même pas le courage de fermer ses volets. Le départ de Clotilde et tout ce qui s'était dit emprisonnaient son esprit dans un étau. Plus fortes qu'elle, les ultimes paroles de sa fille accomplissaient leur œuvre, semant le doute et la pagaille.

Souvent, après chaque partie de chasse, Julien ne revenait qu'au petit matin. Il racontait qu'un banquet réunissait tous les chasseurs dans l'une ou l'autre auberge des environs. Ripailles et galéjades y faisaient bon ménage.

Elle prit place près de la cheminée où le feu s'éteignait sans bruit. Ses pensées vagabondaient d'une question à une autre.

Clotilde avait-elle inventé cette histoire pour brouiller les cartes ? Ou bien sa visite préméditée n'avait-elle qu'un but, lui révéler cette liaison ?

Et l'argent ? Pourquoi Julien lui avait-il caché ce prêt ? Face à ce flot d'interrogations, elle essayait de voir clair, mais l'épuisement, l'échec des retrouvailles avec sa fille ébranlaient toutes ses convictions.

D'habitude, Julien rentrait vers quatre heures du matin. Titubant de fatigue mais heureux, il se reposait un peu auprès d'elle :

— Je te raconterai ! promettait-il.

Mais rien ne filtrait jamais de ces agapes entre hommes.

— C'était comme à l'accoutumée, commentait-il seulement, le lendemain.

La journée se déroulait toujours sans que l'un ou l'autre n'en reparlât.

Colette rassembla ses forces. Il fallait qu'elle retrouve sa confiance en Julien à n'importe quel prix. Elle enfila des bottines pour marcher plus facilement, revêtit un manteau dont elle rabattit la capuche sur sa tête et sortit. Sur la table, un petit mot destiné à Antoinette avait pour mission de la rassurer.

Une pluie fine mouillait la terre et la route. Elle n'était pas familière de ce genre d'escapade. D'emblée, une peur diffuse ponctua ses pas. Elle se dirigea vers l'auberge des Veyrade. Julien la fréquentait souvent et l'aubergiste, chasseur lui-même, partait à la moindre occasion traquer lièvres ou faisans dans les champs alentour ou le long de la Corrèze.

Quand elle arriva, aucune lumière n'était allumée. Dans la cour, seul un chien, attaché à sa niche, aboya. Colette allait repartir quand une voix de femme la héla sur le côté du bâtiment :

— Que désirez-vous à cette heure ?

Elle reconnut l'épouse de l'aubergiste.

— Pardonnez-moi, fit-elle, savez-vous où se tient le banquet des chasseurs ?

La voix sonore de Marcel Veyrade devança la réponse de sa femme :

— Le banquet ! Quel banquet ?

Quand il se montra, il portait un bonnet et une longue chemise blanche sur un pantalon qu'il avait dû enfiler à la va-vite.

En d'autres temps, Colette aurait ri, mais l'ignorance de l'aubergiste la décevait trop.

— J'ai cru qu'il y avait une fête chez vous, dit-elle, excusez-moi de vous déranger ainsi. D'ailleurs, je m'en vais.

Comme elle joignait le geste à la parole, Veyrade s'élança jusqu'à la barrière de sa maison, une lampe-tempête à la main.

— Que je suis bête ! s'exclama-t-il. Bien sûr qu'il y a une petite réception, mais elle se tient à Saint-Pardoux-l'Ortigier. Votre mari y participe, du moins c'est ce qu'il m'a confié ce midi...

— En êtes-vous sûr ?

— Parole d'aubergiste ! Je n'ai pas voulu m'y rendre parce que nous avons un mariage demain. Je dois me lever tôt ; le travail n'attend pas. Vous me comprenez, n'est-ce pas ?

— Merci, dit Colette, à moitié soulagée.

Marcel Veyrade n'avait pas l'air méchant, mais ses explications ne la satisfaisaient pas. Déçue, elle reprit le chemin qu'elle venait d'emprunter pour regagner ses terres. Saint-Pardoux était situé trop loin pour qu'elle aille à pied jusqu'au village. De plus, aucun charroi ne risquait de fréquenter la route, à cette heure.

Comme la pluie avait cessé, elle en profita pour enlever sa capuche. Des échos de voix étouffées lui parvinrent. Curieuse, elle s'arrêta et tendit l'oreille. Les Veyrade se disputaient. Plus aiguë, la voix de l'épouse transperça la nuit :

— Un mariage ! Quel mariage ? Qu'as-tu donc encore inventé pour te disculper face à cette pauvre femme ?

Une porte claqua puis le chien se mit à aboyer deux ou trois fois avant de réintégrer sa niche. Enfin, l'auberge replongea dans le silence.

Colette n'était plus que l'ombre d'elle-même.

A Saint-Pardoux, Julien ne réussissait pas à dormir. La respiration régulière de Simone, allongée près de lui, aurait pu l'apaiser, mais il pensait à l'aube qui n'allait pas tarder à entraîner son retour chez lui et à la vengeance que concoctait sans doute Clotilde.

Peut-être avait-elle déjà agi ? Il redoutait le pire. Une lettre le dénonçant lui semblait l'événement le plus probable. Il avait eu beau essayer de faire diversion, il était certain qu'elle les avait quittés persuadée de leur liaison.

— Tu ne dors pas ?

Simone s'éveillait. Sa main vint caresser son visage puis sa poitrine. Ici, dans ce minuscule hôtel, ils avaient pris l'habitude de dormir ensemble à chaque saison de chasse. Leurs nuits d'amour étaient toujours bien accueillies par la patronne, Angèle, une bonne et grosse femme dont le passé énigmatique suscitait de nombreux commentaires dans la région. Avait-elle été cette danseuse parisienne comme elle avait soin de s'en vanter ? Cette sylphide immortalisée par une photo jaunie au-dessus du comptoir et qui aurait été entretenue par un prince russe ?

Angèle pouvait en parler durant des heures, relatant ses souvenirs avec une telle précision qu'il semblait impossible qu'elle les eût inventés.

Avec une spontanéité désarmante, à chaque visite de Julien et de Simone, elle balançait la clé de la chambre rose sous leurs yeux : « Je vous ai gardé la même, comme d'habitude ! »

Un clin d'œil entendu, un sourire, et elle devenait cette mère protectrice qui se rendait complice de leur secret. Parfois, pour la remercier, Leyral posait un lièvre ou un lapin de garenne devant elle. Un rire de satisfaction découvrait sa bouche édentée puis, avec cette franchise qui la caractérisait, elle plaçait un doigt sur ses lèvres : « Jamais je ne raconterai quoi que ce soit, je vous le jure ! »

La cloche de l'église égrena quatre coups. A tâtons, Leyral alluma sa lampe de chevet. A chaque fois qu'il ouvrait les yeux sur le décor de cette chambre, une envie de rire le prenait. D'énormes fleurs d'un rose délavé s'étalaient sur le papier des murs. Même l'armoire et le lit avaient été peints de la même couleur, dans le plus parfait mauvais goût. D'habitude, Simone mêlait son rire au sien et tous deux finissaient par s'embrasser et s'enlacer une dernière fois avant qu'il ne se lève.

Ce matin-là, il n'eut qu'un petit geste tendre vers elle.

— Il faut que je me dépêche ! dit-il.

Elle s'étira. Ses cheveux blonds ébouriffés autour de son visage à l'expression enfantine avaient quelque chose d'attendrissant. Sous le drap, on pouvait deviner son corps souple et félin. Un instant, Julien pensa qu'il ne se lasserait jamais d'elle parce qu'elle était la source d'eau pure qui manquait à sa vie.

— J'ai un mauvais pressentiment, poursuivit-il. Il faut que j'aille régler une affaire urgente.

— Est-ce de Clotilde qu'il s'agit ?

— Non.

Son ton était catégorique. En aucun cas, il ne désirait que Simone éprouve le moindre soupçon. Lui seul devait arranger cette histoire et il venait d'avoir une idée.

Il l'embrassa sur le front avant de descendre et promit de lui donner des nouvelles bientôt.

Youki avait passé la nuit en bas, près de la cheminée. Quand il entendit son maître, il frétilla de plaisir puis lui emboîta le pas à travers la campagne. Le fusil en bandoulière, son chien derrière lui, Julien marcha vers Mazières.

Comme il s'y attendait, la maison était endormie. Il s'engouffra dans la salle. Des cendres rougeoyaient encore dans la cheminée, mais pas un bruit ne troublait la fin de la nuit. Il se délesta de son fusil puis se dirigea vers le coffre en bois qui jouxtait le vaisselier. A la lueur d'une lampe à pétrole qu'il avait trouvée sur la table, il s'apprêtait à le fouiller lorsqu'il perçut un bruit et se retourna. Colette était installée dans l'un des fauteuils. Après un court moment de sommeil, elle l'avait entendu rentrer et, recroquevillée sur les coussins, paraissait le guetter.

Il essaya d'afficher un air décontracté.

— Un lit est plus confortable, tu aurais dû t'endormir là-haut...

Il referma le couvercle du coffre, fit quelques pas vers la cheminée.

— Je vais rallumer ce feu, de toute façon, puisque tu ne dors pas, rien ne sert d'aller nous coucher.

— En effet, commenta-t-elle.

Tout en s'activant, Julien se lança dans le récit de sa soirée imaginaire entre hommes, multipliant les détails et inventant même les blagues de ses congénères. Au bout de quelques instants, Colette vint vers lui. Elle sortit un papier de sa poche.

— Est-ce bien ce que tu cherchais tout à l'heure ?

Blême, Leyral découvrit la reconnaissance de dette écrite et signée de la main de Clotilde.

— Je voulais t'en parler, fit-il sans perdre son sang-froid, mais tu ne m'en as pas laissé le temps.

Colette alluma une deuxième lampe. Ses mensonges l'attristaient de plus en plus.

Pourquoi déguisait-il la vérité avec un tel acharnement ?

— Huit mille francs, reprit-elle, ce n'est pas une modique somme. Avec cet argent, tu aurais pu acheter la voiture dont tu rêvais !

— Je l'achèterai, déclara-t-il d'une petite voix.

De hautes flammes envahissaient l'âtre. Il s'écarta, les yeux toujours rivés au feu.

— Après Clotilde, Simone Gorse. Tu ne m'épargnes rien !

Encore sous l'effet de tout ce qui s'était passé la veille, il ne réfléchit même pas.

— Jamais, tu m'entends, s'écria-t-il en la regardant, jamais je n'ai eu la moindre relation avec ta fille !

— Mais avec la fille du docteur, si ! railla Colette. Bravo et merci pour l'aveu !

— Tu inventes n'importe quoi ! s'emporta-t-il avant d'assener un coup de pied dans la table.

La lampe en faïence qu'elle supportait oscilla puis tomba sur le sol, éclatant en mille morceaux. Des flammes commencèrent à ronger les pieds en bois. Julien jeta sa veste sur le feu et se mit à la piétiner. A cet instant, Antoinette, qui entrait dans la salle par la porte de la cuisine, éparpilla un broc d'eau sur ce qui flambait encore. En peu de temps, tout fut éteint. Mais la table dont les pieds avaient noirci n'était plus récupérable.

— Ce meuble appartenait à Jacques, se lamenta Colette. Tu auras tout détruit, jusqu'à ses souvenirs !

— Reste avec tes morts ! lança Julien sur un ton vindicatif en s'élançant au-dehors. Moi, j'ai besoin de la vie !

— Tu ne perds rien pour attendre, menaça-t-elle à voix basse.

18

Sous une pluie battante, Leyral marcha jusqu'à Donzenac.

Le long des chemins boueux, la terre s'accrochait par paquets à ses bottes, ralentissant son allure. C'était jour de marché, mais les carrioles bâchées et les camionnettes peu nombreuses qui le dépassaient ne s'intéressaient même pas à lui. Il se contenta d'éviter les larges éclaboussures que leur passage déclenchait sur les routes noyées d'eau.

Sur la place de la mairie, quelques marchands s'installaient. De loin, sous un grand parapluie noir, il crut reconnaître Lucien Chassagne qui flânait au milieu des étals et fit un détour pour ne pas lui parler.

Sa nuit sans sommeil et l'accumulation de faits dont il se sentait victime plus que coupable ne l'encourageaient guère à converser. Son unique chance, croyait-il, tenait encore à l'idée qu'il avait eue à son réveil. Puisque Chassagne se promenait ici, Clotilde devait être seule. Voilà qui tombait à pic ! D'un pas plus allègre, il descendit vers le moulin et la fabrique.

A travers la grille, il aperçut la jeune femme en train de discuter avec vivacité, entourée de Savignac et de François Lenglet, celui dont il avait partagé la table à l'auberge des Veyrade. Tandis qu'il s'abritait sous un châtaignier pour se protéger de la pluie, il lui sembla que leur échange s'envenimait. Il était question de salaire et d'horaires.

Tout à coup, Lenglet, dont la voix portait plus que celle des autres, aborda une histoire de vélo détérioré qui eut l'air de surprendre Savignac. Celui-ci, réalisant sans doute qu'une partie de la situation lui échappait, les abandonna pour regagner l'usine. Clotilde tenta de le rappeler. En vain. Alors, elle eut un geste de découragement et planta là son autre interlocuteur, dont le visage courroucé avait de quoi alarmer. Lorsqu'elle fut chez elle, Leyral émergea de son abri et rejoignit Lenglet qui continuait à pester sous la pluie.

— Les Chassagne sont des rats, se lamentait-il. Pour deux sous, ils seraient capables de vous faire travailler nuit et jour ! Pour qui se prennent-ils ? Et surtout cette donzelle qui se targue de posséder une papeterie alors qu'elle n'y est pour rien !

— Calme-toi ! fit Julien, qui redoutait qu'un scandale ne ruine ses projets.

— Si vous m'arrangez mon affaire, reprit l'autre, je vous le rendrai ! Je peux même venir chez vous effectuer de menus travaux gratis.

— Je vais tâcher de m'en occuper, répondit Julien. Attends-moi ici.

Après un moment d'hésitation, Lenglet finit par obéir. Puisque Leyral était un parent de Clotilde, il disposait d'arguments valables pour conclure un accord avec elle.

En se reprochant d'être allé un peu loin dans ses promesses, Julien se dirigea vers la maison. Avant même qu'il ne frappe à la porte, Léonie, un panier sous le bras, passa près de lui.

— Je vous laisse, fit-elle, j'ai des courses à faire.

Il ôta son chapeau mouillé, disciplina ses cheveux puis se décida à entrer.

A cause de la grisaille du jour, Clotilde avait allumé une lampe sur la table. Penchée sur son livre de comptes, elle inscrivait ou rayait des chiffres dans les marges déjà bien remplies.

— Je n'ai pas le temps, furent ses seules paroles en guise d'accueil.

— Pourtant, souligna Julien sans se démonter, nous avons beaucoup de choses à nous dire.

— Ce n'est pas le moment, je vous assure.

— Même si je vous propose quelque chose d'intéressant ?

En soupirant, Clotilde referma son livre.

— Je vais me débrouiller pour vous rendre l'argent le plus vite possible, lança-t-elle.

Debout près de l'entrée, Julien eut un sourire forcé.

— Pourquoi cet empressement soudain ?

Elle repoussa la chaise où elle avait pris place et se mit face à la cheminée.

— Je ne veux plus rien avoir de commun avec vous ni avec ma mère. Cette situation ne peut plus durer.

Leyral s'avança vers elle puis il agita sous son nez le papier qu'il avait réussi à récupérer.

— J'oublie les huit mille francs, mais, en échange, j'exige votre silence.

De la pointe de son soulier, Clotilde s'amusait à former un petit tas de cendres tièdes.

— Vous parlez de votre liaison, sans doute ?

Pour ne pas lui donner une importance qu'elle niait encore, elle refusait de prononcer le nom de Simone Gorse.

— Vous m'avez bien compris, déclara-t-il seulement.

Elle cessa de jouer avec les cendres. Cette proposition était alléchante. Sa mère ne l'avait pas crue quand elle lui avait révélé ce qui liait la fille du docteur à Julien. Rien d'étonnant. Elle était trop sûre d'elle pour admettre l'existence d'une rivale.

D'ailleurs, ne s'était-elle pas vantée en disant qu'aucune femme dans le pays ne pouvait prétendre l'évincer auprès d'un mari qu'elle estimait acquis à sa dévotion ? Sa bonne conscience indemne, Clotilde estima qu'effacer cette dette de huit mille francs lui offrait la possibilité d'emprunter à nouveau pour développer l'usine.

Contente de s'en tirer ainsi, elle essaya de s'emparer du papier que Leyral tenait toujours.

— Tout doux ! tempéra-t-il sans lui céder. Il me faut également l'assurance que Lenglet sera respecté et payé comme il se doit. Sa réputation d'excellent ouvrier vaut celle de Norbert et de Gautier, que vous avez renvoyés pour des broutilles.

— Est-ce tout ? ironisa-t-elle.

— Ce sera tout, en effet. A présent, je n'espère plus que votre parole d'honneur. Celle que votre père vous a enseignée à respecter.

L'évocation de celui qu'elle plaçait toujours au-dessus de tout le monde la piqua au vif.

— Je vous interdis de parler de lui, gronda-t-elle, mais je veux bien vous promettre le silence si vous déchirez cette feuille.

Avec un air grave, Leyral se courba vers la cheminée. Les flammes commencèrent à racornir le papier. Clotilde et lui le regardèrent se consumer. Quand il n'en resta plus rien, Julien se redressa.

— Peut-être nous croiserons-nous encore ? Mais, pour l'instant, nous sommes quittes.

Ils se serrèrent la main comme de simples amis. Ni l'un ni l'autre n'avaient envie de s'embrasser.

Par la fenêtre, Clotilde suivit son départ. Quand il sortit de la propriété, elle se jeta sur son livre de comptes et, d'un trait vigoureux, barra les grandes colonnes de chiffres qui garnissaient les marges.

Embauché une heure plus tard, Lenglet se mit au travail avec une ardeur qui sidéra Savignac. Ses parfaites connaissances allaient du choix de la paille de seigle jusqu'au lissage de la pâte tamisée qui séchait autour des cylindres avant de devenir une feuille de papier. La découpe n'était plus qu'un jeu d'enfant dont il préférait ne pas se mêler. En quelques jours, Martin admira sa dextérité et surtout l'impeccable qualité des feuilles qui sortaient des presses. Il ne put que féliciter Clotilde de l'avoir engagé. Pour vérifier ses affirmations, elle fréquenta plus souvent l'usine et se fit expliquer les détails de la production. Puis, un soir de novembre, elle prit Martin à part.

— D'ici la fin de l'année, je compte me rendre à Brive chez maître Albert Treuil. En hypothéquant la maison et l'usine, j'espère obtenir un prêt suffisant pour doubler le personnel et accroître les rendements grâce à l'achat de machines plus performantes.

Martin, qui ne voyait plus Leyral hanter les lieux, remarqua qu'elle bouillonnait de projets comme si elle s'était affranchie d'un joug.

— Nous devrions produire autre chose, conseilla-t-il, obstiné.

— J'ai mon idée là-dessus, encore quelques mois et nous deviendrons plus performants que les Lombard !

Jusqu'à Noël, elle se démena sans se ménager. Ses voyages à Brive alternaient avec des rendez-vous d'embauche qu'elle fixait à des hommes en quête de travail. Martin ne la voyait presque plus, sauf quand elle avait besoin de son avis sur l'un ou l'autre des futurs ouvriers. Mais, là encore, elle s'ingéniait à réfuter ses arguments et décidait seule.

Chassagne, lui, vivait ces transformations avec distance. Moderniser la fabrique, la faire fonctionner sans arrêt, lui paraissait une aberration.

— De notre temps, disait-il à Clotilde en associant exprès sa famille à ses paroles, le bien-être des ouvriers comptait autant que la production. A présent, vous ne vous souciez plus que de rentabilité et de bénéfices. Tout cela se retournera contre vous.

— Vous n'êtes qu'un oiseau de mauvais augure, rétorquait-elle. J'agis comme Paul l'aurait fait.

Il se taisait, n'osant pas lui dire que l'évocation de son fils dans sa bouche lui devenait de plus en plus insupportable. Leyral y était pour quelque chose. Son étrange disparition, après avoir fréquenté leur maison de façon assidue, paraissait suspecte aux yeux de l'industriel. Et l'argent qu'elle lui devait ? Il imaginait une brouille entre les deux amants et, de jour en jour, se persuadait de la légèreté de Clotilde, qu'il qualifiait de « primesautière » auprès de Léonie ou même de Savignac, dont il espérait ainsi attiser la jalousie.

De son côté, Martin se sentait de plus en plus isolé. Pour faire plaisir au vieil homme qui le sollicitait, il s'entretenait avec lui. Devenir son confident représentait une sorte de vengeance qui le démarquait de Clotilde. Comment effacer la blessure qu'elle lui avait infligée et dont il souffrait encore ?

Le pire advint l'avant-veille de Noël. Ce jour-là, comme si de rien n'était, Lenglet vint trouver Savignac pour le mettre au courant d'un bouleversement total dans la fabrique. Pour le prochain début d'année,

Clotilde avait embauché trois femmes, chargées de s'occuper de la découpe du papier. Avec les dix ouvriers, cela porterait à treize le nombre total de personnes engagées. Même si on était loin des trente salariés de l'usine Lombard, ce chiffre permettrait de doubler la production et même de la diversifier puisque Clotilde avait en tête de fournir des emballages aux épiceries. En écoutant Lenglet lui relater tout cela, Martin crut tomber de haut. Il ne fit aucun commentaire mais guetta Clotilde jusqu'au soir.

Une fois de plus, elle revenait de Brive. Des giboulées fouettaient l'air, poussées par un vent fort. Une voiture s'arrêta devant la grille, elle en descendit, remerciant avec insistance celui qui l'avait raccompagnée. Il s'agissait d'un maraîcher des environs dont l'embonpoint n'avait d'égal que sa volonté d'écraser tout le monde par l'étalage de sa fortune.

Il faisait nuit. Depuis deux heures déjà, Savignac errait dans l'usine froide et déserte. Sans avertir de sa présence, il surgit devant elle comme un diable hors de sa boîte.

Après un mouvement de peur, elle prétexta que la fatigue conjuguée au mauvais temps lui interdisait toute discussion. En clair, elle désirait remettre leur échange à plus tard. Mais il n'était pas près d'obtempérer. Fort de la complicité qu'il avait nouée avec le vieux Chassagne, il ne voulut pas la voir s'échapper.

— C'est trop facile, dit-il, vous commandez et l'on plie le genou ! Mais pour qui vous prenez-vous ? Passe encore les écarts de votre vie que vous n'assumez pas, mais je suis toujours le contremaître ici, du moins c'est ce que stipule mon contrat. Alors pourquoi choisir ce Lenglet qui ne représente rien dans l'usine pour lui faire vos confidences ?

Le petit chapeau, qu'elle portait bien enfoncé sur sa tête, soulignait la finesse de son visage. Pour être à la mode et se préserver du froid, elle protégeait ses mains dans un manchon de vison. Revêtu de ses habits de travail, Martin n'était guère à l'aise. Il perçut la différence qui les opposait. Clotilde appartenait à cette bourgeoisie à laquelle il n'avait pas accès. Alors pourquoi avait-elle jeté son dévolu sur Lenglet ? Qu'avait-il de plus que lui ?

— Mais vous êtes jaloux, Martin !

Sa réflexion au ton plus qu'ironique l'atteignit de plein fouet. De toute évidence, elle recherchait le conflit. Au lieu de s'inventer une excuse, elle s'amusait à remuer le couteau dans la plaie, comme si l'exaspérer était son seul but. Une vague de morosité s'abattit sur lui. Pourquoi s'acharchait-elle de cette façon, alors qu'elle avait fait elle-même les premiers pas en le sollicitant ? En même temps qu'un frisson, il ressentit l'empreinte de son corps qui s'offrait dans une réminiscence bouleversante.

— Ce n'est pas possible, ce n'est pas possible, répéta-t-il d'une voix à peine audible.

Clotilde, qui avait enfin en poche le double des attestations nécessaires pour son prêt, n'envisageait qu'une chose : fêter en toute tranquillité la nouvelle avant de mettre à exécution ses plans.

— Ce François Lenglet, comme vous l'appelez, poursuivit-elle avec la même ironie, est joli garçon. S'il continue ainsi, il aura certainement de la promotion... A demain, Martin, acheva-t-elle, soyez à l'heure ! N'oubliez pas qu'à partir de janvier, nous fonctionnerons vingt-quatre heures sur vingt-quatre.

Contente d'avoir repris son rôle de patronne, elle voulut le dépasser pour rejoindre la maison, mais il la saisit au bras :

— J'ai eu beaucoup de patience. Je vous jure que vous allez regretter vos actes et vos paroles !

— Des menaces ? Restez à votre place, ordonna-t-elle, sinon c'est vous qui risquez de le regretter !

D'une chiquenaude, il la repoussa.

— Je le regrette déjà. Je regrette tout.

Un instant, le regard de Clotilde tenta de percer la nuit où il disparaissait en hâte. Peut-être avait-elle trop usé de son goût de la provocation ? Tout à coup, il lui sembla fragile, vulnérable. Elle se mordit les lèvres.

« Demain, je lui parlerai », se promit-elle.

Puis elle rentra, heureuse de pouvoir combler la faim de loup qui tiraillait son estomac.

19

On était à la veille de Noël et les ouvriers avaient le cœur léger. Dès le début de la matinée, Clotilde les prévint qu'à midi ils auraient droit à quelques verres de bon vin, accompagnés de friandises préparées par Léonie.

Ferdinand et Albert ne purent s'empêcher de parler à voix basse de prime et de l'intérêt que cela leur rapporterait plutôt que ce genre de festivité. Mais ils finirent par se taire face aux remontrances de Lenglet.

Un vent de méfiance souffla sur l'atmosphère de l'usine. Tous s'activaient sans échanger la moindre parole. Pourtant, une seule et même question unissait leur silence : pourquoi Savignac n'était-il pas là ? Lui qui les avait souvent soutenus dans leurs revendications...

Clotilde comprit que Martin ne viendrait pas quand l'horloge tinta neuf fois. Aussitôt, elle fit le rapprochement entre leurs propos acerbes de la veille et cette absence qu'elle envisageait déjà comme une catastrophe. Si Martin ne réapparaissait pas, toute l'organisation et la production de la fabrique risquaient de s'en trouver affectées. Pour ne pas jeter de l'huile sur le feu, elle informa les ouvriers qu'un mauvais refroidissement le retenait au lit, mais qu'il serait bientôt de retour. Par la même occasion, elle désigna François Lenglet pour le remplacer.

Lorsque à midi Léonie apporta les verres et les bouteilles, la jeune femme, accompagnée de Lucien Chassagne, trinqua avec tous puis s'éclipsa avec la ferme intention d'avoir des nouvelles de Martin.

Malgré un beau temps froid et sec, sa montée à travers les ruelles de Donzenac ne fut guère fructueuse. Le contremaître n'était pas chez lui et les quelques personnes interrogées ne purent la renseigner davantage. Quand elle réalisa qu'il était introuvable, une affreuse crainte la saisit. Fallait-il prévenir les gendarmes ? Lancer des recherches dans les eaux de la Corrèze ?

Sans même réfléchir, elle tambourina contre la porte du docteur Gorse. Une femme, qui semblait occupée au ménage, lui ouvrit.

— Le docteur est en consultation, dit-elle, on ne peut le déranger.

— Et mademoiselle Gorse ?

— Je ne sais pas où elle est, madame. Excusez-moi, j'ai du travail à faire.

Sans autre égard, la femme referma la porte.

Clotilde eut du mal à garder son sang-froid. S'il était arrivé malheur à Martin, ce serait bien sa faute. Jamais elle n'aurait dû s'adresser à lui, la veille, en ces termes-là.

Les jambes coupées, elle s'assit sur l'une des marches qui menaient à la maison. Un maigre espoir subsistait : questionner Marcel Veyrade, dont l'auberge ne désemplissait pas.

A cette heure, la salle était pleine à craquer. Les fumées des cigarettes se mêlaient à un brouhaha continu d'où n'émergeait que le bruit des couverts contre les assiettes.

Clotilde se fraya un chemin jusqu'au patron, qui officiait d'une table à l'autre, un torchon sur l'épaule, un long tablier devant lui.

— Savignac ? Quel Savignac ? fit-il tout haut.

— Martin, insista-t-elle, le contremaître de l'usine Chassagne.

— Le planqué, vous voulez dire ? Nom de Dieu, jura-t-il en plaçant les poings sur ses hanches, j'ai perdu l'un de mes fils et mon neveu dans la Somme, et vous voudriez que je reçoive chez moi cette mauviette ?

— Et moi, répliqua Clotilde, j'ai perdu mon mari, est-ce une raison pour condamner ceux qui en ont réchappé ?

Contrarié, Veyrade attrapa une bouteille derrière son comptoir puis il partit la poser sur une table au fond de la salle et ne revint plus.

Clotilde quitta l'auberge pour se diriger vers le poste de gendarmerie. Elle allait frapper contre la porte lorsque, sans prévenir, sa mère sortit du local.

Interdite, la jeune femme n'osa plus faire un pas. Mais Colette la salua avec un naturel déroutant :

— Bonjour, je crois que nous ne devons pas être ici pour la même chose...

Son sourire et son regard montraient qu'elle n'espérait qu'une chose : que sa fille lui explique les raisons de ses démarches dans cet endroit.

Clotilde répondit à son salut mais ne lui fournit aucun détail. Ce qui se passait à l'usine ne la concernait pas.

— Il fait froid, lança-t-elle à la place ; si ça continue demain, peut-être aurons-nous de la neige ?

Sa mère eut un mouvement de tête un peu dédaigneux, comme si les paroles de sa fille l'énervaient au plus haut point.

— Eh bien, moi, fit-elle avec arrogance, je suis venue me renseigner pour savoir comment je peux demander un constat d'adultère.

— Que dis-tu ? s'exclama Clotilde, dont les joues s'empourprèrent. De quoi veux-tu parler ?

— J'ai beaucoup repensé à ce que tu m'as confié avec tant d'obligeance, ironisa Colette, tu n'as pas tort, il y a de fortes chances pour que Julien ait une liaison avec cette Simone.

— Mais non, protesta Clotilde avec une véhémence soudaine, j'ai tout inventé, ce n'est pas vrai !

Sa mère lui prit le menton. Sa voix se durcit :

— Regarde-moi ! Je ne veux pas savoir qui tu protèges, mais tu apprendras qu'avec de l'argent les langues se dénouent. Maintenant, j'en connais assez pour que le scandale éclate au grand jour.

Sa main retomba. Clotilde sentait encore la marque de ses ongles sur sa peau.

— Au revoir, acheva Colette en se mettant en route, je te souhaite un bon Noël !

Elle monta dans une voiture garée un peu plus loin. Après un démarrage pénible, le véhicule s'éloigna dans une pétarade assourdissante.

— Quelle fumée ! s'écria l'un des gendarmes, hilare. Je préfère mon vélo !

Son rire se brisa net quand il vit que Clotilde pleurait.

— Quelque chose ne va pas ? s'enquit-il.

— Je ne sais pas, je ne sais plus, hoqueta-t-elle.

Comme une poupée de chiffon, elle s'affaissa sur le trottoir.

Quand elle recouvra ses esprits, elle était assise, soutenue par l'un des gendarmes, tandis que l'autre lui versait un petit verre d'alcool de prune entre les lèvres.

— On n'a pas le droit pendant le service, dit ce dernier, mais il y a des cas de force majeure !

Les deux hommes partirent du même rire. Celui qui se tenait debout se dépêcha d'aller cacher la bouteille et le verre derrière une armoire.

— Nous sommes détachés de Brive, expliqua-t-il à Clotilde, qui reprenait un peu de couleurs. Ainsi, nous pouvons examiner les cas difficiles avec monsieur le maire. Aucune disparition ne nous a été signalée. Votre contremaître, charmante madame, est majeur, il a donc le droit d'agir comme bon lui semble.

Devant la mine défaite de la jeune femme, ils échangèrent un regard de connivence. Et s'il y avait anguille sous roche entre ces deux-là ?

— Vous êtes-vous disputés ? questionna celui qui avait pris place derrière le minuscule bureau.

Clotilde se remit d'aplomb sur sa chaise.

— Hier soir, nous avons eu un échange un peu acide, mais rien ne laissait prévoir une telle attitude de sa part.

— Pour l'instant, reprit-il, ce Savignac est en rupture de contrat. Si vous portez plainte, il est possible de démarrer une procédure à son encontre, mais cela n'est pas de notre ressort.

Clotilde se leva. Elle en avait assez entendu. Entre les propos de sa mère et la fuite de Martin, l'impression d'être quelqu'un sur lequel le sort s'acharne lui donnait la nausée. Elle avait besoin d'air. Après avoir remercié les deux hommes, elle s'excusa pour son malaise et s'en fut.

— Voulez-vous que l'on vous raccompagne ?

Elle refusa, puis, comme si elle croyait découvrir la clé du mystère là-bas, elle s'engagea de nouveau sur le chemin qui aboutissait à l'auberge.

La salle s'était presque vidée. Accoudés au comptoir, quelques habitués buvaient encore en compagnie de Veyrade. A l'apparition de Clotilde, toutes les bouches se fermèrent.

Le patron fronça les sourcils avec un air suspicieux :

— Je veux bien vous servir quelque chose à boire,

dit-il tout de suite, mais si c'est pour parler, je n'en aurai guère le temps.

Clotilde se douta qu'il prenait les devants pour ne pas trop en raconter. Ce gaillard-là était le mieux placé à la sortie du village. Il devait être au courant de tout.

Avec un sourire, elle s'installa à l'une des tables et commanda une boisson chaude. Il lui proposa un bol de bouillon qu'elle accepta sans manière. Pour attirer ses bonnes grâces, mieux valait ne pas jouer les bourgeoises. En quelques minutes, les derniers clients s'en allèrent. Clotilde trempa ses lèvres dans le bol que Veyrade venait de lui apporter.

— Il est délicieux !

— En tout cas, commenta l'aubergiste, vous êtes déjà moins pâle que tout à l'heure. Vous paraissiez transie.

Il lui montra la grande cheminée où flambait un feu.

— Vous n'avez qu'un mot à dire et je l'active !

Clotilde le remercia de son intention. Le bol de bouillon suffisait à la réchauffer.

— Au fait, poursuivit-il sans pouvoir dissimuler sa curiosité plus longtemps, avez-vous retrouvé votre Savignac ?

— Ce n'est pas « mon » Savignac, corrigea-t-elle, mais le contremaître qui manque à la fabrique.

Comme il restait songeur, elle sortit de son sac un billet de dix francs qu'elle glissa sous le cendrier qui traînait devant elle. Veyrade, qui avait vu son geste, ne bougea même pas le petit doigt. Elle ajouta un deuxième billet.

— Si vous me dites ce que vous savez, ceci est pour vous.

L'aubergiste eut un long rire.

— Bon sang ne saurait mentir ! fit-il. Votre mère emploie les mêmes arguments, sauf que...

— Sauf qu'elle paie plus, compléta Clotilde.

Veyrade se pencha vers la table pour appuyer ses poings dessus.

— Gardez votre argent, jolie madame ! On a vu Savignac se promener du côté de Sainte-Féréole. A mon avis, vous le trouverez encore là-bas.

A peine sa phrase terminée, il réintégra sa place derrière le comptoir puis commença d'essuyer les verres mouillés qui s'entassaient. Clotilde comprit qu'elle n'obtiendrait rien de plus. Elle ramassa les billets, laissa quelques pièces pour payer sa consommation et, après un salut gêné, sortit de l'auberge.

Au-dehors, un vent d'est sifflait, augmentant l'effet de froid qui persistait depuis plusieurs jours. Elle n'avait pas envie d'aller jusqu'à Sainte-Féréole. Quelques secondes avaient suffi pour éclaircir la situation. Martin, jaloux de Lenglet, devait errer dans le village à la recherche d'indices ou de traces le renseignant sur celui qu'il considérait comme son rival. Si la peur qui l'avait tenue au ventre n'avait pas été aussi intense, elle aurait ri de cette histoire comme d'elle-même. Mais, pour l'heure, une autre peur surgissait, chassant la précédente. La comparaison que Veyrade n'avait pas hésité à faire entre elle et sa mère la meurtrissait beaucoup plus.

Sans même en avoir conscience, elle entra dans un petit oratoire dédié à saint Jacques, bâti au bout d'un sentier, à quelques centaines de mètres du village. La coquille gravée au-dessus de la porte rappelait qu'autrefois des pèlerins avaient emprunté cette route pour rejoindre Compostelle.

Elle s'assit sur l'unique petit banc de pierre, face à la statue du saint, couverte d'ex-voto et de fleurs de saison. De temps en temps, elle aimait venir ici pour penser à Paul.

Chaque papier ou chaque plaque apposée sous la statue remerciait saint Jacques d'avoir protégé un fils ou un frère durant la guerre. Certains lui rendaient grâce d'avoir sauvé des vies lors des ravages de la grippe espagnole. Mais, pour une fois, Clotilde n'avait qu'une envie : fermer les yeux.

Tout se déroulait dans sa tête. Sa mère avait payé Veyrade pour qu'il parlât. A présent, sans nul doute, elle connaissait la vérité et, dans le scandale qu'elle préparait, Julien n'aurait qu'un nom de coupable en tête, le sien, ainsi que la parole d'honneur qu'elle serait accusée de n'avoir pas respectée.

20

Martin se plaisait à imaginer Clotilde le cherchant. Elle devait parcourir Donzenac, interroger les habitants ou les voisins dans l'espoir de retrouver sa trace.

Sa revanche était enfin là, il l'avait à sa merci. Le seul obstacle qui freinait cette satisfaction venait de son absence à son travail. Qu'allaient penser les ouvriers ? Comment le jugeraient-ils alors qu'il déambulait dans les rues de Sainte-Féréole pendant qu'eux trimaient sans relâche ?

Sur la petite place, il repéra une « épicerie-café » où s'activait un homme d'âge mûr.

— Je voudrais un verre de bon vin, demanda-t-il en s'accoudant sur le comptoir, celui de votre meilleure réserve.

Le cafetier, casquette sur la tête et crayon derrière l'oreille pour noter les commandes, lui proposa du pomerol, rapporté du Médoc par l'un de ses beaux-fils.

Savignac accepta volontiers.

— Vous en boirez avec moi, n'est-ce pas ? proposa-t-il. Je vous l'offre.

L'homme ne dit pas non. A bien l'examiner, sa mine rougeaude, son nez aux veines trop dilatées dénotaient un certain penchant pour la bouteille.

Ils trinquèrent comme de vieux complices.

— Je m'appelle Jean Bellac, se présenta-t-il, et toi ?

Martin déclina son identité. Après tout, la compagnie de cet homme était une chance dans cette journée d'hiver où il se sentait seul. Le vin l'enthousiasma ; il claqua sa langue plusieurs fois et commanda un second verre.

— J'aime les gars qui ne rechignent pas sur les bonnes choses, commenta Bellac, et, crois-moi, cela fait trente ans que j'ai la même ligne de conduite. Les chipoteurs et les mauvais payeurs, je les mets dehors !

Le rire qui le secoua découvrit sa bouche à moitié édentée. Malgré sa laideur, quelque chose de sympathique attirait dans son visage buriné. Martin en profita pour tenter de le faire parler.

— Si vous vivez à Sainte-Féréole depuis trente ans, vous devez connaître François Lenglet, non ?

— Qui ? interrogea Bellac, la main en pavillon derrière l'oreille.

— Lenglet. C'est un type encore jeune qui vit dans le village, chez sa mère, paraît-il.

Le cafetier pinça les lèvres puis, de son index, repoussa sa casquette vers l'arrière.

— Ne seriez-vous pas l'un de ses amis, par hasard ?

Interloqué, Martin nota le vouvoiement soudain et l'expression agressive qui se peignit sur ses traits.

— J'aimerais en apprendre plus sur lui. Je suis venu de Donzenac exprès pour ça.

Bellac reboucha la bouteille qui était encore ouverte puis il la dissimula derrière le comptoir. Son visage se fermait de plus en plus.

— Ai-je dit quelque chose de mal ? questionna Martin.

— Il y a des noms qu'il vaut mieux ne pas prononcer devant moi, fit Bellac, beaucoup l'ont appris à leurs dépens.

— Il veut me prendre ma place, se justifia alors Martin, et pourtant, nous travaillons tous les deux dans la papeterie Chassagne. J'ai été engagé avant lui comme contremaître.

Cette fois, Bellac éclata d'un rire grinçant.

— Ça ne m'étonne pas ! Ce gars est un menteur, une vermine. Il s'incruste toujours là où il peut arriver à ses fins sans vergogne.

— Quelle réputation !

— Elle n'est pas usurpée, précisa le cafetier, loin de là !

Il approcha son visage de celui de Martin.

— J'ai eu le malheur de perdre ma fille aînée à cause de lui.

Il baissa la voix, essayant de maîtriser l'émotion qui l'envahissait.

— Elle avait dix-neuf ans, elle était belle comme un soleil. Il lui avait promis monts et merveilles, le mariage, des enfants. Il lui avait même acheté une bague à Brive.

Deux larmes jaillirent de ses yeux, il les essuya d'un revers de main.

— N'en dites pas plus ! conseilla Martin, troublé. Je crois que j'ai compris.

Un long silence plana sur eux et dans la pièce avant que la clochette de la porte ne se mette à tintinnabuler. Avec des cris et des rires perçants, des enfants s'égaillèrent dans la boutique comme une nuée de papillons.

— Ah ! s'exclama Bellac, dont le visage accusait soudain dix ans de plus, vous venez pour les nouveaux bonbons, je parie ! Eh bien, je vais vous servir.

Dix mains se tendirent vers lui, il les remplit chacune d'une poignée de friandises.

— Allez, partez ! fit-il ensuite, vous les paierez demain.

Un concert de « Merci, m'sieur » accompagna leur cavalcade jusqu'au-dehors. Les yeux de l'épicier suivirent leur course.

— Après le bal du 14 Juillet, continua-t-il comme s'il avait besoin de se confier, voilà dix ans de cela, les gendarmes nous ont prévenus, ma femme et moi, qu'on l'avait retrouvée noyée dans la Corrèze.

Sa main se crispa si fort sur le bord du comptoir que ses articulations blanchirent.

— Elle portait toujours la bague à l'un de ses doigts.

— Taisez-vous ! ordonna Martin. Vous vous faites trop de mal.

Mais Bellac tourna vers lui un regard lucide.

— Il paraît qu'il avait dansé toute la nuit avec une autre. Lorsque, au petit matin, ma pauvre Fanny les a cherchés et qu'ils avaient disparu, elle ne l'a pas supporté.

— Et l'autre jeune fille ? demanda Martin. L'a-t-il épousée ?

Bellac secoua la tête.

— Ce qui l'intéresse, c'est de séduire ; après il passe à une autre sans aucun scrupule. Quand j'ai voulu m'expliquer avec lui, sa mère a fait barrage. Elle m'a dit que Fanny était trop fragile, trop vulnérable. Et puis, a-t-elle fini par me cracher à la figure, l'amour, ça ne se commande pas. Il n'était plus amoureux d'elle, ça n'est pas de sa faute.

— Je vois, dit Martin.

Au-dehors, le ciel s'assombrissait, comme chargé de neige. Le soleil du matin avait fait place à un amoncellement de nuages qui bouchaient de plus en plus l'horizon.

— Il faut que je parte, reprit Martin, on m'attend à Donzenac.

Il déposa quelques pièces à côté des deux verres vides.

— Un dernier pour la route ? proposa Bellac en brandissant à nouveau la bouteille.

— Merci, mais ce ne serait pas raisonnable. Je reviendrai vous voir, continua-t-il pour le consoler de son refus. A bientôt !

— Tant pis ! lança aussitôt l'épicier, je le boirai sans

toi. Mais n'oublie pas de régler son compte à ce saligaud !

— T'inquiète pas ! marmonna Martin, les yeux rivés au ciel d'où s'échappaient les premiers flocons.

En quelques minutes, un rideau de neige macula la terre et les arbres. Tandis qu'il marchait, Martin sentit que ses pieds s'enfonçaient peu à peu dans une épaisseur ouatée. Il avançait, le col de sa grosse veste relevée, les mains dans les poches, repensant à tout ce qu'il avait entendu et surtout à Lenglet, au côté duquel il allait retravailler. Cette histoire l'avait en quelque sorte galvanisé. Il ne ressentait plus ni hésitation ni dégoût. Sa place était bien dans la fabrique. Il ne pouvait démissionner maintenant et laisser la voie libre à celui qui convoitait Clotilde et, par la même occasion, la direction de l'usine. Tout se clarifiait dans sa tête et le besoin de joindre ses forces à celles d'Albert ou de Ferdinand devenait un impératif auquel il ne pouvait se soustraire. Le jour déclinait quand il longea le petit oratoire où Clotilde était toujours assise, ressassant son inquiétude. Comme elle ajustait une longue écharpe sur sa tête pour se préparer à braver les intempéries, de loin elle le reconnut et faillit l'appeler. Au dernier moment, elle s'en abstint. Au fond, le plus important n'était-il pas qu'il revienne au village ? « Demain, se dit-elle, c'est Noël, j'irai lui parler. »

Si elle n'avait pas ressenti cette tension dans sa poitrine, elle aurait presque pu courir vers lui, lui assurer qu'on avait besoin d'un homme comme lui à la fabrique et qu'elle envisageait même de l'augmenter.

Mais l'ombre de sa mère et ses menaces annihilaient le moindre de ses désirs.

Une demi-heure plus tard, son manteau et son écharpe trempés de neige, elle se retrouva toute grelottante dans la propriété. Au-dessus de la campagne déjà drapée d'un blanc immaculé, les flocons commençaient à s'espacer. Derrière la fenêtre éclairée de la salle, fidèle à son poste, Chassagne la guettait. Dès qu'il l'aperçut, comme à chaque fois, il laissa retomber le rideau et s'esquiva.

Le lendemain matin, l'industriel crut être le premier à descendre, mais Léonie l'avait précédé. Un grand feu flambait déjà dans la cheminée et une odeur appétissante de brioche chaude émanait de la cuisine. En regardant par la fenêtre de sa chambre, Chassagne s'était aperçu que la nuit avait été plus calme. La neige ne tombait plus, mais elle tapissait tout le jardin. Même la roue du moulin disparaissait sous une couche blanche qui semblait en plus figée par le gel.

— Diantre ! dit-il, le thermomètre extérieur marque moins dix degrés.

En chantonnant, Léonie se déplaçait de la cuisine à la salle.

— Nous passerons un vrai Noël près de la cheminée, lança-t-elle avec cette gaieté qui la rendait parfois si attachante.

Elle installait les tasses et les couverts quand la voix du vieil homme fit presque trembler les murs.

— Qui a fait ça ?

Son doigt désignait le manteau de la cheminée et l'endroit où le fusil de son père était autrefois suspendu. A la place, une grosse guirlande serpentait d'un bout à l'autre, encadrée par des branches de houx.

— C'est moi, répondit Léonie, j'ai pensé que, pour cette année, nous pouvions fêter Noël de façon moins austère.

— Enlevez cela tout de suite ! tonitrua-t-il. Moi vivant, aucune décoration de ce genre ne s'accrochera aux murs de cette maison ! Nous sommes en deuil, Léonie.

— Voilà plus de trois ans que nous ne fêtons pas Noël, monsieur.

Le vieil homme allongea le pas et du bout de sa canne décrocha la guirlande et les branches de houx, qui tombèrent dans la cheminée. Du pied, il les poussa vers les flammes qui, en une minute, les réduisirent en cendres. Satisfait, il se dirigea vers la table et s'assit. Si Léonie avait battu en retraite vers la cuisine, Clotilde, elle, les mains derrière le dos, le regardait.

— Bonjour, fit-elle, vous commencez ce jour d'une drôle de façon !

Elle portait un nouvel ensemble de couleur bleue dont le haut était fait d'un chemisier à col rond et le bas d'une jupe qui s'évasait en plis fins et réguliers.

Une fois de plus, Lucien ne put qu'admirer sa beauté et son élégance.

— C'est ainsi et pas autrement ! affirma-t-il en se reprenant.

Par expérience, Clotilde savait qu'il ne fallait pas insister. Pourtant, cette journée lui appartenait tout autant qu'à lui. A l'instar de Léonie, elle aurait aimé voir quelques décorations, même les plus anodines, rien que pour marquer la fête. Tant pis pour les humeurs de ce beau-père irritable, elle n'en pouvait plus de subir son joug arbitraire.

— Votre intransigeance... commença-t-elle par dire, puis elle s'interrompit.

Dans l'allée du jardin, elle venait d'apercevoir un homme vêtu d'un impeccable costume foncé qui se dirigeait vers la maison.

— Que voulez-vous me dire ? poursuivit Lucien, qui avait lui aussi capté la présence du visiteur. Je vous écoute.

Mais elle refusa de prolonger la discussion. Quand la sonnette retentit, Léonie alla ouvrir ; alors que la jeune femme gardait les yeux braqués dans la direction du nouvel arrivant, Lucien, lui, s'amusait à observer toutes ses réactions.

— François ! s'exclama Clotilde en riant. La fabrique est fermée, aujourd'hui !

Poli, Lenglet s'excusa de son intrusion puis il sortit de sa poche un petit paquet qu'il posa sur la table.

— Je n'ai pas pu résister, expliqua-t-il, c'est pour vous.

Sous les yeux toujours attentifs du vieux Chassagne, Clotilde tira du paquet un bracelet à maillons argentés.

— Oh ! fit-elle en joignant les mains, il est superbe ! Vous n'auriez pas dû faire cette folie.

Aussitôt, elle demanda à Léonie d'ajouter une tasse tandis qu'elle coupait elle-même un morceau de brioche chaude.

Un large sourire aux lèvres, Lenglet prit place à table. Chassagne, qui s'était tu jusqu'alors, le détailla des pieds à la tête avec ostentation.

— Cher ami, je vous préfère en bleu de travail, lâcha-t-il.

Puis il se leva et, devant Clotilde mortifiée, quitta la pièce.

21

— Et vous, comment me préférez-vous ? interrogea Lenglet.

Il n'avait rien répliqué à la remarque de l'industriel. Un sourire avait juste étiré sa bouche puis il avait mordu à belles dents dans le morceau de brioche coupé par Clotilde.

A présent qu'il était seul en face d'elle, sa question restait en suspens dans l'air. Clotilde n'avait pas envie d'y répondre. Entre deux gorgées d'un café qui refroidissait, elle n'avait qu'une idée en tête : lui demander les raisons de ce cadeau trop coûteux et presque trop personnel. Le lui rendre aurait été humiliant, et puis cela faisait longtemps qu'on ne lui avait pas offert un si joli bracelet. Alors, pour ne pas s'appesantir, elle préféra parler de la fabrique et de sa réorganisation prochaine. Lenglet approuva ses projets. Son expérience dans l'usine Lombard lui avait été utile. En fait, il aurait aimé que Clotilde lui donnât carte blanche pour s'occuper de tout et devenir ainsi une sorte de second responsable.

Au contraire de Chassagne, la jeune femme appréciait son apparence soignée et sa fine moustache lissée avec minutie. Assis près d'elle, il semblait à l'aise, ne faisant aucune faute d'éducation.

— Pourquoi avez-vous choisi ce métier ? demanda-t-elle soudain.

Loin de lui déplaire, sa question le flatta. Il avait réussi ce qu'il désirait : semer le doute dans son esprit, se singulariser par rapport aux autres afin d'avancer peu à peu jusqu'à devenir l'un des piliers de la fabrique. Un rêve qu'il ne cessait de caresser comme il aurait aimé caresser le visage de cette femme qui l'attirait par sa beauté et ses blessures enfouies.

— Mon père était instituteur, expliqua-t-il, sa mort précoce nous a obligés, ma mère et moi, à nous débrouiller.

— Le mien aussi était instituteur ! s'exclama Clotilde. Quelle coïncidence !

Il hocha la tête.

— Quelqu'un m'avait mis au courant, je ne sais plus qui d'ailleurs, mais peu importe ! Nous avons de nombreux points communs. La même façon de nous battre, de surmonter les épreuves. Je suis si heureux de vous avoir rencontrée, Clotilde !

L'emploi de son prénom la choqua. D'habitude, il l'appelait « madame », comme les autres ouvriers, et voilà qu'il s'autorisait une familiarité sans même lui demander son avis.

Que devait-elle penser de ce garçon au physique assez banal, mais qui avait pour lui un charme dont il usait avec une audace déconcertante ? Se méfier ? Lui faire confiance ?

— Je souhaiterais que vous dirigiez l'équipe de nuit, continua-t-elle. Ainsi, Martin s'occuperait de la première et vous de la seconde, qu'en pensez-vous ?

Lenglet tapota sa tasse. Cette promotion n'était pas sans intérêt, mais il espérait mieux.

— Votre salaire sera en conséquence, précisa Clotilde. A moins que le travail de nuit ne vous dérange ?

— Et quel autre poste m'offririez-vous ?

Elle grimaça. Il était trop sûr de lui. A maintes reprises, loué pour son habileté et son efficacité, il s'octroyait presque le droit d'imposer sa loi. Le cadeau qu'elle avait accepté et qui ornait son poignet n'arrangeait rien.

— Je ne peux guère vous proposer autre chose, fit-elle, beaucoup seraient heureux à votre place.

Il se mit à rire.

— Ah ! Nous sommes bien de la même race. Si j'étais vous, je réagirais de la même façon !

Après un court silence, il poursuivit d'une voix plus triste :

— Après tout, qu'avez-vous à faire d'un type comme moi ? Je suis aussi ridicule que mon cadeau.

— Ce n'est pas vrai ! Nous pourrions être frère et sœur. Je ne me sens aucune supériorité sur vous.

— Frère et sœur ? reprit-il en la regardant droit dans les yeux.

Une rougeur subite colora les joues de Clotilde. Elle baissa les paupières comme le jour de leur rencontre. Ce regard direct, presque insoutenable, allait au fond d'elle. Lenglet approcha la main et la posa sur la sienne.

— Nous sommes faits pour nous entendre. Vous êtes la voix, je suis le geste, existe-t-il un meilleur accord ?

Elle retira sa main avec lenteur. Ce garçon avait une repartie, une intelligence qui la sidéraient. Pourquoi ne s'associerait-elle pas avec lui ? Prudente, elle estima qu'il était encore trop tôt pour évoquer une telle perspective.

— Réfléchissez encore, François ! se contenta-t-elle de dire. Un poste de contremaître à cinq cents francs par mois, ce n'est pas si mal.

Il se leva. La discussion semblait close. Lorsqu'il ouvrit la porte, un courant d'air glacé parvint jusqu'à Clotilde.

— Merci encore pour le bracelet ! fit-elle.

Il ne se retourna pas et, la tête penchée, entreprit de marcher dans la couche neigeuse qui s'étendait sur toute l'allée.

A dix heures, la cloche de l'église se mit à carillonner à toute volée. Léonie demanda la permission de s'absenter pour assister à la messe.

— Mais vous êtes déjà allée à celle de minuit ! fit Chassagne.

— Et il y a encore les vêpres, monsieur !

Bien emmitouflée dans sa longue pèlerine noire à capuche, son livre de messe sous le bras, la servante ne manquait aucun office de fête.

— Je vous taquine, rectifia-t-il de peur qu'elle ne se vexe.

Elle n'aimait pas qu'on la titille sur ce qu'elle considérait comme son devoir élémentaire.

— Heureusement que je suis là pour les disparus, dit-elle, sinon qui se soucierait du salut de leurs âmes ? A tout à l'heure, monsieur.

Chassagne se tut. Depuis la mort de sa femme, Gabrielle, puis celle de son fils, il s'était éloigné de toute pratique religieuse. Alors, au fond, cela l'arrangeait bien que Léonie fasse perdurer cette foi qui le désertait.

Il la regarda traverser le jardin avec précaution pour ne pas glisser. Tout à coup, au moment où elle franchissait la grille, elle se retrouva en face de deux gendarmes qui tenaient une bicyclette à la main. Inquiet, Chassagne les vit s'entretenir avec elle avant de pénétrer dans la propriété.

Il n'eut même pas à prévenir Clotilde. Celle-ci dévalait déjà les marches de l'escalier pour se précipiter sur le perron. Les deux hommes soulevèrent leur képi.

— Nous sommes désolés de vous déranger aujourd'hui, madame Chassagne, mais nous sommes mandatés par la justice.

— Entrez donc, messieurs ! invita l'industriel, qui avait rejoint sa belle-fille. Nous n'avons rien à cacher, ici.

Clotilde dut se faire violence pour ne pas le rabrouer. « De toute manière, se consola-t-elle, ça ne servirait à rien. Je n'aurais pas le dernier mot. »

Bon gré mal gré, elle s'effaça, tandis que les deux hommes, après avoir essuyé leurs bottes pleines de neige sur le paillasson de l'entrée, empruntaient le couloir qui menait à la salle à manger.

Le plus grand des deux, sans doute aussi le plus gradé vu le nombre de galons qui ornaient sa vareuse, refusa les morceaux de brioche que Chassagne leur offrait. Il s'adressa tout de suite à Clotilde :

— Votre mère affirme que vous avez vu monsieur Julien Leyral et mademoiselle Simone Gorse dans une attitude qui ne laisse aucun doute sur la nature de leurs relations.

Pâle, Clotilde s'assit, alors que le vieux Chassagne, pétrifié, écoutait de toutes ses oreilles.

— Avant de pousser plus loin nos investigations, continua le gendarme, nous sommes venus vous demander de signer une déposition afin que nous la transmettions à la justice.

— Non, articula Clotilde avec peine, ma mère se trompe, je n'ai rien vu.

Chassagne remarqua que ses mains tremblaient.

— J'ai confondu avec un couple que je ne connais pas mais qui leur ressemble, reprit-elle d'une voix rauque.

Soudain, elle enfouit son visage entre ses mains.

— Je n'ai rien vu, rien ! s'écria-t-elle. Ma mère se trompe, elle a tout inventé !

Les deux hommes se regardèrent. Pourquoi se mettait-elle dans un état pareil ?

L'autre gendarme allait intervenir lorsque Chassagne s'interposa :

— Nom de nom ! fit-il. Allez-vous la laisser tranquille ? Vous voyez bien qu'elle est à bout de nerfs. Vous, poursuivit-il sur un ton agressif en désignant le gradé, j'ai bien connu votre père. Un jour, il est venu me supplier pour avoir du travail. Quant à vous, fit-il en désignant cette fois le deuxième, je sais comment vous transportez les bouteilles d'eau-de-vie que vous devriez déclarer ! Alors, ça suffit ! Je réponds de ma belle-fille et de son honnêteté en mon nom propre. Allez le dire à la justice et à vos supérieurs !

— Ne vous fâchez pas, monsieur Chassagne ! s'empressa de tempérer le gradé. Nous n'allons pas vous importuner plus longtemps.

Ils déguerpirent, décontenancés par la crise qu'ils avaient déclenchée. A peine au-dehors, ils s'emparèrent de leurs vélos et en quelques tours de roue disparurent. Chassagne se tourna vers Clotilde. Elle était en train d'ouvrir le buffet et de se remplir un petit verre d'alcool qu'elle but d'un trait. Sous la brûlure du liquide, sa figure se crispa.

— Je vous remercie pour votre aide, fit-elle ensuite, plus détendue. Je vous revaudrai ça.

Il toussa comme s'il voulait s'éclaircir la voix.

— Je commence à comprendre bien des choses.

— Et quoi donc ?

Il se mit à marcher de long en large, les mains derrière le dos.

— Leyral ne vient plus parce que tout est rentré dans l'ordre. Un ordre qui vous lie par un pacte secret...

— Qu'avez-vous encore inventé ? se révolta-t-elle. De quelle perversion suis-je encore coupable ?

— Vous n'êtes coupable de rien, sourit Chassagne, qui marchait toujours, sauf peut-être de mensonge... En somme, vous n'avez rien vu et, en échange, Leyral vous a libérée de vos dettes. Voilà ce que l'on pourrait nommer une entente parfaite.

Il s'immobilisa près d'elle et la fixa d'un air triomphant. Le mystère n'existait plus. Il avait tout deviné. Clotilde serra les dents pour ne pas le bousculer. De rage, elle jeta son verre dans le feu.

— Pour de l'argent, dit-il sur un ton froid, vous êtes capable de tout, même de protéger un homme que vous avez détesté, traîné dans la boue lorsqu'il a remplacé votre père.

— Je vous interdis de me juger ! s'écria-t-elle. J'ai agi ainsi pour sauver la fabrique. Au lieu de me remercier, une fois de plus vous me condamnez. Si les bûchers existaient encore, vous seriez le premier à m'y attacher !

Sa virulence le dérouta. Pendant quelques instants, il demeura silencieux. Ecœurée par ce qu'elle prenait pour une injustice, Clotilde, dont les nerfs avaient été mis à rude épreuve, se laissa tomber dans un fauteuil et pleura.

— Vous ne m'avez jamais admise, hoqueta-t-elle,

dès le premier jour, vous m'avez détestée. Pourtant, je n'ai rien fait d'autre que d'aimer votre fils.

Chassagne avala sa salive. Effondrée dans ce fauteuil, elle avait des mots qui le touchaient. Comment lui dire qu'à travers elle, c'était le deuil impossible de son fils qu'il revivait sans cesse ?

Il s'approcha, hésitant, malhabile dans l'expression d'une tendresse qu'il n'avait jamais su traduire. Enfin, il posa sa main sur les cheveux de la jeune femme, qui se tamponnait les yeux avec un mouchoir.

— Ma petite fille, ma petite fille, murmura-t-il sans pouvoir ajouter autre chose.

Mais elle n'était pas en état de l'entendre. Ses larmes redoublèrent ; elle repoussa sa main puis, d'un bond, fila jusqu'au couloir. Là, elle saisit son manteau au vol avant de s'échapper vers le jardin.

22

Martin mangeait seul. Même en ce jour de Noël, il assumait sa solitude sans révolte ni passion. De sa famille, il ne lui restait que la petite maison où il habitait et qu'il entretenait le mieux possible avec l'espoir d'y amener, un jour, une vraie compagne. Dans ses rêves, il lui donnait l'allure et le visage de Clotilde.

Leyral écarté, il avait cru avoir le champ libre pour engager une stratégie de reconquête, mais voilà que ce Lenglet contrecarrait ses plans.

Il reposa son couteau sur le bord de son assiette, près du morceau de fromage qu'il n'avait même pas goûté. Malgré le feu dans la cheminée, il avait froid. Son avenir dans la fabrique était loin d'être assuré. Un mot, un geste de trop et Clotilde était capable de le renvoyer sans état d'âme.

C'était plus fort que lui, il pensait encore à elle. Des quelques aventures qui avaient jalonné sa vie, aucune des jeunes filles rencontrées ne l'avait attiré à ce point.

Pourtant, il la savait capable du meilleur comme du pire.

Son regard erra par la fenêtre. Tout à coup, il écarquilla les yeux. Derrière le rideau, c'était elle qui frappait contre le carreau. Elle mit sa main en visière et colla son nez contre le rectangle de verre.

Martin s'élança vers la porte.

— Si vous avez besoin de moi, dit-il en se montrant, je suis là.

Elle entra chez lui dans un état second. Ses yeux rougis, ses paupières gonflées témoignaient d'un chagrin encore proche. Près de la cheminée, elle choisit un vieux fauteuil défraîchi et se lova dedans comme un chat qui recherche la chaleur. Martin ne parlait pas. Il n'avait rien oublié de leurs échanges ni de ses railleries. Qu'espérait-elle ? Qu'il l'accueille à nouveau les bras ouverts ? Même s'il en mourait d'envie, il n'était pas question de céder à la tentation.

Pour s'occuper, il s'approcha de l'âtre et fit semblant de rajouter des branchages pour activer le feu.

— Martin, dit-elle enfin, j'ai été injuste envers vous.

Réfrénant l'impulsion qui le poussait vers elle, il ne broncha pas. Les blessures qu'elle lui avait infligées n'étaient pas encore refermées.

— La fabrique a besoin de vous, de votre savoir-faire, de votre autorité, continua-t-elle. Je suis ici pour vous demander de revenir. Vous êtes un excellent contremaître.

Il eut un ricanement de dépit. Ainsi, ce n'était que ça. Elle ne s'était déplacée que pour vanter ses mérites. En fait, son retour n'était destiné qu'au bon fonctionnement de l'usine, le reste n'avait aucune importance.

— Pourquoi riez-vous ? s'enquit-elle.

Martin tenta de jouer la carte des sentiments.

— Je crois que ce n'est pas un hasard si vous êtes ici après avoir autant pleuré…

Elle baissa le nez, pressentant ce qui allait arriver. D'abord, des confidences puis un inévitable rapprochement, enfin l'acte final, celui qu'il souhaitait comme un chien fidèle attend la récompense de son maître. Elle n'avait pas le courage de lutter ni de se lancer dans une nouvelle aventure avec lui.

— C'est à cause de Lucien, mon beau-père, finit-elle par dire, il est si difficile à vivre…

Tant bien que mal, Martin dissimula sa déception.

— Et si demain je réintègre mon poste, fit-il, un brin d'agressivité dans la voix, qu'allez-vous faire de Lenglet ?

Clotilde sourit. La rivalité de ces deux-là était inévitable. Elle lui proposa de diriger l'équipe de jour avec le même salaire que François.

— Bien sûr, renchérit-elle, vous pouvez toujours refuser, mais ce serait dommage pour votre carrière.

Martin ne donna pas son accord tout de suite. Là où il espérait un soupçon de sentiment, elle ne parlait que d'argent et de promotion. Jamais il n'avait eu affaire à une femme aussi déterminée. Derrière son joli minois, son penchant pour les beaux habits, se cachaient une volonté de fer, un indomptable attrait pour la réussite que bien des hommes lui auraient enviés.

Comme si cette visite avait assez duré, elle se leva :

— Je sais ce que vous pensez de moi, Martin, mais je suis certaine que Paul aurait agi de la même façon.

De sa main, il effleura son épaule.

— Il faut laisser les morts en paix, Clotilde. Je suis bien vivant et mon attachement pour vous n'a pas changé.

— Chut ! coupa-t-elle, pas un mot de plus, je vous en prie !

Elle déposa un baiser furtif sur sa joue.

— A demain, je vous attendrai.

Lorsqu'elle se retrouva dehors, les rues du village étaient désertes. Quelques chants d'enfants en provenance de l'église résonnaient encore par intermittence. Le ciel s'était à nouveau couvert et un vent aigre fouettait l'air. Malgré le mauvais temps, elle s'attardait pour ne pas regagner la propriété. Lucien et Léonie devaient avoir terminé leur repas. C'était l'un des rares jours où la servante avait toujours eu le droit de s'asseoir à la table familiale. Sans doute Chassagne n'avait-il pas failli à cette tradition…

Perdue dans ses réflexions, elle s'engagea sur une petite route à la sortie du village. Soudain, un coup de frein strident déchira ses oreilles et une voiture s'arrêta net à quelques pas d'elle. Aux alentours, des gens s'agglutinaient déjà aux fenêtres des maisons, tandis que des aboiements de chiens apeurés retentissaient dans les cours. Encore étourdie par la frayeur, Clotilde eut du mal à reconnaître la silhouette de sa mère qui descendait de la voiture.

— J'espère que tu n'as rien ! s'écria cette dernière.

Clotilde fit aller sa tête de droite à gauche. La peur passée, cette rencontre pour le moins périlleuse avait de quoi les surprendre toutes les deux.

— Monte ! invita Colette. Je t'emmène boire quelque chose, cela nous remettra.

Pour fuir les regards des curieux, la jeune femme obtempéra. Elle grimpa sur le siège avant de la Panhard, dont elle avait lu le nom sur le capot. Puis sa mère démarra en direction d'Allassac, où il existait, assurait-elle, un estaminet ouvert.

Bien que minuscule, l'endroit bruissait de voix d'hommes qui tuaient le temps en buvant et en parlant de tout et de rien. Elles peinèrent à dénicher une table libre, tant les fumées de cigarettes dessinaient un écran opaque. Enfin, alors que tous les yeux les observaient, elles réussirent à s'isoler au fond de la petite salle.

A l'extérieur, un attroupement s'était formé autour de la voiture et les commentaires allaient bon train.

D'office, Colette commanda deux vins chauds.

— Cela te réchauffera, dit-elle à Clotilde, tu sembles frigorifiée.

La jeune femme souffla sur ses mains avant de les frotter l'une contre l'autre. Etre assise en face de sa mère pour entendre ce qu'elle subodorait déjà la glaçait.

— Tu as dû avoir la visite des gendarmes, ce matin ? On y était. Colette attaquait de front avant même de goûter à sa boisson.

— Pour quelle raison passes-tu par la justice ? s'étonna Clotilde. Tu n'as aucune preuve de ce que tu avances.

— Je sais ce que je dois faire. Je veux du scandale. Julien paiera, c'est la loi.

— Tu ne l'aimes donc plus ?

— D'autres que toi m'ont confirmé tes propos. Je ne lui pardonnerai jamais ses incartades. Car il en a eu plusieurs, j'en suis persuadée.

Elle but une longue gorgée de liquide chaud puis se pencha vers sa fille.

— Il faut que tu m'aides. Si tu déclares les avoir vus ensemble, il perdra ce divorce et j'obtiendrai tous les dommages et intérêts que je souhaite.

Ses yeux étincelaient, elle s'enivrait de sa victoire comme de ce vin qui rosissait ses joues et son front.

— Il n'aura plus rien. Je lui ferai tout payer jusqu'au moindre sou !

Son visage était si proche de Clotilde que la jeune femme sentait son parfum, son haleine douceâtre. Combien de fois, lorsqu'elle était enfant, n'avait-elle pas désiré qu'elle se penchât ainsi au-dessus de son lit pour l'embrasser ?

A ce moment, le terrible jugement de Chassagne lui revint à l'esprit. Elle dévisagea sa mère avec inquiétude. Les monstres n'enfanteraient-ils que des monstres ? C'était bien le même sang qui coulait dans leurs veines.

Elle ne pouvait s'en défendre, elle ressemblait à cette femme qui se battait pour réduire à néant un homme qu'elle avait porté aux nues. Comme Clotilde ne parlait plus, Colette devint plus précise.

— Si tu signes, j'irai chez le notaire pour que tu aies la ferme de Genouillac et une partie des terres qui entourent le moulin de Bugeat. Nous ne nous en occupons guère. En les vendant, tu en tireras un excellent prix.

Des gouttes de sueur perlèrent sur le front de Clotilde. Ces biens représentaient un apport considérable. Non seulement elle pouvait en investir une partie dans l'usine, mais encore elle héritait d'un lieu pour vivre loin de Chassagne et de son caractère ombrageux.

Elle prit son front entre ses mains.

— Tu ne te sens pas bien ? demanda Colette.

A présent, elle transpirait à grosses gouttes, une sensation d'étouffement lui serrait la gorge.

— Je reviens, dit-elle avant de courir au-dehors chercher l'air qui lui manquait.

Sous le vent qui s'emballait, elle éprouva un bref soulagement, mais ses jambes ne la portaient plus. Elle s'assit sur l'une des bornes qui bordaient la route.

— Clotilde ! Clotilde ! appela sa mère.

Elle ne releva même pas la tête. Pourquoi ne disparaissait-elle pas sous terre afin qu'on l'oublie ?

Un étrange attelage la dépassa. Une voix d'homme la salua d'un « Bonjour, madame » qui la tira du marasme où elle était plongée. Le père Lozach conduisait sa carriole, alors qu'à l'arrière son fils Louis se tenait au côté d'une femme sans âge qui lui donnait le bras. Clotilde eut à peine le temps de répondre. D'un coup de fouet, le vieux rusé accéléra l'allure de son cheval et la voiture s'éloigna sans s'attarder.

— Il a trouvé une femme pour son fils, fit quelqu'un derrière elle, c'est une ancienne de l'Assistance publique.

Clotilde se retourna : Leyral, le chapeau sur la tête, les mains enfoncées dans les poches d'une veste épaisse, suivait des yeux la carriole et son chargement. Avec promptitude, elle se mit debout. Qu'allait-il se passer si Julien découvrait que Colette et elle étaient ensemble ? Mentalement, elle calcula la distance qui la séparait de Donzenac. Comment parcourir ce chemin par un temps aussi exécrable ? Il n'y avait guère de possibilité d'échapper à la confrontation. D'ailleurs, sa mère venait déjà vers eux.

— J'ai failli la renverser ! fit-elle en riant. Nous avons eu si peur toutes les deux que je l'ai invitée à boire un vin chaud.

Clotilde trouva sa voix artificielle et sa désinvolture trop étudiée. Elle comprit que Julien ne devait pas être au courant de ses manigances. Ce dernier les fixait tour à tour d'un œil inquisiteur.

— Alors, dit-il soudain, vous êtes réconciliées ?

— Presque ! enchaîna Colette. Encore un petit différend à régler et tout ira bien, n'est-ce pas, ma petite Clotilde ?

L'adjectif possessif fit tressauter la jeune femme comme si elle recevait une piqûre d'insecte.

— Je dois rentrer, déclara-t-elle de but en blanc, j'ai mille choses à faire.

Tant pis si elle devait marcher dans le froid et la neige, tout valait mieux que de rester pour entendre ces mots-là.

— Mais je compte bien te raccompagner ! s'exclama Colette. Julien m'attendra, je serai de retour dans une demi-heure tout au plus.

— Je me joins à vous, fit Leyral d'une voix péremptoire, et c'est moi qui conduis.

Pas un mot ne fut échangé tout au long du trajet. Clotilde avait l'impression d'être un poisson qui se débat dans les mailles d'un filet. Aucune issue ne s'ouvrait devant elle. Lorsqu'elle se sépara d'eux, sa mère baissa la vitre de la Panhard.

— Tu peux venir me voir quand tu veux. A très bientôt, j'espère.

Clotilde ne retint qu'une chose : les vrombissements du moteur qui recommençait à tourner. Enfin, ils étaient partis. Elle referma la grille puis attendit quelques instants. A son poignet, le bracelet de Lenglet brillait d'un éclat neuf. Elle le caressa plusieurs fois.

— François, murmura-t-elle, mais l'image de Martin se superposa à celle du jeune homme, alors elle défit le bracelet, le rangea dans l'une de ses poches et s'achemina vers la maison.

23

Simone regarda autour d'elle. Par endroits, le papier peint de la chambre partait en lambeaux et les fleurs roses se piquetaient de taches noirâtres. L'humidité de l'hiver et surtout celle de ce mois de janvier achevaient leur œuvre sur cet hôtel mal entretenu. Tandis qu'elle restait allongée tout habillée auprès de Julien, le spectacle de cette chambre qui se dégradait la renvoyait au drame que tous deux vivaient.

— Il va falloir qu'on se voie moins, dit-il, c'est la seule solution.

La main de Julien frôla la sienne, mais Simone se déroba. Elle s'assit sur le lit en s'adossant contre le mur. Ainsi, il construisait l'avenir à sa façon, la mettait à l'écart pour ne pas assumer ce qu'il lui avait promis. « La lâcheté des hommes... » disait sa mère du temps où elle vivait.

— A quoi penses-tu ? demanda-t-il. Pourquoi ne parles-tu pas ?

Qu'avait-elle à dire ou à faire ? Des critiques ? Des reproches ? Non. Pour les avoir côtoyés de près, elle connaissait les faiblesses et les inconséquences de ces grands enfants qui ne cessaient jamais de grandir. Au fond, rien ne l'étonnait. Il faisait nuit et elle n'avait pas envie de dormir ni de se laisser aimer. Les paroles de Julien s'enfonçaient en elle, creusant une entaille comme sous la lame d'un couteau. La révolte aurait été vaine.

Elle repensait au vieux Chassagne lorsqu'il avait arrêté son cabriolet bâché sur la route, pas plus tard que la veille.

« Mademoiselle Gorse ! s'était-il écrié. Attendez ! »

Elle avait garé sa voiture et le demi-sang que son père lui avait prêtés.

« Au fait, avait-elle déclaré avant toute chose, je vous souhaite une bonne année ! »

Bien enveloppé dans un manteau épais dont le col était doublé de fourrure, il avait soulevé son couvre-chef.

« Tous mes vœux aussi, chère mademoiselle, à partager avec votre père, bien sûr ! »

Puis il avait juste marqué un petit temps d'arrêt avant de reprendre :

« J'aimerais m'entretenir avec vous.

— Je vais à Brive, si vous désirez monter, n'hésitez pas ! »

Ils avaient fait le chemin ensemble. Sans lui relater la visite des gendarmes, Chassagne lui avait seulement raconté que des rumeurs se propageaient concernant sa vie privée et qu'elle devait se montrer vigilante. Elle avait eu beau le questionner, le tarabuster, il s'était réfugié dans un mutisme têtu sans lui livrer de nom ou d'indication plus précise.

— Qui aurait pu nous dénoncer ? En as-tu une idée ? interrogea-t-elle.

— Clotilde, lança Julien.

Simone avait un doute. Si tel avait été le cas, Colette aurait réagi depuis longtemps. Or il n'avait remarqué aucun changement notable dans son comportement.

— Peut-être des chasseurs ? continua-t-elle. Certains auraient pu nous voir rentrer dans l'hôtel. Ou la patronne ?

— C'est impossible, voyons ! Ce ne serait pas dans son intérêt. Et puis, Angèle est au-dessus de ce genre de ragot.

Comme elle, Julien s'évertuait à imaginer le nom du coupable.

— Il est encore temps de le neutraliser, lâcha-t-il, avant que les dégâts ne soient irrémédiables.

— Quels dégâts ? questionna Simone d'une voix sourde.

Il se tourna sur le côté. Après tout, voilà quelques mois, il avait juste évoqué l'éventualité de son divorce. Depuis, il s'était bien gardé de toute nouvelle promesse.

— Me séparer de Colette entraînerait trop de complications, expliqua-t-il. Toi et moi, nous serions obligés de quitter la région pour fuir les ragots. Et puis, tu es jeune, tu vas rencontrer quelqu'un de libre. Notre histoire est un rêve qui ne pourra s'éterniser, tu le sais bien, ma toute belle !

Il étendit le bras pour étreindre sa main, mais Simone bondit du lit.

— Alors, arrêtons-la maintenant, cette histoire ! cria-t-elle. Comme ça tu n'auras plus rien à craindre !

Au bord des larmes, elle se rua sur sa pèlerine et, avant même qu'il ait eu le temps d'esquisser un geste, elle dégringola l'escalier pour aboutir dans l'entrée plongée dans le noir. En tâtonnant, elle longea le mur, ouvrit la porte et se retrouva dehors. Un ciel rendu plus clair par le gel guida ses pas. Quand la voix de Julien déchira la nuit, elle se dissimula derrière des arbres. Durant quelques minutes, il persista dans ses appels puis, après un juron de déconvenue, il abandonna et fit demi-tour.

Simone sortit de sa cachette. Par chance, elle possédait une parfaite connaissance du pays et les quelques étoiles qui scintillaient au-dessus d'elle suffisaient à éclairer ses pas.

Une heure et demie plus tard, elle parvenait à Donzenac. Il était presque minuit.

Le jour s'ébauchait quand Leyral décida d'aller tambouriner chez Veyrade. L'aubergiste lavait son sol à grande eau. Il entrebâilla sa porte avec un air circonspect. A la vue de Julien, de son fusil en bandoulière et de son visage contrarié, il prétexta que son établissement n'était pas ouvert, pour tenter de l'éloigner. Mais, d'un grand coup de botte contre l'huisserie en bois, Julien eut tôt fait de s'introduire dans la salle.

Veyrade n'en menait pas large. Avec son arme, ce lascar encore en pleine force de l'âge n'avait plus l'air avenant qu'il affectait au cours des longs et joyeux repas entre chasseurs. Dans un premier temps, l'aubergiste tenta de l'amadouer en lui demandant ce qu'il désirait boire ou manger puis il enchaîna sur l'état de santé dépressif de sa femme, si meurtrie depuis la mort de leur fils.

— Notre vie est fichue ! répétait-il tout en remplissant deux verres d'eau-de-vie de mûre. Je crois même que je vais être obligé de fermer.

Leyral l'écoutait sans prononcer le moindre mot. Combien de fois déjà Veyrade avait-il eu le même discours ? Il se retranchait derrière son malheur pour mieux apitoyer les autres et les endormir face à une addition trop coûteuse ou une viande faisandée dont il n'endossait jamais la responsabilité.

Julien but quelques gorgées d'alcool. L'image de Simone s'enfuyant valait plus que toutes les minables escroqueries de l'aubergiste. Au contraire, ses plaintes incessantes et calculées augmentaient son désir de vengeance.

— Bon, interrompit-il, si nous parlions d'autre chose ?

Il essuya sa bouche et sa moustache d'un large revers de manche puis écarta son verre. Prudent, Veyrade recula.

— Alors, maintenant, tu vas me dire qui a cafardé sur Simone et moi !

— Je ne suis pas au courant, se défendit l'aubergiste, je n'ai rien entendu sur le sujet.

Il s'empara de la bouteille d'eau-de-vie de mûre et voulut remplir à nouveau le verre de Julien.

— Non, refusa celui-ci, c'est trop facile. Je ne sortirai pas d'ici tant que je ne saurai pas la vérité.

Veyrade haussa les épaules puis lança un coup d'œil vers la pendule. Encore cinq minutes et les premiers clients, les ouvriers du village et des bourgs voisins allaient arriver. Leur présence était un gage de protection. Il fallait gagner du temps.

— Tu es plus obstiné que dix mules ! plaisanta-t-il. Si j'avais eu vent de quelque chose, il y a longtemps que je t'aurais averti, voyons !

— Putain ! jura Leyral.

Son poing s'abattit sur le comptoir. Il attrapa l'aubergiste par le col de sa chemise et le tira vers lui.

— Vas-tu me le dire, espèce de vieux grigou ! Ici, tu sais tout, tu vois tout. Cesse ta comédie !

Il le secoua tant et si bien que l'autre, pris de panique, ouvrit sa caisse et posa une grosse liasse de billets entre eux.

— Rends-les à ta Colette ! Je ne veux plus entendre parler de vous, éructa-t-il. Que le diable vous emporte !

Réveillée par le chahut, sa femme en robe de chambre apparut dans le fond de la salle.

— Partez, s'écria-t-elle, on en a plus qu'assez de vos histoires !

Leyral repoussa Veyrade.

A cet instant, un groupe bruyant d'ardoisiers pénétra dans l'auberge. Julien ramassa les billets et les jeta à la figure de l'aubergiste.

— Salaud ! pesta-t-il.

Puis il fendit le groupe d'ouvriers en les bousculant avant de se retrouver, désemparé, sur la route verglacée.

Clotilde, qui redoutait de le rencontrer, ne sortait plus de la fabrique.

Devant l'étonnement de Léonie, qui s'inquiétait de cet enfermement, elle invoquait les nouvelles contraintes de l'usine et les lourdes charges qui lui incombaient. En majeure partie, l'argent emprunté avait permis de racheter des cuves plus grandes, d'acquérir une camionnette pour transporter les pailles ou livrer les commandes, et de changer les presses qui ne remplissaient plus bien leur office. Désormais deux équipes de cinq ouvriers chacune se relayaient nuit et jour sous la conduite alternée de Martin et de François tandis que trois femmes engagées par Clotilde triaient, comptaient et découpaient les feuilles de papier imperméable, destinées aux emballages. Sur les conseils de Lenglet, Clotilde avait même fait passer des réclames vantant la qualité de ce papier dans quelques journaux régionaux et même parisiens. Un afflux de commandes avait presque aussitôt suivi.

Sans être faramineux, les bénéfices commençaient à s'accroître.

— Le principal, lui répétait François, c'est d'être un peu moins cher que les papeteries plus importantes de Brive ou d'ailleurs. A cette seule condition, nous serons compétitifs.

Depuis Noël, Lenglet avait pris le parti de la discrétion. En revanche, il choisissait la moindre occasion pour entretenir Clotilde de tout ce qui était susceptible d'améliorer la rentabilité. Elle lui en savait gré et, de jour en jour, le considérait avec un autre regard. Pendant que Martin s'efforçait de fournir un travail impeccable tout en se consumant dans une jalousie insidieuse, Lenglet avançait pas à pas vers le but qu'il s'était fixé.

Jusqu'à la fin du mois de février, un hiver rude et dévastateur perdura. Aux gels succédaient des averses de neige, des giboulées ou d'interminables pluies froides et ravageuses. Dénudés jusqu'à l'extrême, certains arbres semblaient ne devoir jamais refleurir. Tous les paysans se plaignaient déjà des futures récoltes de fruits, de blé ou de seigle. Comme autrefois, des femmes apportaient des offrandes à saint Martin ou saint Martial, tandis que d'autres faisaient appel à des sorciers pour conjurer les retombées de ce mauvais temps.

A chaque fois qu'elle revenait du marché, Léonie ramenait d'incroyables anecdotes qui se colportaient de bouche en bouche et qui distrayaient le vieux Chassagne.

Fidèle à ses opinions, ce dernier assistait en spectateur à toutes les nouveautés, toutes les transformations de la fabrique. Il les voyait comme des caprices disproportionnés de Clotilde. Pour lui, elle courait à la catastrophe. Endettée jusqu'au cou, elle sacrifiait tout à sa seule ambition sans admettre la réalité des choses. Il laissait faire, se taisait, en ayant soin de prendre en charge tout ce que coûtaient ses repas pour ne pas lui être redevable de quoi que ce soit. Lorsqu'elle avait voulu rémunérer de nouveau Léonie, de la même façon il n'était pas intervenu. Mais la servante avait refusé les vingt francs mensuels proposés.

— Tant que monsieur sera là, avait-elle affirmé avec conviction, je suis à son service.

Clotilde n'avait pas insisté.

— Tant pis pour vous ! On ne peut pas faire boire un âne qui n'a pas soif !

Offensée, la servante avait préféré ne pas répliquer mais, depuis, les rapports entre les deux femmes s'étaient aggravés. Elles s'évitaient comme des chats se sauvent à la vue d'un chien.

Chassagne riait sous cape de ces détours. Souvent, il confiait à Léonie ses inquiétudes pour la fabrique et tous deux partaient dans des discussions à n'en plus finir.

Les rares soirées où il était seul, l'industriel s'installait devant le feu, une couverture sur les genoux, un livre ou un journal entre les mains.

Quand la maison se perdait peu à peu dans le sommeil d'une nuit engourdie par le froid, il se déplaçait jusqu'à son ancien bureau, ouvrait l'un des tiroirs de son secrétaire et prenait le morceau de papier trouvé par terre dans la fabrique. Il le tournait, le retournait en le relisant comme s'il allait lui livrer son secret.

— Nina, Nina, répétait-il tout bas de peur que quelqu'un ne l'entende.

Au-dessus du papier, la plaque ayant appartenu à son fils et que Simone Gorse lui avait remise prenait soudain un relief particulier.

Le destin obscur, la face cachée d'une vie lui paraissaient concentrés dans ces deux objets si différents.

— Un jour, je saurai, se promettait-il.

Puis il refermait le tiroir et partait toujours se coucher en dernier.

24

Jusqu'au printemps, un silence complet entoura les démêlés du couple Leyral. Clotilde s'autorisa enfin à remettre le nez dehors. Elle était trop occupée avec l'usine pour se perdre en conjectures sur une situation dont elle n'avait plus aucun écho. Tout juste avait-elle appris qu'après une violente dispute avec Veyrade Julien ne fréquentait plus l'auberge.

De temps en temps, le soir, ses appréhensions refaisaient surface quand un moteur ronflait aux abords de la propriété. Elle se demandait pourquoi sa mère avait aussi vite abandonné la partie, ou ce qu'elle préparait. « Il faut se méfier de l'eau qui dort », avait coutume de dire Paul. Malgré un relatif apaisement, Clotilde continuait de veiller comme une sentinelle monte la garde.

Au fil des jours, Lenglet était presque devenu un familier de la maison. Chassagne, qui avait déjà vu Martin puis Leyral tourner autour de sa belle-fille, éprouvait le même sentiment de rejet envers lui. Bien souvent, il s'éreintait à le déconstruire aux yeux de

Clotilde, mais ses critiques ne provoquaient qu'un sourire détaché.

— Personne ne trouve grâce à vos yeux ! se rebellait-elle. François défend les intérêts de l'usine avec une persévérance hors du commun. Que lui reprochez-vous ?

— Ils ont tous la même tactique, répondait-il, lui comme les autres. Son stratagème est cousu de fil blanc. Une fois que vous serez bien amadouée par ses conseils et ses louanges, il obtiendra ce qu'il veut de vous...

— Vous avez raison, continuait-elle sans se démonter, tous ont agi par calcul, sauf lui !

Un soir de mars, au moment du repas, elle alla plus loin dans ses arguments.

— François a gagné ma confiance. Encore un peu et j'envisage de m'associer avec lui.

— Une association ! J'espère que c'est une plaisanterie ! s'écria Chassagne, révulsé.

L'appétit coupé, il reposa ses couverts.

— Je m'y opposerai, menaça-t-il, je ne suis peut-être qu'un vieillard, mais jamais un individu de cette trempe ne participera aux bénéfices de cette usine !

Sa courte barbe se mit à trembler.

— Vous perdez la tête parce que vous êtes amoureuse de lui, c'est tout !

Il se dressa de toute sa hauteur, les yeux injectés de sang, prêt à lever la main sur elle tant cette idée lui paraissait impudente. Devant son regard froid, il parvint à se maîtriser et se défoula sur la canne qu'elle lui avait offerte. D'un coup sec, il la cassa sur le dossier de sa chaise puis aligna les deux morceaux de bois devant elle.

— J'aimais cette canne, fit-il, tandis que Clotilde ne cillait pas, mais vous avez tout fait pour que je la déteste !

— Sans doute comme moi ? renchérit-elle.

— Oui, comme vous, reprit-il, quand vous n'hésitez pas à galvauder le patrimoine de trois générations pour un moins que rien !

Il n'avait plus envie de s'attarder en sa compagnie et monta dans sa chambre. Clotilde regarda Léonie qui était accourue de la cuisine. Des larmes roulaient le long des joues de la servante.

— Quand donc cesserez-vous tous les deux de vous faire autant de mal ? sanglota-t-elle.

En réponse, la jeune femme ouvrit son livre de commandes et, sans un mot, se plongea dans les chiffres.

Pendant toute la nuit, elle compta et recompta. Avec les traites qu'elle devait rembourser, la paie des ouvriers était encore assurée pour deux mois. Mais après ? Si de nouveaux clients ne se présentaient pas, elle serait obligée de licencier et la papeterie ne marcherait qu'au ralenti. Une sueur froide coula le long de son dos. La faute en incombait à l'usine Lombard, qui avait su diversifier ses produits en vendant son papier à des fabricants de carton ondulé. Supportant de nombreux kilos, ces cartons pouvaient servir à de plus gros emballages. Avec ces nouvelles dispositions, les Lombard avaient ouvert une importante brèche sur le marché et raflaient la majeure partie des clients.

Clotilde s'en voulait de ne pas avoir écouté Martin. A la différence de François, il n'avait pas cru bon d'insister. Peut-être même avait-il eu peur de ses réactions. A présent, il était trop tard pour changer le cours des choses. Les chiffres ne mentaient pas. A l'extérieur de la maison, le vent, qui secouait les volets, amplifiait sa détresse. Plusieurs fois, elle arpenta la salle, les mains moites, le corps glacé. Elle essayait de ne pas s'avouer vaincue, mais l'espoir s'amenuisait d'heure en heure. Elle n'avait pas été assez vigilante quand deux épiceries, celle d'Objat et surtout la plus grande à Tulle, avaient interrompu leurs commandes. François l'avait rassurée en lui affirmant qu'il avait lui-même démarché auprès des boucheries de Saint-Viance, d'Aubazine et même de Perpezac-le-Noir. « Les patrons m'ont donné leur parole qu'ils concluraient un accord avec nous. » Clotilde s'était endormie sur ces futurs contrats, et voilà que, depuis, rien n'avait été signé.

Qui blâmer ? Pas François, dont la prospection n'avait pas porté ses fruits, mais plutôt elle, qui avait préféré se gorger de promesses plutôt que de faits réels.

« Si je m'étais déplacée moi-même, se reprochait-elle, j'aurais obtenu ces marchés. »

Le jour pointait quand elle rejoignit sa chambre pour y faire sa toilette. La glace de sa coiffeuse lui renvoya une image blafarde. Des cernes foncés soulignaient l'orbite de ses yeux. Tout son visage reflétait le tourment qui l'assaillait. Bientôt, le vieux Chassagne se lèverait, bientôt il apprendrait que la vie de la fabrique ne tenait plus qu'à un fil. Clotilde entendait déjà son rire sarcastique et ses commentaires. Ce n'était pas possible. Il fallait trouver une solution. Elle ouvrit sa fenêtre, inspira l'odeur de la terre humide des dernières pluies puis croisa ses doigts comme un appel à la chance.

— Tant pis ! chuchota-t-elle, je ne peux pas faire autrement.

Elle patienta jusqu'à ce que les groupes d'ouvriers arrivent, Martin à leur tête. Puis, sous un ciel incertain, elle marcha vers le village. Des ondées succédaient à des trouées plus ensoleillées. Elle n'avait même pas pensé à emporter un parapluie et cheminait en proie à une angoisse qui ralentissait souvent ses pas. Une carriole accepta de la rapprocher de Mazières, mais elle dut finir le chemin à pied.

La maison et son corps de ferme se dressaient égaux à eux-mêmes depuis sa dernière visite. Dès qu'elle toucha la barrière, le chien de Julien, bien qu'attaché à sa niche, aboya avec vigueur. Clotilde l'appela par son nom avant d'ajouter quelques mots qui l'apaisèrent. Après seulement, elle put traverser sans encombre le territoire qu'il défendait. Son premier coup de sonnette resta sans réponse. Comme une averse soudaine l'obligeait à se terrer sous l'auvent qui surplombait l'entrée, elle sonna de nouveau. La figure à peine aimable d'Antoinette apparut dans l'entrebâillement de la porte.

— Madame n'est pas disponible. Quant à monsieur, il est avec ses ouvriers dans ses champs...

Clotilde l'empêcha de refermer la porte.

— Dites à madame que je veux la voir, c'est urgent.

La servante repartit en traînant les pieds. Ses sabots qui crissaient sur les grandes dalles du couloir forcèrent Clotilde à se boucher les oreilles. Dix longues minutes plus tard, enveloppée dans un peignoir en satin, les cheveux coiffés d'un turban, Colette se montra. De toute évidence, elle était en train de faire sa toilette.

— Tiens, s'exclama-t-elle à la vue de sa fille, je ne t'attendais pas maintenant, mais tu peux entrer, bien sûr !

Clotilde reçut sa phrase comme une douche froide :

— Tu m'avais dit que je pouvais venir...

— Quand tu voulais, continua sa mère, mais oui, ne t'inquiète pas !

La salle où toutes deux prirent place avait gardé le même décor, jusqu'aux napperons sous les vases. Seul le comportement de Colette tranchait dans ce cadre presque immuable. Elle dévoilait une assurance et des manières qui n'avaient plus rien de commun avec ses dernières requêtes. Clotilde avait déjà envie de s'en aller.

— Alors, qu'as-tu à me raconter depuis que nous nous sommes vues ? demanda-t-elle comme si elle interrogeait une vieille connaissance.

Clotilde fut incapable de répondre. Pourquoi sa

mère feignait-elle cette indifférence ? Que s'était-il passé durant ces trois mois de silence pour qu'elle changeât à ce point ?

— Ne désirais-tu pas quelque chose de particulier quand tu as failli me renverser ? se risqua-t-elle à lui rappeler.

— Ah ! oui, fit Colette, comme si elle se souvenait tout à coup d'un fait anodin qui ne l'avait pas marquée.

Elle palpa le turban en tissu-éponge qu'elle avait enroulé autour de ses cheveux.

— Tout cela appartient au passé, confia-t-elle dans un soupir. Nous n'en sommes plus là, Julien et moi.

Bouche bée, Clotilde la dévisagea. Elle avait tout imaginé sauf une réconciliation. Son plan s'effondrait comme un château de cartes sous un courant d'air.

— Il a rompu avec cette Simone, poursuivit Colette en ignorant la mine déconfite de sa fille, alors j'ai abandonné mes projets de divorce. De toute façon, précisa-t-elle, ta déposition n'aurait pas été valable puisque tu es ma fille. Dans ce genre d'affaire, les membres d'une même famille ne peuvent témoigner.

D'un geste, elle ôta son turban ; ses cheveux mouillés retombèrent en cascade sur ses épaules. Elle les lissa de ses doigts écartés.

— Mais c'est gentil à toi de t'être déplacée...

Clotilde ne la regardait même plus. Chavirée, elle fixait les dalles du sol, sans réaction. Une fois de plus, sa vie s'écroulait ici, sous les yeux de cette mère qui la détruisait sans le savoir. Si l'hiver avait été rude, le printemps signerait sa perte et celle de la fabrique. Elle replaça sa chaise contre la table. Les figures de François et de Martin se dessinèrent devant elle : comment leur annoncer la fermeture prochaine de l'usine ? La tête basse, elle se dirigea vers la porte.

— Au revoir, dit-elle.

Au moment où elle partait, la voix de Colette retentit :

— Attends !

Clotilde s'arrêta. Dans son dos, elle sentit la présence toute proche de sa mère et se retourna. Eparpillés sur ses épaules, ses cheveux où sillonnaient quelques fils argentés accentuaient son âge. Elle remarqua que ses traits aussi avaient perdu de leur éclat.

— Pourquoi as-tu besoin d'argent ? questionna Colette sans détour.

Clotilde, qui ne voulait pas qu'on la plaigne, choisit de nier.

— Tout va bien, je t'assure. Je ne veux pas t'embêter plus longtemps.

Elle fit mine de s'en aller, mais sa mère la retint par une manche de son manteau :

— Tu es venue avec l'intention de me signer le papier et tu n'espérais pas une contrepartie en échange ?

— Non, non.

La voix de Clotilde était si faible qu'on avait du mal à la percevoir. Toute son attitude trahissait le contraire de ce qu'elle avançait.

Sa mère sortit un papier plié d'une poche de son peignoir.

— C'est un acte notarié qui concerne la vente des terres dont je t'ai parlé. Il est à ton nom.

Elle le glissa dans la main de sa fille.

— Prends-le ! Je ne peux pas faire plus.

Puis elle poussa Clotilde dehors avant de fermer la porte derrière elle. La jeune femme distingua avec netteté le bruit d'un verrou qu'on tirait.

25

Dans sa chambre, à l'abri de tout regard indiscret, Clotilde s'évertuait à lire et relire l'acte de vente donné par sa mère. Aucun doute n'était possible : il était bien signé par Julien et Colette Leyral. Leurs deux noms apparaissaient au bas de la page, sous le cachet d'un notaire d'Objat.

Ainsi, ils s'étaient mis d'accord pour vendre les cinq hectares de champs situés près du moulin de Bugeat. Une belle et bonne terre qui valait vingt mille francs et dont elle pouvait empocher l'argent à tout moment.

Rêveuse, elle imagina ce qu'elle allait pouvoir réaliser avec cette somme. S'assurer la fabrication de carton ondulé permettrait de viser plus haut que le simple papier de paille. L'usine Chassagne serait la seule à produire ce genre d'emballage dans toute la région. Du coup, la papeterie Lombard n'aurait plus qu'à bien se tenir...

Un élan d'euphorie la traversa. Avec cet acte de vente, elle allait imposer son nom dans tout le pays, rivaliser avec ceux qui régnaient en maîtres depuis trop longtemps. Désormais, Paris et même Marseille lui passeraient des commandes. Le vieux Chassagne s'inclinerait enfin devant sa réussite.

Elle replia le papier, le plaça dans la boîte en fer qu'elle gardait dans sa table de nuit. Personne en dehors d'elle ne pouvait ouvrir cette boîte qui contenait des lettres de Paul et divers documents précieux. Par mesure de sécurité, elle accrochait toujours à son cou la petite clé qui la fermait. Elle défit la chaîne en argent qu'elle portait, enfila la clé dedans puis l'attacha de nouveau.

Avec qui pouvait-elle partager sa joie ? Martin ou François ? Elle quitta sa chambre d'un pas léger pour descendre vers la salle. Cet argent ensoleillait sa journée. Déjà, elle pensait vivre ailleurs, loin de ce beau-père acariâtre qui la contrecarrait sans cesse.

A peine parvenue au bas des escaliers, sa première idée fut de lui annoncer son prochain départ. Elle se prépara. Il avait trop cru qu'elle était à sa merci. A présent qu'elle se sentait libre et heureuse, il fallait qu'elle lui dise. Avec la fierté de celle qui gagne, elle ouvrit toute grande la porte de la salle.

Lucien était assis près de la cheminée. Par la fenêtre, on apercevait un soleil encore pâle qui baignait l'air d'une lumière quasi bleutée. Un insecte voletait contre une vitre en s'y cognant sans relâche. Clotilde fut surprise parce que Chassagne ne paraissait pas l'avoir entendue. Penché sur des papiers étalés sur ses genoux, il avait croisé les mains sous son menton et ne bougeait pas. Elle tenta de voir ce qui l'accaparait ainsi lorsqu'elle s'aperçut qu'il pleurait en regardant des photos. Elle n'eut même pas besoin de deviner ce qu'il contemplait. Les deux cadres en métal argenté qui trônaient d'habitude sur le buffet n'étaient plus à leur place. A force de les côtoyer, Clotilde avait oublié ces images représentant Gabrielle et Lucien, ainsi que Paul et elle, le jour de leurs mariages respectifs. Aux pieds du vieil homme, l'album de famille était encore ouvert. Il était si absorbé qu'elle se sentit comme une intruse. Ce n'était pas le moment de lui dire ce qu'elle considérait comme une victoire. Elle referma la porte sans bruit et se retrancha dans le couloir. Malgré ses nombreux griefs, quelque chose au fond d'elle la retenait entre ces murs. Au-delà des tiraillements incessants et des disputes, elle ressentait comme un devoir le fait de ne pas le laisser seul. Alors, elle prit le parti de se taire et d'attendre la sortie de François.

La seconde équipe travaillait de minuit à midi. Avant que Martin et les autres ouvriers ne prennent la relève à partir de midi, elle s'arrangeait pour intercepter François quand cela était nécessaire, à moins que ce dernier ne vienne la trouver de lui-même.

Cette fois, elle choisit d'aller au-devant de lui.

— Il faut que je vous parle ! lança-t-elle sans même penser à le saluer.

Elle semblait animée d'une telle impatience qu'il oublia de se laver les mains et de changer ses vêtements.

— Que se passe-t-il ?

— Retrouvons-nous dans un quart d'heure, près de

la chapelle des Pénitents. Je ne peux rien vous raconter ici.

Etonné, il acquiesça, tandis qu'elle s'éloignait déjà.

De loin, Martin la surprit en train de longer le bâtiment avant de rentrer chez elle en catimini. Quand il vit François sortir de la fabrique, d'instinct, il comprit que quelque chose était en train de se nouer entre Clotilde et lui. Il n'avait même pas à s'interroger. De plus en plus, l'évidence était là. Ce qu'il craignait se concrétisait dans cette fuite injustifiée et dans la démarche arrogante de Lenglet qui se dirigeait vers lui, la tête haute.

— Salut ! dit ce dernier en arrivant à sa hauteur. Nous n'avons pas eu le temps de livrer des feuilles à la boucherie de Saint-Solve. Tu les trouveras en tas, près de l'entrée. Je compte sur toi pour leur fournir.

Le sang de Martin ne fit qu'un tour. Après ce qu'il venait de voir, l'ordre de Lenglet le mettait hors de lui.

— Tu finiras ton travail toi-même, répliqua-t-il, je n'ai pas à m'occuper de tes affaires !

L'autre plissa les yeux. Fort des confidences que Clotilde voulait lui révéler dans un endroit éloigné, il était certain d'être parvenu à ses fins. Désormais, elle le traitait comme son égal et peut-être même plus…

— Tu feras ce que je te dis ou sinon je m'arrangerai pour que tu sois renvoyé !

Martin éclata d'un rire plein de mépris. Ce Lenglet en prenait trop à son aise. Il lui fallait une leçon. Sans crier gare, il lui envoya son poing en pleine figure. Sous le choc, Lenglet perdit l'équilibre et tomba sur le côté. Du sang coulait de l'une de ses narines.

— Tu livreras tes feuilles toi-même, reprit Martin, tes menaces ne m'impressionnent pas !

Puis il marcha vers ses ouvriers médusés qui s'étaient groupés à l'écart. Mais il ne put faire un pas de plus. Lenglet lui tomba dessus à bras raccourcis et les deux hommes entamèrent une bagarre sous les cris et les sifflets des autres, qui s'en donnaient à cœur joie en comptant les points.

Alertée par le tintamarre, Clotilde fit irruption sur les lieux. Malgré ses remontrances, François et Martin continuèrent à lutter. Alors elle demanda à ceux qui assistaient à la scène d'intervenir pour les séparer. Ceinturés en une demi-minute, les deux hommes se calmèrent. Seule leur respiration haletante dura encore quelque temps jusqu'à ce que Clotilde envoie Martin au travail d'une voix sèche. En même temps, elle congédia Lenglet hors de la propriété sans chercher à prendre parti pour l'un ou pour l'autre. Quand le bruit des machines et des turbines résonna de nouveau, elle fit entasser les feuilles à livrer dans la camionnette puis se mit elle-même au volant. Du temps où Lucien Chassagne possédait une Delage, maintes fois elle avait conduit la voiture avec Paul. Après plusieurs tentatives de démarrage, elle réussit enfin à mettre la camionnette en marche. Toutefois, au premier tournant de la route qui menait à Saint-Solve, elle gara son véhicule. Martin avait dû déclencher cette querelle, elle en était persuadée. Il fallait donc racheter cette faute auprès de François.

Lenglet était déjà assis devant la chapelle des Pénitents lorsqu'elle se présenta au rendez-vous. Des ecchymoses marquaient ses joues et son front ; quant à sa veste de travail, elle était toute tachée de sang.

— Je suis désolée, s'excusa-t-elle d'emblée, je vais sanctionner Martin.

Lenglet lui adressa ce regard gris acier qui ne trompait jamais sur ses intentions.

— Débarrassez-vous de lui, gronda-t-il, sinon ce sera l'enfer.

Clotilde marqua le coup. Renvoyer Martin la plongeait dans un réel embarras. Elle n'avait pas envisagé une telle mesure de rétorsion.

— Mais c'est un très bon contremaître, protesta-t-elle, je ne peux pas me séparer de lui comme ça.

— Je vous en trouverai un encore meilleur. Fichez-le dehors, avant qu'il ne nous pourrisse l'existence !

Lenglet ne désarmait pas. L'espace d'une seconde, elle eut l'impression qu'il prenait en main l'organisation de l'usine à sa place. Sa véhémence la désorientait.

Devant sa mine décontenancée, il baissa le ton.

— Bon ! se radoucit-il, nous en parlerons un autre jour. Que vouliez-vous me dire, Clotilde ?

Elle lui raconta qu'elle allait bientôt disposer d'une belle somme d'argent grâce à sa mère mais que ce cadeau l'inquiétait plus qu'autre chose. Le verrou tiré derrière elle annulait tout le plaisir de le recevoir. Pourquoi sa mère lui donnait-elle d'une main ce qu'elle reprenait de l'autre ?

Quelques personnes passèrent près d'eux en dévisageant François avec insistance.

— Si nous allions vers les Combes ? proposa Lenglet. Nous serions plus tranquilles.

Clotilde fut d'accord, mais elle ne put s'empêcher de rire.

— Vous avez raison, on va croire que je vous ai frappé !

Un instant, il mêla son rire au sien puis redevint sérieux. Une tiédeur encore fragile les entourait. Ce printemps qui tardait à s'installer ressemblait à la pudeur qui retenait Clotilde. Il la sentait farouche, mystérieuse, alors qu'il aurait tant souhaité la serrer contre lui... Une fois le village dépassé, ils empruntèrent un chemin qui serpentait le long des champs. Des herbes tendres se couchaient sous leurs pas, tandis qu'aux branches des arbres des fleurs roses ou blanches ouvraient leurs corolles.

— Pour quelle raison vous confiez-vous à moi ? demanda-t-il soudain.

Loin du village et des regards qui pouvaient les surprendre, il perdait le souvenir de ce qui l'avait opposé à Martin.

— Clotilde, poursuivit-il avant même qu'elle ne réponde, vous m'aimez autant que je vous aime. Ne résistez pas à vos sentiments !

Il l'entoura de ses bras puis l'attira contre lui. Longtemps, il lui caressa les cheveux et le front en lui chuchotant des mots qu'elle n'avait jamais entendus. Quand ses lèvres rejoignirent les siennes, Clotilde, comme anesthésiée, n'avait plus le courage de lutter. Elle le laissa faire jusqu'à ce que son souffle s'accélère et qu'il remonte sa robe. Ses baisers, ses caresses, les paroles qu'il prononçait, tout chez lui était semblable à une musique qui engourdissait sa raison. Avec une infinie douceur, il l'allongea sur le sol au milieu des herbes qu'ils venaient de fouler.

Yeux fermés, elle accepta son corps sans aucune défense. Mais lorsqu'elle s'abandonna au plaisir qui la submergeait, elle n'eut qu'un nom à la bouche.

— Paul, Paul, répéta-t-elle.

Il s'écarta d'elle puis bascula sur le côté.

— Pardon ! fit-elle aussitôt en cherchant à saisir sa main.

Muré dans son silence, Lenglet entreprit de réajuster ses vêtements et de discipliner ses cheveux. Même dans l'amour, elle lui échappait. Il la comparait à ces abeilles, infatigables travailleuses qui reviennent toujours dans leur ruche, poussées par on ne sait quelle force ou quel instinct. De la même façon, sa vie était toujours imprégnée de celui qui ne quittait ni son âme ni son corps. Si, par mégarde, elle suivait un chemin différent, elle s'obligeait à retourner vers lui comme à un unique port d'attache.

— Ne m'en veuillez pas, François !

Sa voix vibrait de sanglots contenus. Il la sentait sincère dans ses regrets.

— J'aurais aimé vous le faire oublier, dit-il, assis à côté d'elle, ou du moins qu'il ne soit plus aussi présent...

— Vous n'êtes pas en cause. C'est moi et moi seule qui ne parviens pas à vivre autrement.

Elle avait replié ses jambes et appuyait son front sur ses genoux, comme pour dissimuler sa honte ou son chagrin.

Il se mit debout puis enfonça ses mains dans ses poches à la recherche d'une cigarette. Son regard errait sur la campagne. Clotilde risqua un coup d'œil vers lui. Elle avait peur qu'il la déteste, qu'il la classe parmi ces veuves inconsolables dont le corps refuse jusqu'au plaisir rien que par devoir. Un devoir qu'elles étaient bien en peine d'expliquer.

— François ! appela-t-elle soudain. J'ai besoin de votre présence à mes côtés. Associons-nous ! Voilà de nombreux mois que j'y pense. A deux, nous affronterons mieux l'avenir.

De saisissement, Lenglet lâcha sa cigarette. Il tourna vers elle un visage rayonnant malgré ses contusions.

— D'abord, fit-il, débarrassons-nous de Savignac. Après, nous aurons la voie libre !

26

Avec ce qui l'avait unie à François, Clotilde était entrée dans un autre monde. Jamais elle n'avait connu un homme qui sache l'entourer à ce point. Elle avait beau s'en défendre, ses mots, la délicatesse avec laquelle il avait su l'aimer semaient en elle un indescriptible désordre. Il devait fasciner les femmes, les attirer aussi. Déjà elle craignait la cohorte de celles qu'il n'avait qu'à séduire d'un regard, d'une phrase pour les voir succomber. Même s'il n'avait pas l'allure ni le maintien de Paul, il possédait cette sensualité qui le rendait expert et dominateur, là où souvent elle n'avait trouvé qu'une certaine distance auprès d'un mari façonné par une éducation trop rigide. Clotilde essayait en vain de se mentir, mais cet homme dont elle ne savait presque rien l'attirait plus qu'elle n'osait se l'avouer. Il avait réveillé en elle un élan qu'elle ne pouvait ignorer.

Dès le lendemain, ce fut la peur de le perdre qui la plaça sur le chemin de Martin, alors que ce dernier venait assurer son travail. Elle n'eut même pas à proférer la moindre parole.

A sa vue, Savignac cligna des yeux sous le soleil qui inondait le jour. Des oiseaux chantaient à tue-tête dans les grands arbres et le Maumont charriait son eau pure dans des clapotis réguliers.

— Quelle belle journée ! dit-il. C'est dommage...

— Dommage pour quoi ? s'étonna-t-elle.

— J'aurais préféré un autre jour pour vous annoncer ma démission.

Sidérée, la jeune femme se tut. Il avait dû deviner ses intentions et prenait les devants.

— Votre silence est assez éloquent, continua-t-il. Je ne vais donc pas m'incruster davantage.

Il la regarda droit dans les yeux alors que la silhouette de Lenglet se profilait à la sortie de la fabrique.

— Je pars pour ne pas croiser celui qui vous rendra malheureuse. Vous faites fausse route, Clotilde, mais personne ne peut vous obliger à être lucide.

Il fit une brutale volte-face et marcha vers la grille de la propriété.

Derrière lui, Lenglet avait rejoint Clotilde. Il tapota son épaule avec un air affectueux.

— Ne soyez pas inquiète ! J'ai trouvé un autre contremaître. Il viendra vous rencontrer tout à l'heure.

Ce n'était pas l'inquiétude qui la rongeait, mais un chagrin diffus, mêlé de culpabilité. Aucune explication n'avait été fournie. Martin et elle s'étaient séparés comme si une faute grave avait été commise. Mais qu'avait-elle à lui reprocher au juste, en dehors du fait qu'il ne plaisait pas à François ?

— Allez ! fit Lenglet avec un sourire qui se voulait encourageant. A présent, nous allons signer les papiers nécessaires et, bientôt, l'usine portera nos deux noms.

Après un clin d'œil, il ajouta :

— Avec ce soleil, vous êtes en beauté, aujourd'hui. Je crois que je n'aurai jamais assez de temps pour vous dire combien vous êtes ravissante !

Les lèvres de Clotilde amorcèrent un sourire. Ses compliments tombaient à plat. L'heure était trop lourde pour qu'elle se contente de si peu.

— Ne m'en veuillez pas, François ! Il faut que je réfléchisse encore. Cette association va bouleverser toute la vie de l'usine.

— Vous n'avez donc pas confiance en moi ?

— Si. Mais c'est l'argent que me donne ma mère qui me tracasse.

Il effleura ses cheveux d'une main presque paternelle :

— Alors, ne précipitons rien ! J'attendrai le temps qu'il faudra.

Clotilde le laissa s'en aller. Le plus difficile restait à faire.

Le retour du beau temps semblait donner des ailes au vieux Chassagne. Il s'était acheté une canne neuve et faisait des projets de voyage à Bordeaux, où se préparait une fête avec de magnifiques voiliers.

— Voulez-vous m'accompagner ? proposa-t-il à Clotilde.

A son visage soucieux, il comprit que sa question était déplacée. Elle voguait vers des rivages plus sombres.

— Lucien, dit-elle, je voudrais vous parler.

Il ne put masquer une grimace de mécontentement. Qu'avait-elle encore inventé ? Et pourquoi refusait-elle toutes ses offres ?

— Je vous écoute, fit-il, dos tourné vers la cheminée pour échapper à son regard.

— Je vais m'associer avec François Lenglet. Je ne peux être seule face à la concurrence. Il saura m'épauler, me seconder en tout.

Comme le vieil homme n'avait aucune réaction, elle s'enhardit.

— Martin Savignac nous a quittés. Il préfère ne plus travailler à la papeterie.

— Le contraire m'aurait surpris ! s'exclama-t-il. Vous voilà parvenue à vos fins.

Clotilde n'avait pas envie de déclencher l'une de ces polémiques dont il était si friand.

— C'est comme ça, dit-elle, et je m'abstiendrai de tout commentaire.

Une fois de plus, Chassagne se retint pour ne pas exploser de colère. A l'image d'un capitaine qui dirige son navire, elle était bien l'unique maître à bord. Maintenant, que lui restait-il ? Elle le renvoyait à ses souvenirs comme un vieillard que tout le monde évite.

Il pivota vers elle, plein d'un ressentiment qui le dépassait.

— Ce Lenglet est une fripouille. Tôt ou tard, votre erreur vous perdra. Si Paul était encore là, il vous dirait la même chose.

Puis il quitta la pièce sans lui adresser un autre regard.

Léonie, qui époussetait les meubles, ne put résister à la tentation d'émettre un avis.

— Monsieur va partir. Je le connais bien, madame. Dieu fasse que ce ne soit pas pour toujours !

— Taisez-vous ! ordonna Clotilde. Vous n'avez pas à vous mêler de tout cela !

La nuit fut longue.

De sa chambre où elle récapitulait les changements qui allaient transformer la vie de la fabrique, Clotilde entendait les allées et venues de son beau-père, dont les pas traînants faisaient craquer le plancher. Au petit matin, lorsqu'elle s'endormit, à bout de fatigue, des bruits provenaient encore de sa chambre. Elle se rassura en se répétant qu'il finirait par admettre la situation comme il l'avait acceptée jusqu'à présent.

Quand elle s'éveilla, il faisait grand jour. Des piaillements de passereaux qui se chamaillaient dans les arbres achevèrent de la tirer du profond sommeil où elle avait sombré. Elle se dépêcha d'ouvir ses volets. Une lumière vive l'obligea à se protéger les yeux. Quelle heure pouvait-il être ? Il lui sembla avoir dormi plus que de raison tant une lourdeur persistait en elle. Sur le mur de sa chambre, la pendule en bois marquait neuf heures.

Ce qui l'intrigua le plus fut le silence absolu qui régnait dans la maison. Elle fit sa toilette avant de descendre vers la salle. Comme elle entrouvrait la porte qui communiquait avec le couloir, un doute la saisit. Et si ce qu'avait prédit Léonie était arrivé ?

Sur la table, le couvert pour son petit déjeuner était prêt. Elle appela Lucien plusieurs fois ; aucune réponse ne lui parvint. Elle se précipita vers la cuisine. Là encore, elle ne trouva personne.

De retour dans la pièce principale, ses yeux inspectèrent les murs et les meubles. Des cadres manquaient et la photo de mariage de son beau-père avait disparu du buffet. On eût dit que quelqu'un s'était efforcé de gommer les traces de son passage pour ne laisser que des emplacements vides. Quand elle examina avec plus d'attention la table, elle vit qu'une enveloppe était posée contre sa tasse et la décacheta. Sur une feuille, Chassagne avait tracé quelques phrases à la hâte. Il parlait de son départ pour Saint-Viance, de sa volonté d'aller mourir en paix dans un endroit où il n'aurait plus à subir les choix qu'elle lui imposait. « Léonie me suit, terminait-il, désormais vous êtes libre. Adieu. »

La lettre s'échappa des mains de Clotilde. L'impression d'une intense solitude emprisonna ses épaules comme une chape. Elle courut jusqu'à la chambre de Lucien. A l'intérieur, l'armoire aussi était vide. Plus une photo de Paul ne traînait sur sa table de chevet. Comme s'il lui fallait d'autres preuves, elle pénétra dans son bureau. Des objets ornaient encore le secrétaire, mais il n'y avait plus rien dans les tiroirs. Seuls, le long des murs, sur des étagères, la plupart des livres étaient toujours en place. Elle les toucha, les écarta, en prit quelques-uns au hasard : Balzac, Hugo, Flaubert... Les grands classiques dont il ne se lassait jamais. Grâce à eux, elle se sentit moins isolée. C'était comme si elle découvrait une partie de lui attachée à cette pièce d'où il avait autrefois dirigé l'usine. Elle referma la porte avec soin.

Le moment lui semblait grave et personne n'était là pour la conseiller. Tout à l'heure, le nouveau contremaître envoyé par François allait se présenter. Elle ne pouvait refuser de l'embaucher. Et Martin, que devenait-il ? Pourquoi la fuyait-il aussi ?

« Il faut que je recrute une nouvelle servante, s'efforça-t-elle de penser pour dissiper ses idées noires. Demain, c'est jour de marché à Sainte-Féréole, le bouche-à-oreille fonctionne bien. On m'indiquera quelqu'un... »

En prétextant une dernière livraison, Martin avait emprunté la camionnette pour aider Chassagne et Léonie à transporter leurs affaires jusqu'à Saint-Viance. Il n'avait même pas imaginé refuser la demande de l'industriel. Au contraire, lui rendre service le rapprochait de celui qui, pendant si longtemps, l'avait tenu à l'écart. Le vieil homme lui en fut reconnaissant. Pour le remercier, il l'invita à boire un verre d'eau-de-vie de noix.

En acceptant, Martin le suivit dans sa nouvelle demeure. Il s'agissait d'une ancienne ferme en grès rouge, aménagée en habitat. Bien que laissée un peu à l'abandon avec son grand jardin en friche, elle semblait en bon état. Plus petite que la maison de Donzenac, elle avait un charme que l'autre ne possédait pas.

— Auparavant, expliqua Chassagne, je la louais chaque été ou la prêtais à des amis de Paul. Maintenant, elle abritera mes derniers jours.

— Voyons, protesta Martin, vous ne savez pas ce que vous réserve l'avenir.

Léonie, qui ouvrait les fenêtres pour chasser l'odeur de renfermé, enchaîna :

— Que monsieur me pardonne, mais ce Lenglet ne me dit rien qui vaille. Nous ne risquons d'être ici que pour peu de temps...

— Il est vrai que ma place est à Donzenac, renchérit Chassagne. Entre ces murs, je n'ai guère de souvenirs.

Soudain, il leva ses bras dans un geste déterminé.

— Assez de mélancolie ! Buvons cette eau de noix, nous l'avons bien méritée !

Martin et lui trinquèrent. Le jeune homme eut le temps de détailler la pièce principale où ils se tenaient. Peu de meubles la garnissaient, seule une grande cheminée occupait tout un pan de mur. Bordée d'un large linteau en granit sculpté, elle comportait même des armoiries.

— Non, dit Chassagne en interceptant son regard, ces armoiries n'appartiennent pas à ma famille. Elles proviennent d'un château dont j'ai pu récupérer la cheminée avant qu'on ne le démolisse.

Il se mit à sourire :

— Paul aimait raconter qu'il s'agissait des nôtres. Cela lui donnait une aura supplémentaire auprès des filles !

A peine finit-il sa phrase qu'une ombre passa sur son visage.

— Nina, murmura-t-il, si seulement je pouvais la retrouver...

— Je vais devoir rendre la camionnette, coupa Martin en se levant. J'espère que vous serez bien dans cette maison.

Chassagne l'escorta jusqu'à la barrière qui donnait sur la route.

— Un jour, dit-il, vous me raconterez pourquoi vous n'avez jamais été au front...

Savignac baissa la tête. Comme pour gagner du temps, de son pied il égalisa quelques mottes de terre.

— Maintenant que je ne reviendrai plus à la fabrique, je peux vous répondre.

Ses yeux semblèrent s'égarer sur le sol. Puis il inspira à la façon d'un coureur qui va s'élancer.

— Paul et moi, nous étions très liés. Il m'a toujours demandé de prendre le plus possible de précautions pour que je puisse soutenir Clotilde et, d'une certaine manière, le remplacer. Avec son grade d'officier, il se doutait qu'il n'en réchapperait pas. Pour moi, simple deuxième classe, ce n'était pas pareil.

— Pour quelle raison ne m'avez-vous rien dit ? s'étonna le vieil homme.

— Je croyais que Clotilde m'entendrait au nom de l'amitié qui nous a unis, Paul et moi. Par mon travail, je désirais aussi racheter la faute que vous aviez attribuée à mon père, lorsqu'il était votre employé. Le destin en a décidé autrement. Il faut tourner la page.

L'industriel, qui ne savait plus que répondre, toussa plusieurs fois en plaçant le poing devant sa bouche. Enfin, il posa sa main sur l'épaule de Martin.

— Venez me voir quand vous le voudrez ! A deux, nous aurons plus de poids face à Clotilde.

— Que le ciel vous entende, fit Savignac, parce que, moi, je n'ai plus envie de me battre. Peut-être à bientôt, monsieur Chassagne...

27

La chaleur et le soleil du mois d'avril ne purent compenser les ravages d'un hiver trop rigoureux. On craignait toujours pour les futures récoltes.

Au Moulin, après quelques essais infructueux, Clotilde réussit à trouver Thérèse Lornac, une jeune servante dévouée qui veillait sur son quotidien. Agée de dix-huit ans, la jeune fille ne possédait comme atout qu'une fraîcheur qu'on sentait éphémère. Ses cheveux d'un noir de jais embellissaient un visage plutôt agréable à regarder, mais sa taille, qui avait tendance à s'épaissir, obligeait Clotilde à surveiller son léger embonpoint comme une mère l'aurait fait pour sa fille.

Le seul avantage, c'était qu'à l'opposé de Léonie elle ne rechignait jamais et exécutait chaque ordre sans discuter. En quelques jours, elle apprit à connaître les habitués de la maison. François Lenglet, qu'elle appelait « monsieur », était le plus assidu. Rien à voir avec le deuxième chef d'équipe, Henri Bordier, dont le physique ingrat et la nonchalance étaient souvent critiqués par Clotilde. Bien des fois, lorsque celle-ci prenait son repas en compagnie de Lenglet, elle soulignait ses manques et tout ce qui le différenciait de Martin.

— Somme toute, insistait-elle, si tu n'étais pas là, il ne me faciliterait pas la tâche.

Depuis que François avait pris ses aises dans la maison, tous deux se tutoyaient, sauf devant les ouvriers. Peu à peu, Lenglet s'était installé auprès de Clotilde comme un vrai compagnon. Par ses prévenances, les fleurs qu'il lui offrait presque chaque jour, il avait su vaincre ses dernières réticences. Elle aimait les soirées qu'ils passaient ensemble avant qu'il ne prenne son poste à l'usine. Ils discutaient de projets, de commandes qui se multipliaient grâce au carton ondulé que la fabrique produisait enfin. Après bien des tergiversations, Clotilde n'avait pu résister et l'argent des terres proposé par Colette avait servi à la concrétisation d'un rêve qu'elle ne cessait de caresser depuis quelques mois.

Tout cela l'éloignait de Lucien. Les deux lettres qu'elle lui avait envoyées étaient restées sans réponse. Silence aussi du côté de Martin. Par une indiscrétion, elle avait appris que le jeune homme se louait de ferme en ferme pour des travaux saisonniers, mais sa réputation acquise pendant la guerre ne l'aidait guère à trouver un emploi stable. Un jour, elle l'aperçut sur la place de la Mairie, mais il fit demi-tour pour ne pas la croiser.

Ses seules satisfactions venaient des rendements de l'usine car la demande de François vis-à-vis de leurs intérêts communs devenait de plus en plus pressante.

Bien qu'amoureuse, associer le nom de Lenglet à celui de Chassagne équivalait pour elle à un mariage. L'alliance qu'elle refusait d'enlever de son annulaire la ramenait à une tranche de vie qu'elle ne pouvait effacer.

Fauché dans la force de l'âge, auréolé d'un courage que tous les survivants s'accordaient à lui octroyer, Paul était devenu un héros, une légende qu'elle entretenait au fond d'elle-même avec fierté. Entre les bras de François, elle rencontrait le plaisir, celui qu'elle n'avait jamais connu auprès de Paul ni d'aucun autre homme. Mais l'image de ce mari qu'elle avait presque déifié l'empêchait de déroger à un état qu'elle assimilait à un honneur. Etre la veuve de Paul Chassagne lui faisait partager une gloire qu'elle cultivait avec soin.

Mai s'acheva sans qu'aucune décision soit prise par Clotilde. François ne la relançait plus, mais son amertume se traduisait par des remarques acerbes. Plusieurs fois, la pauvre Thérèse l'apprit à ses dépens. Pour un oui ou pour un non, il lui reprochait ses repas, l'achat de ses denrées, critiquant même la façon dont elle s'occupait de la maison. Il compensait sa mise à l'écart en se comportant comme un maître des lieux.

Cette situation perdura jusqu'à ce que, par un dimanche pluvieux, Clotilde surprît Julien Leyral qui entrait dans la propriété. Voilà des jours qu'elle ne l'avait pas revu. Sa moustache et les cheveux qui dépassaient de son chapeau semblaient avoir blanchi.

Il jeta quelques coups d'œil autour de lui puis tira la sonnette comme il le faisait autrefois. La pendule marquait dix heures et François se reposait à l'étage. Introduit par Thérèse, Leyral afficha un air grave en ôtant son chapeau devant Clotilde.

— Je suis venu vous annoncer un triste événement...

Par mesure de précaution, la jeune femme s'assit sur l'une des chaises disposées autour de la table. Un obscur pressentiment la tourmentait déjà.

— Il s'agit de Colette, continua-t-il, elle a eu un accident.

Comme Clotilde dardait sur lui un regard fixe, il reprit :

— Une charrette lui a coupé la route alors qu'elle roulait en voiture. Pour l'éviter, elle a fait un brusque écart et s'est encastrée dans un arbre. Sous le choc, sa tête a violemment heurté le pare-brise.

— Est-ce qu'elle est... ? demanda-t-elle sans pouvoir terminer sa phrase.

Julien acquiesça :

— Elle est morte sur le coup. Les gendarmes m'ont prévenu hier soir.

Pâle, il s'assit à son tour. Plus un bruit ne circulait dans la pièce. Mais ce silence ne dura que quelques instants. Soudain, une porte s'ouvrit et Lenglet se montra. Bouche bée, Julien le dévisagea avant de se mettre debout.

— Je vois que vous ne vivez pas seule, dit-il à Clotilde, je ne veux pas vous déranger davantage.

— Restez ! Je vous en prie, implora-t-elle, nous devons encore parler.

Elle se tourna vers Lenglet qui assistait à l'entretien :

— Soyez assez gentil de nous laisser, François ! C'est une affaire de famille.

Le vouvoiement et la mise à l'écart l'humilièrent. Hors de lui, il se dirigea vers la porte.

— Vous avez raison, Clotilde, fulmina-t-il, je ne suis rien ici. Rien qu'une marionnette à votre service. Quand vous aurez besoin de moi dans votre lit, faites-moi donc signe !

Il disparut au-dehors après avoir claqué la porte avec une telle violence que les murs tremblèrent.

— Je suis navré, dit Leyral, je ne voulais pas vous causer d'ennuis...

Des larmes jaillirent des yeux de Clotilde. Elle se détourna pour les sécher.

— Cela n'a pas d'importance, fit-elle. Dites-moi plutôt comment vous comptez vivre, à présent.

Il n'avait pas encore réfléchi à la question. Tout ce qu'il savait, c'est qu'il désirait élever des chevaux. Pour cela, il était même prêt à se séparer de ses terres. Peut-être irait-il s'établir à Perpezac-le-Noir, où l'on vendait un haras de renom.

— J'aimerais m'occuper de pur-sang, expliqua-t-il, l'œil brillant.

Il s'arrêta, tritura le bord de son chapeau avant de poursuivre :

— Colette s'est toujours opposée à ma passion des chevaux. Elle ne désirait qu'une chose : la ville, les belles robes, les voitures... Je suis un homme de la terre, moi. Vous me comprenez, n'est-ce pas, Clotilde ?

Elle le rassura d'un clignement d'yeux. Ce qui la sidérait, c'est que ni l'un ni l'autre n'éprouvaient de réel chagrin. Cette disparition paraissait inscrite dans l'ordre des choses. Colette n'avait vécu que pour elle ; même sa fin tragique n'éveillait en eux qu'une simple compassion attristée.

— L'inhumation est prévue pour après-demain, précisa Julien. Vous pouvez venir la voir. Elle est veillée par des voisines qui se relaient.

— Je viendrai.

Leyral prit congé. Il devait encore s'occuper des formalités, prévenir le curé et aller à Brive pour choisir le cercueil. Clotilde lui proposa de l'accompagner, mais il déclina son offre.

Il pleuvait à seaux lorsqu'il descendit les marches du perron. Son regard averti scruta le ciel d'est en ouest.

— Ce n'est qu'une grosse averse. Le ciel s'éclaircit déjà au-dessus des gorges de la Vézère.

— Dites-moi ! fit tout à coup Clotilde. Pourquoi avez-vous signé le papier des terres de Bugeat ?

Leyral avait toujours les yeux braqués vers le ciel.

— Dans le but de vous aider, sans doute !

Il recoiffa son chapeau, boutonna sa veste pour mieux affronter la pluie.

— Et Simone ? questionna-t-elle.

— Je crois que ce n'est pas le moment d'aborder cette histoire. A bientôt, Clotilde.

En fin de matinée, un silence glacial accueillit le retour inopiné de François. Il n'eut droit qu'à une part de civet à peine tiède pendant que Clotilde était occupée à cocher les livraisons de la semaine. Lenglet goûta quelques bouchées puis fit glisser son assiette sur le côté.

— Tu m'en veux, n'est-ce pas ?

Elle referma son carnet avant de jouer avec le crayon qu'elle tenait.

— Bordier n'est pas à la hauteur, déclara-t-elle, j'ai peur de devoir me séparer de lui.

D'un geste, François replia son couteau.

— A travers lui, tu règles tes comptes avec moi, persifla-t-il. En réalité, aucun homme ne t'apportera ce que tu cherches.

Il croisa les bras en la dévisageant.

— Un par un, tu perds ceux qui auraient pu t'épauler. Après ta mère, ce sera Chassagne puis un autre ; moi, peut-être ? Qui sait ? Bientôt, tu te retrouveras seule face à toi-même, la tête remplie de tes morts. C'est contre eux que tu luttes, personne ne pourra te suivre sur la voie que tu t'es choisie.

Il se leva.

Le crayon ne bougeait plus entre les doigts de Clotilde.

— Je rentre à Sainte-Féréole, ajouta-t-il, je ne crois plus à nos projets.

Lorsqu'il se tourna vers la porte, Clotilde avança le bras comme pour le retenir, mais les mots qu'elle désirait lui dire se bloquèrent dans sa gorge. Clouée sur sa chaise, elle assista à son départ, incapable de réagir.

Le lendemain matin, un ouvrier accepta de la conduire, avec la camionnette, jusqu'à Mazières. Sur l'étroite route, à hauteur du calvaire, une remorque était en train d'emmener ce qui restait de la Panhard. Des curieux attroupés commentaient la dangerosité des voitures tandis que d'autres plaignaient les conducteurs de carriole ou de charrette qui n'avaient plus la vie tranquille. Après un arrêt durant lequel Clotilde, impressionnée, constata la violence du choc, la camionnette poursuivit son chemin. En arrivant devant la maison des Leyral, elle donna quartier libre à son ouvrier puis se faufila jusqu'à l'entrée, où la porte était entrouverte. Les pleurs de quelques femmes se mêlaient à ceux d'Antoinette, la servante, qui se tamponnait les yeux avec son tablier. Clotilde eut juste le temps de bénir le corps avant la mise en bière. Devant le curé qui entamait des prières, on déposa le corps de Colette dans le cercueil. Par sympathie devant sa figure tendue, la jeune femme s'approcha de Julien et lui serra le bras. Elle se revit dans la clairière, essayant de l'embrasser. Un remords la prit. Comment avait-elle pu aller jusque-là ? Cet homme n'était rien pour elle. D'ici quelque temps, elle n'entendrait même plus parler de lui.

Les coups de marteau commencèrent à frapper le couvercle. Les sanglots d'Antoinette redoublèrent. Enfin, quand le silence revint, des yeux, Clotilde fouilla la pièce à la recherche d'un souvenir qui aurait appartenu à son père. Elle ne rencontra rien d'autre qu'un décor banal. Le fossé qui l'avait toujours séparée de sa mère prenait la teinte de ce cadre impersonnel où elle n'avait jamais eu sa place.

Un peu plus tard, lorsqu'elle se retrouva dehors, elle longea une file de gens qui venaient rendre un dernier hommage à la défunte. De l'autre côté de la barrière, l'ouvrier de la fabrique l'attendait au volant de la camionnette. En s'asseyant à ses côtés, un instant, elle ferma les yeux. Le vide de son cœur, qui ne ressentait aucune douleur, l'effrayait.

— Avez-vous perdu quelqu'un de votre famille ? demanda-t-elle à son chauffeur.

— Oui, ma mère, il y a quelques mois.

Il fit vrombir le moteur avant de mettre en route le véhicule.

— Est-ce que vous avez pleuré ?

Un rire fusa hors de sa bouche.

— Je n'ai même pas pu assister à l'enterrement. Il y avait trop de travail à la papeterie. Au pied levé, le chef d'équipe m'a demandé de remplacer un ouvrier malade.

— S'agit-il de monsieur Lenglet ?

— Oui, madame. Et je n'ai pas eu le choix.

— Rentrons, fit Clotilde, j'ai froid.

28

Avec l'été, Martin avait trouvé à se louer dans une grande ferme près d'Allassac. Chaque matin, il rejoignait là des journaliers et des ouvriers agricoles avec lesquels il partageait les travaux des champs. Cet emploi forcé ne lui plaisait pas plus que sa nouvelle vie loin de la papeterie. Savoir Clotilde avec Lenglet le minait nuit et jour en dépit du silence qu'il s'imposait. Il n'allait même plus jusqu'à Saint-Viance. A quoi bon écouter les plaintes du vieux Chassagne ou les alimenter par sa présence ?

Il avait beau se répéter qu'il avait perdu Clotilde, sa défaite pesait lourd face aux recommandations de Paul, qui avait mis tant d'espoir en lui.

Un matin, comme la plupart des habitants de la région, il apprit l'accident qui avait coûté la vie à Colette Leyral. Après quelques instants d'hésitation, il décida de se rendre à l'inhumation.

Sous un ciel d'un bleu limpide, le petit cimetière avait du mal à contenir le monde qui se pressait autour de Julien Leyral et de Clotilde. Celle-ci faisait pâle figure au milieu de tous. Martin n'aperçut ni Lenglet ni le vieux Chassagne. Il en profita pour se glisser au bout de la file des personnes qui présentaient leurs condoléances à la famille. Quand il se retrouva en face de Clotilde, une fois de plus, son maintien et sa dignité le frappèrent. D'abord, elle le regarda, surprise de le voir, puis elle refusa de saisir la main qu'il lui tendait. A la place, elle tenta de l'embrasser sur une joue, mais il esquiva son baiser. Comment pouvait-elle se comporter comme si le passé n'existait plus ?

— Pardon, murmura-t-elle, je ne désirais pas vous froisser.

Comme il n'y avait personne après lui, elle lui demanda ce qu'il devenait.

— Je travaille, répondit Martin, ne vous inquiétez pas pour moi !

Un vent chaud balançait les cyprès qui poussaient le long du mur d'enceinte. Un par un, tous ceux qui venaient d'assister à l'enterrement sortirent, afin de remonter dans leur attelage ou leur voiture. La cérémonie finie, chacun pouvait vaquer à ses occupations. Leyral s'installa dans un cabriolet tiré par un superbe cheval bai. Clotilde, elle, choisit de rentrer à pied. Elle fut la dernière à gagner la sortie. Martin avait déjà préféré s'éloigner. Pour lui, le seul événement qui aurait pu changer le cours des choses ne s'était pas produit. Clotilde n'était pas prête à reconnaître son erreur.

Bientôt, il n'y eut plus que les bruits de pelle du fossoyeur qui remplissait son office. Le curé parti lui aussi, quelques femmes en noir restaient pour entretenir et fleurir leurs tombes avec dévotion. Pas une mauvaise herbe ne devait dépasser du bord des plaques de pierre ou de marbre. Clotilde, qui les observait de loin, en vit même certaines embrasser des croix avec une passion presque amoureuse.

Par un effet qu'elle ne s'expliquait pas, elle se rendit compte qu'elle pensait moins à sa mère qu'à son père ou à Paul. Pour ce dernier, aucune sépulture n'avait pu être dressée. Le maire du village attendait toujours les crédits pour ériger enfin ce monument où les noms de ceux qui étaient morts apparaîtraient en lettres dorées.

Elle jeta un ultime coup d'œil autour d'elle. Avec le soleil, des reflets moirés jouaient sur les tombes. Il faisait chaud, presque étouffant en ce mois de juin qui commençait à peine. Après la dureté de l'hiver, des paysans prédisaient une saison d'orages et de grêle. Certains voulaient même avancer la date des vendanges.

Elle s'arracha enfin à sa contemplation, marcha. A la fabrique aussi, les ouvriers devaient souffrir de la chaleur. Et François, pourquoi n'était-il pas venu ?

L'ombre d'une silhouette se dessina sur le sol à quelques pas d'elle.

— Je suis venu vous présenter mes condoléances, fit une voix qu'elle n'eut aucun mal à reconnaître.

Le vieux Chassagne souleva son chapeau. Debout, appuyé sur sa canne neuve, il fixait Clotilde avec une acuité qu'elle ne put soutenir.

— Merci, dit-elle en détournant les yeux.

— Ainsi, vous êtes seule, à présent… continua-t-il.

Sa remarque était une pointe de plus enfoncée dans sa chair. Il faisait allusion à la disparition de Colette et à l'absence de Lenglet, que personne n'avait aperçu.

— En effet, rétorqua-t-elle, cela devrait vous réjouir.

Une lassitude la prit. Elle n'avait pas envie de subir d'autres sarcasmes. Ce n'était ni le jour ni le lieu.

— Il ne fallait pas vous déranger, reprit-elle d'une voix cassante, vous vous seriez épargné une fatigue inutile !

Elle allongea le pas, pressée de ne plus l'entendre.

— Clotilde ! appela-t-il, moi aussi, je suis seul… termina-t-il tout bas.

— Que dites-vous ?

Autour d'eux, le vent, qui forcissait, soulevait un nuage de poussières et de brindilles sèches. Chassagne fit aller sa tête de droite à gauche comme pour signifier qu'il n'avait rien d'important à ajouter. Puis il la regarda se hâter, tout de noir vêtue, sur le chemin parsemé d'herbes et de cailloux blancs.

Clotilde ne rentra pas au Moulin. Elle arrêta une carriole qui allait vers Sainte-Féréole et demanda au conducteur la permission de monter.

La vision du vieux Chassagne et celle de Martin qui refusait son baiser d'apaisement s'assemblaient en deux affronts de plus. Même en de telles circonstances, ils n'avaient eu cure de son chagrin ni de sa volonté de faire la paix. Maintenant, la disparition de cette mère, qui n'avait jamais été à son écoute, commençait à lui peser. Entre elles, désormais, jamais plus les erreurs du passé ne pourraient être effacées ou réparées. L'hostilité dont elle se sentait la proie n'était que la résurgence d'un conflit familial dans lequel elle avait toujours vécu. Si François la rejetait à son tour, en qui trouverait-elle la force et surtout la conviction pour continuer ?

Le paysan qui l'avait emmenée la laissa à l'entrée du village. En quelques mots, il lui indiqua la maison des Lenglet. Au moment où elle descendit de la carriole, lui qui n'avait prononcé aucune parole durant tout le trajet émit un petit rire narquois.

— Bon courage ! souhaita-t-il. Vous allez en avoir besoin.

— Pourquoi donc ? s'étonna-t-elle.

— La mère Lenglet, fit-il en secouant les rênes, on la surnomme la « vipère ». Vous verrez !

Son rire se fondit dans le crissement des roues et le hennissement de son cheval qui partait au trot.

Clotilde ôta la veste noire qu'elle portait. La chaleur, qui s'intensifiait, se doublait d'une nouvelle angoisse. Ainsi, la mère de François représentait un véritable danger ! Etait-il donc inscrit quelque part que cette journée ne lui apporterait que des épreuves ? Elle repéra une « épicerie-café » non loin du carrefour où elle se tenait et s'y rendit. Boire un verre était encore le meilleur remède à son découragement.

A l'une des tables, des hommes consommaient de l'alcool en jouant aux cartes tandis que d'autres, accoudés au comptoir, s'entretenaient avec le patron.

— Que désirez-vous, chère madame ? s'enquit

celui-ci avec un large sourire à moitié édenté. Vous avez devant vous Jean Bellac en personne, continua-t-il, pour vous servir !

Des rires accompagnèrent la fin de sa phrase. Déjà un peu ivres, les clients se donnèrent des coups de coude.

— De la liqueur de noix ! commanda Clotilde sans se démonter.

Elle alla s'asseoir à une table et attendit.

Des sifflements à peine atténués saluèrent sa commande.

— Ça sent l'argent et la femme seule ! remarqua l'un des buveurs sur un ton assez haut pour que sa phrase soit entendue.

Clotilde savait que sa présence serait mal perçue. Elle se tenait sur ses gardes, prête à répliquer s'ils se montraient trop grossiers, quand le patron posa un verre devant elle.

— Ne vous en faites pas, la rassura-t-il, ce ne sont que de grands enfants ! Ils ne sont pas méchants.

Sa mine affable, son air avenant sous sa casquette grise lui redonnèrent confiance.

— Est-ce que vous connaissez madame Lenglet ? demanda-t-elle alors.

— Qui ?

— Excusez-moi, reprit Clotilde devant son ton rébarbatif, je ne sais à qui m'adresser…

Bellac reboucha sa bouteille d'un coup sec.

— Je connais tous ceux qui méritent mon respect et

mon amitié dans ce village. Les autres, je les ignore. Elle en fait partie.

Sa bouteille toujours en main, il examina Clotilde d'un air suspicieux.

— Vous devez connaître aussi son fils, non ?

Interloquée par ses propos et l'expression haineuse de son visage, la jeune femme n'osa pas lui répondre. « Cette femme doit être redoutable, pensa-t-elle en avalant le contenu de son verre. Comment va-t-elle m'accueillir ? »

Elle aligna deux pièces sur la table et se leva.

— Ça n'a pas d'importance, je vais me débrouiller.

Dans la minuscule salle, un silence presque absolu régnait. Seules quelques mouches se cognaient contre le plafond dans des bourdonnements irréguliers. Sous l'œil inquisiteur du cafetier, Clotilde rejoignit la sortie.

— La maison des Lenglet est à gauche de l'église, après le marchand de bois, lui indiqua l'un des clients au moment où elle s'en allait. Bonne visite ! acheva-t-il tandis que ses compagnons pouffaient de rire à nouveau.

On accédait à l'église par une petite côte un peu raide. Clotilde avait de plus en plus chaud. A mi-parcours, elle fut tentée d'abandonner. La peur qu'ils avaient déclenchée en elle par leurs sous-entendus freinait ses pas. Pourquoi était-elle venue s'aventurer jusque-là ? Quel sentiment plus puissant que la raison l'amenait ici ?

Arrivée près de l'enseigne du marchand de bois, elle s'arrêta. Son attirance pour François tenait pour l'essentiel au plaisir qu'il savait lui donner. Dans ses bras, la jouissance immédiate qui irradiait son corps n'avait aucune commune mesure avec ce que lui avait apporté Paul. Quant à Martin, elle ne lui avait même pas laissé le temps de l'aimer. En revanche, elle se souvenait de la tendresse qu'il lui avait prodiguée et qui manquait à François. L'image de ces trois hommes tournait dans sa tête sous le double effet de l'alcool et de la chaleur. Jamais elle ne les avait comparés ainsi. Un accès d'hilarité la prit tandis que la vision du cercueil de sa mère qui disparaissait dans la terre s'imposait à ses yeux dans une brutalité aveuglante. Son rire se transforma en sanglots. Sa vie affective lui parut vide. L'héroïsme de Paul, auquel elle se raccrochait, la sauvait d'une évidence peut-être trop pénible à regarder en face. Ses rares permissions avant sa mort laissaient en elle l'image d'un homme anéanti par l'enfer qu'il subissait. Depuis des années, une atroce question l'habitait : ne s'était-il pas lui-même offert aux balles ennemies pour en finir au plus vite ?

— Ça ne va pas, ma petite dame ?

Clotilde s'essuya les yeux. Sous l'enseigne de la boutique, une femme d'un certain âge l'observait. Son tablier usé, ses mains abîmées montraient qu'elle devait couper et porter du bois du matin au soir.

— Ce n'est rien, expliqua Clotilde, juste une petite défaillance sous la chaleur…

Elle quitta la borne en grès qui lui avait servi de siège provisoire.

— Je cherche la maison des Lenglet.

La femme lui désigna une petite ferme située au bout d'un étroit sentier.

— C'est là, fit-elle, puis elle rentra dans sa boutique et referma sa porte.

— Merci quand même ! s'écria Clotilde en prenant la direction indiquée.

Avant de s'engager sur le chemin, elle jeta un coup d'œil en arrière. Le nez collé contre une vitre, l'épouse du marchand de bois la fixait.

Parvenue devant la ferme, Clotilde ne put entrer. Dans la cour, un molosse attaché à une chaîne se mit à aboyer et à montrer les dents avec une telle animosité qu'elle n'osa plus bouger. Elle dut attendre un long moment avant que la porte de la maison ne s'ouvre sur une femme qu'elle n'eut guère de mal à reconnaître. Malgré ses cheveux gris, madame Lenglet avait le nez aquilin et le menton volontaire de son fils. Mais si, chez lui, on remarquait une certaine douceur, chez elle, les deux grandes rides qui encadraient sa bouche accusaient un air revêche et bourru qui n'avait rien d'engageant.

— Couché ! ordonna-t-elle au chien.

Puis, comme si elle désirait cacher sa contrariété, tête baissée, engoncée dans une robe stricte à col montant, elle vint jusqu'à la barrière. Son allure évoquait l'une de ces institutrices du début du siècle telles que Clotilde les avait vues poser sur des photos, près de son père.

— Que voulez-vous ? lança-t-elle à sa visiteuse sans la saluer.

— Je suis madame Paul Chassagne. Je désire m'entretenir avec votre fils.

En même temps qu'elle se présentait, Clotilde fut sûre de voir à l'une des fenêtres du premier étage la silhouette de François qui se dissimulait derrière un rideau.

— Il n'est pas là, répondit sa mère avec aplomb. Je suis désolée.

Elle se tourna pour repartir, mais Clotilde se pencha par-dessus la barrière pour la rattraper par une manche de sa robe.

— Votre fils est là-haut, je viens de l'apercevoir ! Il faut que je lui parle.

La mère Lenglet la repoussa d'un geste irrité.

— Personne n'entre chez moi s'il n'est invité auparavant. Mon fils est absent. Tenez-vous-le pour dit !

— Alors, je suis obligée de le licencier.

Prise de court, la vieille femme s'immobilisa. Elle adressa à Clotilde un regard noir que celle-ci soutint sans la moindre défaillance.

— Je vous laisse le soin de lui annoncer la nouvelle, continua Clotilde. Adieu, madame !

Estimant qu'elle en avait assez dit, elle décida de s'éloigner.

— C'est bon, entendit-elle alors, mon fils m'avait juste demandé qu'on ne le dérange pas.

La barrière grinça en s'ouvrant. Clotilde fit demi-tour. Si la première manche était gagnée, il restait le plus difficile : convaincre François.

29

A l'intérieur, la maison des Lenglet dégageait une atmosphère aussi rigoriste que celle qui présidait à son organisation. Dans la salle du bas, à part une photo de mariage mise en évidence sur le manteau de la cheminée, aucun objet ne décorait la pièce principale. Les meubles se réduisaient à d'indispensables accessoires : une table, deux bancs, quelques chaises et un vaisselier.

En pénétrant dans cet espace sans chaleur ni intimité, Clotilde comprit vite qu'il était à l'image de celle qui dirigeait tout sans partage. D'ailleurs, comme un avertissement, le seul nom de Juliette Lenglet était inscrit sur la porte d'entrée. De François, il n'était question nulle part.

A peine entrée, Clotilde se sentit détaillée de la tête aux pieds par son hôtesse, qui ne lui proposa même pas de s'asseoir.

— Je vous écoute, fit-elle, comme si ce qui concernait son fils devait passer par elle.

— C'est à François que je voudrais m'adresser, rectifia Clotilde.

— Ce qui l'intéresse m'intéresse aussi, vous pouvez vous confier à moi sans crainte.

En dépit de ses affirmations, elle affectait un air si méfiant que Clotilde fut à bout de patience. Au nom de quoi cette femme qu'elle n'avait jamais vue, ni rencontrée auparavant, s'arrogeait-elle le droit de discuter à la place de son fils ?

— Pour la dernière fois, madame, je vous prie d'appeler François ! intima Clotilde.

Par chance, elle n'eut pas à lutter davantage. Une porte s'ouvrit et le jeune homme se montra enfin. Gêné, il invita Clotilde à s'asseoir mais ne demanda pas à sa mère de partir. Clotilde était prête à abandonner. Comment aborder les vrais problèmes devant cette femme qui n'avait rien de commun avec leur histoire ?

— Il m'est impossible de rester plus longtemps, François, déclara-t-elle. Il vaut mieux que vous veniez à la fabrique, où les ouvriers comptent sur vous.

Elle décida de rejoindre la porte. Si à l'extérieur l'air chaud confinait à l'orage, à l'intérieur, l'atmosphère devenait tellement irrespirable que Clotilde n'avait qu'un but : fuir.

— Avant que vous ne vous en alliez, précisa encore Juliette Lenglet, je tenais à vous faire savoir que mon fils est exploité dans votre usine !

— Maman, s'écria François, tais-toi, voyons !

L'index menaçant, la vieille femme le tança comme un enfant :

— Tu n'as pas à intervenir dans mes propos !

La main sur la poignée de la porte, Clotilde découvrait une scène qu'elle n'aurait même pas pu imaginer si on ne l'avait pas prévenue. Cette femme correspondait en tout point à ce qu'on lui avait prédit.

— François est majeur, à ce qu'il me semble, ironisa-t-elle. C'est à lui que je veux avoir affaire et non au petit garçon que vous croyez défendre en le ridiculisant !

Le doigt de Juliette Lenglet s'abaissa.

— Ma mère est trop entière, l'excusa François, mais, comme moi, elle espère une promotion qui tarde trop à venir...

Clotilde ouvrit la porte. Aucun souffle de vent ne vint la soulager. Elle n'avait plus envie de se justifier ni d'entamer une autre discussion. Ce couple étrange semblait former un mur infranchissable. Ils étaient deux, soudés comme des blocs de pierre. Elle se mit à courir à travers la cour en évitant les assauts du chien qui tirait sur sa chaîne en aboyant. Des gouttes de sueur dégoulinaient le long de ses tempes tandis que son cœur battait à se rompre.

Une heure et demie plus tard, elle était de retour au Moulin.

— Madame n'a pas l'air bien, dit Thérèse en l'accueillant.

Une pile de linge sec attendait dans un grand panier, posé sur les dalles du couloir. En s'avançant, Clotilde, qui ne l'avait pas remarqué, le heurta du pied. Aussitôt, elle laissa éclater sa colère et sermonna la servante pour sa négligence. Puis elle la renvoya dans la cuisine.

La soirée s'annonçait mal. De gros nuages noirs s'accumulaient dans le ciel alors que des éclairs commençaient à strier l'air d'une lumière aveuglante. Bientôt, une pluie diluvienne, portée par des tourbillons de vent fort, s'abattit sur la maison et l'usine. Clotilde ouvrit la fenêtre. Elle n'avait pas peur. Au contraire, en regardant les éléments qui se déchaînaient, elle évacuait les tensions qu'elle gardait encore en elle. Sans même s'en rendre compte, elle tendit le visage pour recevoir la pluie qui cinglait le jardin. Des gouttes tièdes ruisselèrent sur son front, mouillant ses cheveux et son cou. Yeux fermés, elle passa la langue sur ses lèvres pour recueillir les minces filets d'eau qui coulaient le long de son visage en la rafraîchissant.

Petit à petit, l'orage et la pluie perdirent de leur intensité. Le ciel se débarrassa de ses nuages sombres.

Quand Clotilde rouvrit les yeux, à deux pas d'elle, les pieds enfoncés dans la boue du jardin, les cheveux et les vêtements trempés, François la contemplait sans parler.

— Entre ! ordonna-t-elle, il faut un bon feu pour te sécher.

Lenglet s'occupa lui-même d'allumer le feu. Au-dehors, l'orage avait cessé mais le Maumont charriait le double de son débit habituel. Des cascades d'eau giclaient encore des gouttières, et des branches d'arbres arrachées jonchaient le sol du jardin.

— Es-tu venu à pied ? demanda Clotilde.

Il acquiesça d'un signe de tête, trop occupé à faire sécher sa veste et ses lourdes chaussures. Elle avait envie de l'entendre parler de sa mère, de cette visite qu'elle ne pouvait oublier, de son absence à l'inhumation de Colette... Mais elle ne trouvait ni les bonnes questions ni la manière d'amener les choses. Alors, tandis qu'il était assis, les jambes allongées pour être le plus près possible de l'âtre, elle se mit à marcher dans la salle avant de lancer l'idée qui la tenaillait.

— Je vais te nommer directeur de la fabrication. Ton salaire va doubler.

Il réfréna un mouvement d'épaules mais resta silencieux.

— Cela ne te convient pas ?

— C'est mieux que rien, fit-il sur un ton désabusé.

— Je sais ce que tu espères, reprit Clotilde, mais j'ai encore besoin d'un peu de temps. Je ne peux pas bouleverser ma vie sans réfléchir à toutes les conséquences. Une association nous entraînerait trop loin.

Lenglet pivota sur sa chaise.

— En réalité, tu doutes de tes sentiments envers moi, c'est tout. Je te sers à diriger l'usine, mais ta méfiance à mon égard est comme une insulte !

— François !

Il sortit un petit bouquet de fleurs qu'il cachait dans sa veste et le jeta au feu.

— C'est comme ça que tu voudrais me voir finir !

— Non, s'écria Clotilde en pleurant, ce n'est pas vrai !

Elle se précipita vers lui en cherchant à se blottir dans ses bras.

— Je t'aime, François, je ne veux pas te perdre. Ne m'abandonne pas aussi !

Il l'apaisa comme il le pouvait mais une insatisfaction profonde s'enracinait en lui. Des deux, c'était lui la victime. Il prit le parti de se taire pour ne pas envenimer une situation qui s'enlisait dans une impasse. « Dans le fond, pensait-il, elle est prête à me reprocher d'être sous la coupe de ma mère alors qu'elle-même obéit sans le savoir à son beau-père. »

Pour lui, en effet, qui d'autre, sinon Chassagne, était capable d'empêcher Clotilde de faire aboutir un projet qu'elle ressassait depuis des mois ? Il attribuait le refus de cette association à l'industriel et à l'influence qu'il exerçait sur elle, à son insu.

Le repas du soir se déroula dans un silence pesant. Ce n'est qu'au moment du dessert qu'il se risqua à aborder l'avenir.

— Puisque je deviens directeur de la fabrication, dès demain j'engagerai un autre chef d'équipe pour me remplacer.

Il refusa la part de clafoutis que Thérèse avait préparée. Lorsque la jeune servante sortit de la salle en remportant son assiette, une fois de plus, il la critiqua.

— Quand saura-t-elle cuisiner ? Son clafoutis empestait le brûlé. Tu devrais t'en séparer.

— En somme, enchaîna Clotilde, je devrais faire le vide autour de moi pour ton plaisir. Et toi, quand te détacheras-tu de ta mère ?

Une colère froide teinta le regard de Lenglet. Il quitta la table, plein d'un ressentiment qu'il ne parvenait plus à maîtriser. La manière dont elle lui tenait tête l'exaspérait. Il la désirait belle et soumise, lui donnant tous les pouvoirs pour diriger à sa guise cette usine parée de tous les feux d'une réussite à laquelle il aspirait sans relâche.

De peur qu'il ne se fâche et ne reparte, Clotilde essaya de s'amender.

— Allons ! Faisons la paix ! Demain matin, j'irai chez le notaire pour que tu aies la signature des livraisons et des commandes. Tu vois bien que je ne suis pas aussi méchante que j'en ai l'air...

Un sourire détendit le visage de Lenglet. Il s'approcha d'elle, la prit entre ses bras.

— Tu n'es pas méchante, murmura-t-il en l'embrassant dans le cou, tu es redoutable, c'est bien pour ça que tu fais de moi ce que tu veux !

Tandis qu'elle riait en faisant mine de protester, il la porta jusqu'au premier étage, dans la chambre qu'ils partageaient.

En les voyant monter ainsi, Thérèse, qui s'apprêtait à débarrasser la table, fondit en larmes.

Le lendemain, le ciel, lavé par le violent orage de la veille, distillait à nouveau une lumière estivale.

Clotilde s'éveilla plus légère. Levé très tôt, François était déjà parti en quête d'un autre contremaître. Si ses démarches n'aboutissaient pas, il envisageait de publier une petite annonce dans un journal local. Avant de s'en aller, il avait promis à Clotilde de la retrouver en fin de journée chez maître Treuil pour remplir les papiers nécessaires aux nouvelles charges qui allaient lui incomber.

En descendant dans la salle, la jeune femme fut frappée par les traits creusés de Thérèse.

La servante ne paraissait pas avoir dormi et se traînait d'un endroit à un autre.

— Que vous arrive-t-il ? s'inquiéta Clotilde.

— Je crois que je ne vais plus servir madame.

— Mais pourquoi ? Vous n'êtes pas bien ici ?

En une seconde, Clotilde se remémora les réflexions de François. Il ne ménageait guère la jeune fille.

— Est-ce à cause de monsieur Lenglet ? s'enquit-elle.

La servante hocha la tête avec vigueur. Elle se mit à triturer ses mains et son tablier, le regard baissé.

— Que madame me pardonne, mais j'ai déjà trouvé une autre place près d'Allassac.

— Comment !

L'étonnement de Clotilde s'arrêta là. Par la fenêtre, elle aperçut un homme vêtu d'un costume sombre, un chapeau gris sur la tête et une serviette en cuir noir à la main, qui se dirigeait vers la maison. Il jeta un coup d'œil autour de lui comme s'il évaluait la propriété puis il tira sur le cordon de la sonnette. Son visage anguleux, ses petits yeux enfoncés dans leurs orbites avaient déjà alerté Clotilde. On flairait les chiffres et l'argent chez cet homme-là… Que venait-il donc réclamer ou contrôler ?

30

A Saint-Viance, Lucien voyait l'été défiler avec tristesse. Léonie, qui réussissait à glaner çà et là quelques nouvelles de la fabrique, n'arrivait guère à le distraire. Il parlait peu, réfugié dans ses souvenirs, ne comprenant pas comment il avait pu se faire manipuler ainsi par Clotilde, une femme à laquelle il aurait donné le Bon Dieu sans confession, comme il disait.

Dominatrice et redoutable, voilà l'image qu'elle lui renvoyait alors qu'il l'avait crue fragile et honnête comme son père, qu'il avait bien connu. L'idée qu'elle avait dû intriguer auprès de Paul au cours d'une de ses permissions pour hériter de la fabrique lui paraissait l'explication la plus plausible. Quant à l'imminence de son association avec Lenglet, c'était bien la pire des choses qu'il aurait pu envisager.

— Un manœuvre, s'exclamait-il devant Léonie, qui n'a ni le talent ni les compétences pour diriger une papeterie. Un comble !

Même durant la nuit, il ressassait sa rancœur. Parfois, il se levait, restait assis devant la fenêtre ouverte pour regarder le ciel piqueté d'étoiles. Là, au cœur du silence, certain d'être seul, il échafaudait mille plans, rêvait tout éveillé au retour de Clotilde à de meilleurs sentiments. Quand la pensée de son éventuel remariage avec Lenglet l'effleurait, il se prenait la tête entre les mains. Alors, il se promettait d'écrire à Martin pour lui demander de venir. Il avait besoin de l'entendre parler de Paul. Peu lui importait qu'il l'ait déjà entendu relater les mêmes événements. A travers les mots, son fils redevenait vivant et il lui semblait que tout pouvait recommencer.

Un soir où il s'attardait dans le jardin, assis sur un banc, il fut pris du désir irrésistible de plonger ses mains dans les quelques affaires de Paul qu'il avait emportées avec lui. A personne, il n'aurait pu expliquer cette envie soudaine. Ce qu'il savait, c'est qu'il avait été incapable de le faire jusqu'à présent. Le jour finissait dans une tiédeur lénifiante. L'air embaumait le parfum du tilleul qui poussait près de l'aile gauche de la petite propriété. Lucien rentra. L'odeur entêtante du tilleul se répandait même à l'intérieur de l'habitation. C'est ce qu'il préférait dans cette maison. Le parfum de cet arbre lui rappelait les joies passées. Lorsqu'il était enfant, combien de fois Paul avait-il grimpé le long de ce tilleul ?

Dans la salle du bas, il jeta un coup d'œil vers Léonie, qui s'était endormie dans un fauteuil, du linge à repriser sur les genoux. La tête affaissée sur sa poitrine, elle ronflait avec la régularité d'une horloge. Lucien sourit puis il poursuivit son chemin jusqu'à l'étage. Dans sa chambre, une odeur de renfermé flottait encore entre les murs. Il remarqua qu'entre les poutres du plafond une araignée avait tissé sa toile. Il était en train d'admirer le fin tracé des fils lorsqu'une mouche atterrit au cœur de ce piège fatal. Aussitôt, un combat sans merci éclata entre les deux insectes. La comparaison avec Clotilde vint à l'esprit de Lucien. Ce spectacle dont il était témoin ne résumait-il pas son attente, ici ?

Il inspecta la pièce. Léonie avait posé la valise défraîchie, qui contenait les affaires de Paul, sous une petite table d'appoint. Il se baissa en s'appuyant sur le plateau de bois, puis il tira la mallette vers lui et l'ouvrit. Pour l'essentiel, elle ne contenait que des vêtements d'enfant : des chemisettes et une casquette qu'il hésita longtemps à toucher, tant cela lui semblait encore proche. Au-dessous, il y avait aussi des mouchoirs brodés aux initiales de Paul, des cahiers d'écolier, une ardoise et même une petite voiture en bois qui lui arracha un soupir. Il se demanda pourquoi il avait soulevé le couvercle de cette valise alors que le chagrin remontait déjà en lui comme une épave refait surface. Dans un mélange de tristesse et d'amertume, il allait la refermer quand il fut attiré par une enveloppe épaisse dont la couleur se confondait avec le tissu qui tapissait le fond de la malle. Elle était entourée d'un simple élastique ; il n'eut guère de difficulté à en extraire le contenu. Il s'agissait de simples photos de classe où Paul figurait parmi les élèves. Il les examina une par une avant de les reposer, puis les empila pour les ranger. A ce moment, une photo, qui devait être collée à une autre, glissa du lot et tomba sur le sol. Il la regarda d'un œil distrait, prêt à la joindre aux autres, lorsque son sang se figea. Au risque de se faire mal, il se releva pour se précipiter sur la loupe dont il ne se séparait jamais. Enfin, il alluma une lampe à pétrole à cause du jour qui déclinait.

Trois femmes étaient réunies sur la photo. Elles devaient sans doute fêter un événement car elles se tenaient enlacées par la taille et semblaient s'amuser. Celle du milieu lui parut la plus belle avec ses cheveux clairs et bouclés. Elle avait la tête renversée dans un grand éclat de rire qui dévoilait des dents parfaites. Rien qu'à la courbure de son corps, on devinait chez elle une ardente sensualité qui lui rappela Gabrielle lorsqu'il l'avait connue. Il approcha la loupe du visage de celle qui se trouvait à gauche mais dut s'y reprendre à deux fois tant sa main tremblait. Simone Gorse était bien là, sous ses yeux. A peine plus jeune qu'aujourd'hui, elle était tournée vers la belle et mystérieuse jeune femme du milieu avec un sourire qui en disait long sur sa fascination. Sur la droite, une jeune fille brune riait aussi, mais on décelait une espèce de tension sur ses traits, comme si elle regrettait d'être là.

Voilà longtemps qu'il n'avait ressenti de telles palpitations dans la poitrine. D'un geste fébrile, il retourna la photo. Quelques mots étaient écrits de la main de Paul : « Nina, mon ange ». Suivait une date : 12 septembre 1913.

L'émotion de Lucien se doublait du bonheur d'avoir enfin trouvé l'image de celle qu'il cherchait depuis des mois. Une seule mais cruciale question subsistait : qui était en réalité Nina sur cette photo ? La belle jeune femme blonde ? Simone Gorse, qui lui avait menti ? Ou bien encore la jeune fille brune au regard flou ?

Il attendit un bon moment avant de récupérer son calme. Avec cette découverte, son séjour à Saint-Viance prenait une autre tournure, mais il ne voulait en parler à personne, pas même à Léonie.

« Dès demain, à la première heure, se promit-il, j'irai chez les Gorse. »

Là, il en était certain, Simone parlerait. Comment pouvait-il en être autrement ?

Il s'allongea tout habillé sur son lit. Par la fenêtre, le ciel étoilé clignotait de mille feux. Dans le lointain, une rumeur sourde puis de plus en plus précise arriva jusqu'à lui comme une vague poussée par le vent. Il se souvint alors qu'on fêtait la Saint-Jean. Des dizaines de jeunes gens et de jeunes filles devaient danser au bord de la Vézère. Qui sait si Nina et Paul ne s'étaient pas rencontrés ainsi, au cours d'une nuit pleine d'allégresse, de musique et de chansons ? Il posa la photo qu'il tenait encore sur sa table de chevet, au-dessous du livre qu'il lisait chaque soir. Puis il se mit à somnoler.

L'impatience le fit lever de bonne heure. Aujourd'hui serait un grand jour. Il allait connaître la vie cachée de Paul. Grâce à elle, il espérait toujours mettre un terme au règne de Clotilde, qui revendiquait l'héritage de la fabrique comme preuve d'un unique amour. D'avance, il savourait le plaisir de lui apprendre combien elle s'était trompée. Alors, peut-être l'écouterait-elle ?

Quand Léonie lui apporta son petit déjeuner, son humeur était en harmonie avec le temps. Le gazouillement des oiseaux et le ciel clair semblaient le revigorer.

— Hier soir, dit-il, moqueur, je vous ai trouvée en train de ronfler dans le fauteuil...

La servante baissa le nez.

— Pardonnez-moi, fit-elle, contrariée, mais ma journée avait été lourde avec les vitres à laver et...

— Ne vous vexez pas, coupa-t-il, je vous conseille d'aller dormir plus tôt, c'est tout ce que je désirais vous dire.

Léonie s'éloignait en grommelant lorsqu'elle vit un homme pousser la barrière.

— Monsieur Ferdinand ! s'exclama-t-elle, stupéfaite.

Chassagne se retourna. Pourquoi l'ouvrier de l'usine venait-il ici à cette heure matinale ? La servante se dépêcha d'ouvrir. Ferdinand ôta sa casquette mais, intimidé, resta sur le seuil.

— Entrez donc ! invita Lucien. Je suppose que vous avez quelque chose à me dire ?

— Oui, monsieur. J'ai même de graves choses à vous dire.

Sur un geste du vieil homme, il s'assit sur l'une des chaises mais refusa toute boisson.

— Je suis venu vous chercher avec l'accord de tous mes camarades, monsieur Chassagne.

L'étonnement de l'industriel ne le surprit pas. Il

commença par dresser un tableau noir de la vie à l'usine, avec une situation qui se dégradait de plus en plus, puis il expliqua qu'il fallait intervenir avant que l'irrémédiable ne survienne.

— C'est à cause de François Lenglet, poursuivit-il. Madame votre belle-fille veut le nommer directeur de la fabrication. Dieu sait qu'aucun de nous ne l'apprécie ! Mais là, il a dépassé les bornes et elle ne veut rien entendre contre lui.

Chassagne avait déjà recouvré son flegme. Quel acte, émanant de celui qu'il avait toujours considéré comme un manipulateur, pouvait le formaliser ? Le pauvre Ferdinand ne lui révélait que ce qu'il subodorait depuis longtemps.

— Et qu'a-t-il fait au juste ? se renseigna-t-il.

— Il a acheté de la paille d'avoine à bas prix. Le résultat est catastrophique... La pâte obtenue ne tient pas, elle n'arrive même pas à sécher. Mais il s'obstine à continuer.

Les doigts de l'ouvrier se crispèrent sur sa casquette :

— Madame Chassagne dit que c'est de notre faute parce que nous ne savons pas travailler...

Impassible, Lucien mesurait l'étendue du désastre. En connaisseur, il savait que l'avoine ne résistait pas aux traitements habituels des bains de chaux. Mais pourquoi Lenglet agissait-il ainsi ? Il ne lui fallut pas plus d'une minute pour comprendre que Clotilde devait lui donner carte blanche pour acheter les ballots de paille nécessaires. Peut-être même avait-elle signé un ordre d'achat falsifié sans le lire. Ou, pire encore, il avait réussi à la persuader que l'avoine était une meilleure matière première. Ce qui, au bout du compte, revenait à la même chose : il avait dû détourner une partie de l'argent.

— Ce Lenglet est un bandit, un petit malfrat ! s'exclama l'industriel en se levant pour arpenter la pièce à grands pas.

— Qu'allons-nous devenir ? se lamenta Ferdinand. La fabrique va fermer...

Lucien échangea un regard avec Léonie, qui assistait à l'entretien, immobile dans un coin de la pièce. Audehors, le clocher de la petite église sonna l'angélus. La servante se signa.

— Que Dieu nous protège ! fit-elle.

Chassagne pensait à la photo qui se trouvait dans l'une de ses poches ainsi qu'à sa visite chez le docteur Gorse.

— Retournez à la papeterie, mon brave, conseilla-t-il. Malheureusement, je ne peux rien vous promettre dans l'immédiat.

Il s'empara de sa canne et de son chapeau d'été.

— Tout n'est pas perdu ! continua-t-il d'une voix encourageante.

Ferdinand acquiesça avant d'ajuster sa casquette sur sa tête. Après un salut, il quitta la maison, le front incliné vers le sol. De la fenêtre, Lucien le suivit des yeux jusqu'à ce qu'il disparaisse sur la route.

— Pauvre gars ! murmura-t-il. Que puis-je pour lui ? Pour eux tous ?

Peu après, il coiffa son canotier et sortit à son tour.

31

Voilà presque une heure que l'homme au complet était parti et Clotilde pleurait encore.

Il s'était présenté de manière froide et directe, pareille à l'image qui se dégageait de lui : « Bonjour, madame. Je suis maître Bessière, huissier à Brive. Plusieurs de vos clients m'ont chargé de récupérer les sommes qu'ils vous ont versées pour des commandes qui n'ont pas été honorées. »

Clotilde ne pensa même pas à le saluer. Blême, elle l'écouta énumérer la liste des commerçants et des industriels qui réclamaient leur dû. A part quelques rares exceptions, la plupart des commanditaires s'adressaient à lui parce qu'il était sans doute le seul huissier dont le cabinet avait pignon sur rue à Brive.

Rien qu'à sa façon de parler, elle comprit qu'il était inutile de discuter. Cet homme déterminé appliquait la loi comme un robot.

« Vous avez huit jours pour régler les dix mille francs qu'on vous demande, prévint-il. Passé ce délai, si rien n'a été fait, je serai contraint d'ouvrir une procédure qui aboutira à la mise en vente de l'usine. »

De la serviette noire qu'il tenait contre lui, il sortit des papiers qu'il déposa sur la table. « Voici quelques feuillets qui explicitent ce que je viens de dire, ainsi que les plaintes dont vous faites l'objet. »

Après un dernier coup d'œil autour de lui, comme s'il évaluait aussi l'intérieur de la maison, il s'inclina : « Mes hommages, madame ! »

Sa mission accomplie, il se dirigea vers la porte avant d'emprunter l'allée centrale qui aboutissait à la grille.

D'un geste rageur, Clotide essuya ses larmes. Pleurer ne servait à rien, il fallait agir. Essayer de sauver ce qui pouvait l'être encore. Elle mit de l'eau froide sur ses yeux, rectifia sa coiffure et courut vers la fabrique. Les ouvriers étaient assis en rond, le visage décomposé. A sa vue, ils se redressèrent.

— Mettez-vous au travail ! ordonna-t-elle. Je sais ce qui est arrivé.

Ferdinand tenta de prendre la parole :

— C'est de la faute de François Lenglet. Il nous oblige à nous servir de paille d'avoine…

— Gardez vos réflexions pour vous, Ferdinand ! Où est Henri Bordier, votre contremaître ?

— Personne ne l'a vu, dit Albert.

Clotilde quitta l'usine. Pourquoi François avait-il disparu si vite, ce matin ? Un horrible doute commençait à l'étreindre. D'un bond, elle rejoignit la maison, monta les marches quatre à quatre pour faire irruption dans la chambre où ils avaient l'habitude de dormir.

Non, elle n'avait pas rêvé : un petit papier était bel et bien plié sur sa coiffeuse. Un papier qu'elle n'avait pas voulu remarquer à son réveil, mais dont la présence s'était imprimée dans sa mémoire. Les mains moites, elle le saisit. François avait griffonné quelques mots à toute vitesse : « Adieu, je pars parce que notre amour est un naufrage. Ne cherche pas à me revoir. A l'heure où tu liras ces lignes, je serai déjà loin. » Sa signature, à peine lisible, se terminait par un long trait qui barrait presque le reste de la feuille.

Elle dut se raccrocher à un coin du meuble pour ne pas défaillir. Cette fois, tout devenait limpide, transparent. Il n'avait pas cessé de lui mentir. Et, comme un vulgaire voleur, il avait détourné de l'argent avant de s'enfuir. Même Bordier, le contremaître qu'il avait choisi, était son complice. Quel recours avait-elle, puisqu'elle avait signé tout ce qu'il lui présentait sans même le lire ?

Elle se laissa tomber sur le bord du lit. Plus une larme ne coulait de ses yeux, mais, à la place, une horrible brûlure la déchirait de bas en haut.

— Paul, Paul ! appela-t-elle avec la voix d'une petite fille blessée.

Dans ce décor où ils avaient vécu un bonheur tranquille, tout s'écroulait autour d'elle, tout basculait dans une tragédie sans nom. Et c'était sa faute, uniquement sa faute. Elle pensa qu'un véritable courage s'imposait face à ce chaos. Son regard parcourut la pièce jusqu'à ce qu'elle trouve ce qu'elle cherchait : l'écharpe de soie qu'un jour François lui avait offerte. Avec une détermination méthodique, elle monta sur une chaise, enroula l'écharpe autour de son cou. « Paul a eu cette bravoure, murmura-t-elle, je l'aurai aussi. » Elle réussit à passer les deux pans autour d'une poutre et les noua. Puis elle inspira.

A cet instant, quelqu'un tambourina contre la porte d'entrée et une voix masculine s'éleva :

— Clotilde ! Ouvrez-moi ! Je voudrais vous parler.

Ces intonations, cette manière de prononcer son nom n'appartenaient qu'à une seule personne. Elle hésita puis, avec lenteur, finit par dénouer l'écharpe avant d'aller se pencher par la fenêtre. Devant la porte, Martin attendait.

Ils ne s'étaient pas revus depuis plus d'un mois. Pourtant il remarqua tout de suite combien elle allait mal. Le visage défait, les yeux gonflés d'avoir autant pleuré, elle n'était plus celle qui paradait, suffisante et orgueilleuse, mais une simple femme en proie à une vive souffrance. Comme elle tentait d'ouvrir la bouche pour articuler quelques mots, d'un geste il l'en empêcha.

— Je sais tout. Albert et Ferdinand m'ont mis au courant.

D'autorité, il l'entraîna par un bras et la fit asseoir. Dans le vaisselier, il trouva un morceau de sucre qu'il imbiba d'eau-de-vie avant de le lui tendre.

— Il s'est enfui, je suppose ? questionna-t-il.

Clotilde hocha la tête en silence. Pour ne pas rendre plus difficile une situation qui l'était déjà, il se tut jusqu'à ce qu'elle reprenne un peu de couleurs. Puis il lui demanda l'autorisation d'examiner les derniers ordres d'achat. Depuis le départ de Lucien et de Léonie, Clotilde n'utilisait plus son coffret. Elle se déplaça jusqu'au tiroir du buffet où, désormais, elle classait ses papiers. Quelques secondes plus tard, elle revint poser des factures devant Martin. Deux d'entre elles attestaient l'achat de quatre tonnes de paille d'avoine auprès de trois agriculteurs de Sainte-Féréole. Une remise de vingt pour cent avait été octroyée contre un paiement en argent liquide. Clotilde se souvenait d'avoir signé à Lenglet plusieurs chèques au porteur d'un montant correspondant à la somme globale de ces factures, sans la remise.

— Il a dû répéter ce manège, lança Martin, mais n'a même pas pensé à effacer les traces de ses malversations !

Clotilde n'osait plus le regarder.

— Ce n'est pas lui, protesta-t-elle, c'est à cause de mon entêtement et de ma bêtise. Je me suis laissé berner comme une gamine de dix ans. Maintenant, l'usine va être vendue. Je l'ai conduite moi-même à sa perte.

Elle se prit la tête entre les mains. A nouveau, des sanglots la secouèrent.

— J'ai honte d'être en face de vous, hoqueta-t-elle, surtout après le mal que je vous ai fait.

Martin ne répondit pas.

— Laissez-moi ! ajouta-t-elle. Je ne mérite rien de vous ni des autres, allez-vous-en !

Sans passion ni colère, il se leva.

— Je vais chez les Croze, à Allassac, expliqua-t-il, là où je travaillais avant. Avec l'aval et le renom de votre beau-père, je suis certain qu'ils vont nous ouvrir un crédit sur des pailles de seigle. Il faut se remettre à fabriquer du papier d'emballage et des cartons ondulés que nous livrerons en remplacement. C'est le seul moyen de récupérer une bonne image auprès de ceux qui vous attaquent. Tant pis s'il faut travailler nuit et jour sans arrêt !

— Mais comment paierons-nous les pailles et l'huissier ? interrogea Clotilde. Nous sommes ruinés.

Martin se rassit :

— Vous allez faire le tour des commanditaires. Usez de votre charme, de votre force de persuasion. Avec un peu de chance, quel est le patron qui restera insensible à votre sincérité dans le malheur ? Bon, acheva-t-il en se levant de nouveau, nous n'avons plus de temps à perdre. Je prends la camionnette pour me rendre chez les Croze. J'emmène Albert et Ferdinand. A tout de suite, Clotilde !

Par la fenêtre, elle vit qu'il courait à toutes jambes vers la fabrique. L'ombre d'un sourire se dessina sur ses lèvres. Sa naïveté avait quelque chose de touchant dans ce cataclysme qui s'abattait sur l'usine. A coup sûr, les clients chez lesquels elle se rendrait la rejetteraient. Elle entendait déjà leurs sarcasmes : « L'usine Chassagne nous met au bord de la faillite et vous voulez qu'on s'apitoie sur votre sort ! »

Un rire nerveux la prit. C'était trop tard, il n'y avait rien d'autre à faire que payer. Pourquoi Martin était-il arrivé au moment où elle voulait mourir ? Disparaître était la meilleure solution. Personne ne la regretterait. Elle eut envie de rejoindre l'étage mais ne réussit pas à bouger tant l'abattement l'écrasait sur son siège. Dans son désarroi, elle ne s'aperçut même pas qu'une silhouette de femme s'introduisait dans la propriété et se dirigeait vers la maison.

Soudain, des coups assenés contre le carreau de la fenêtre la firent sursauter. Le nez collé contre la vitre, les sourcils froncés, Juliette Lenglet la fixait.

A un kilomètre de là, Lucien Chassagne marchait sous le soleil. Au fur et à mesure que ses pas le rapprochaient de Donzenac et de la rue où habitait le docteur Gorse, toute la tension de son corps diminuait. Aux abords du village, il reconnut la camionnette de l'usine avec Savignac au volant. Ils échangèrent un signe. Bien qu'ils se fussent rencontrés une heure auparavant, l'industriel ignorait où Martin se rendait ainsi. En venant lui parler, le jeune homme n'avait eu le temps que d'aborder la fuite de Lenglet et ses conséquences pour la fabrique. Quant au reste, il avait été catégorique.

— Je m'en occupe, mais j'ai besoin de votre accord pour les décisions à prendre.

— Vous l'avez ! avait répondu Chassagne. Mais quelles solutions pouvez-vous envisager dans de telles circonstances ?

Martin avait souri.

— J'ai mon idée.

En s'engageant sur la route qui menait à Allassac, la camionnette effectua une légère embardée. Un nuage de poussière noya le chemin. Des femmes qui longeaient des champs toussèrent en pestant contre ces engins bruyants et sales. Le vieux Chassagne haussa les épaules. Pour lui, cette poussière opaque qui ternissait le paysage était comme un symbole. Il imaginait des machines détruisant la fabrique, la rasant sans ménagement. A présent, qui pouvait-elle intéresser ? Qui investirait dans une papeterie couverte de dettes, hypothéquée jusqu'à la dernière machine alors que l'on vantait de plus en plus le papier scandinave fait à base de pâte de bois ?

De sa poche, il sortit la photo qu'il avait emportée et, pour la énième fois, la regarda. Une fois ce secret percé, sa vie pourrait s'achever. Après tout, qu'importait ce qu'allait devenir l'usine ? Pour lui, depuis la mort de Paul, elle avait cessé d'exister.

Arrivé devant la maison du médecin, il tira le cordon de la sonnette. Une femme en tablier l'accueillit.

— Pour les consultations, revenez cet après-midi, monsieur. A cette heure, le docteur est en visite.

— C'est sa fille que je voudrais voir.

— Elle n'est pas là non plus. Excusez-moi.

Sans autre forme d'égard, la servante claqua la porte. Lucien n'avait pas pensé à l'éventualité de cette absence. Il se demanda s'il n'allait pas s'asseoir sur les marches du perron et attendre, quand Simone Gorse, un sac plein de victuailles à la main, apparut au coin d'une rue transversale.

— Tiens, fit-elle, monsieur Chassagne ! J'espère que vous n'êtes pas souffrant, au moins...

De son sac, elle retira une clé qu'elle introduisit dans la serrure de la porte.

— Ce matin, mon père est parti tôt, il devrait être de retour vers quinze heures. A tout à l'heure !

Elle s'apprêtait à le laisser lorsqu'il s'imposa, furieux d'être ainsi traité.

— Je suis là pour vous voir. Est-ce trop vous demander ?

Sa voix rude la surprit. Allait-il lui rappeler un passé que la mort de Colette Leyral n'avait pas effacé ? Profitant de son indécision, il lui montra la photo qu'il avait apportée.

— Où est Nina ? s'enquit-il.

Interloquée, Simone contempla le cliché quelques instants avant qu'une brusque rougeur ne lui empourpre les joues :

— Je ne sais pas.

Elle voulut se détourner, mais il emprisonna l'une de ses mains.

— J'ai le droit de savoir ! Vous m'avez assez menti jusqu'à présent. Où est Nina, qui est-elle ?

A l'expression de ses yeux, de son visage, elle comprit qu'il ne la laisserait pas. De guerre lasse, elle le fit entrer dans le salon avant de lui offrir un siège.

Chassagne choisit le fauteuil où il s'était déjà assis lors de leur dernière entrevue. Elle s'installa en face de lui puis se pencha de nouveau sur la photo.

— Je vous écoute ! insista-t-il.

Simone posa la photo bien à plat sur ses genoux et, la regardant toujours, elle commença de raconter :

— Nina est la jeune femme blonde du milieu. A ses côtés, se tient sa sœur, une danseuse de l'Opéra de Paris. A l'époque, nous étions très amies. Paul a connu Nina au cours d'une soirée chez sa sœur, qui possédait une maison dans les environs de Saint-Pardoux-l'Ortigier. Entre eux, le coup de foudre fut immédiat.

Elle leva la tête. Lucien semblait boire chacune de ses paroles.

— Continuez ! souffla-t-il.

— Elles étaient les filles d'un prince russe, venu s'établir à Paris en 1910, bien avant les terribles événements qui allaient bouleverser leur pays. Nina rayonnait. Elle ne vivait que de fêtes, d'amours de passage et de caprices d'enfant gâtée. Très vite, Paul est devenu fou amoureux d'elle, mais il pleurait parfois sur mon épaule en la soupçonnant d'infidélité.

— Qu'est-elle devenue ? demanda Chassagne.

— La guerre, la mort de Paul ont tout changé. Nous n'avons plus de contact. Je crois qu'elle vit toujours à Paris.

— Et cette jeune fille brune ? Sa sœur, dites-vous : est-il possible de la rencontrer ?

Simone toussota avant d'afficher une moue dubitative.

— A quoi cela va-t-il servir ? Le passé n'existe plus. C'est pour cela que je me suis toujours tue.

— Répondez-moi ! Je vous en prie, supplia le vieux

Chassagne, je ne veux pas mourir sans avoir vu celle que mon fils a aimée.

Soudain, il se tassa dans son fauteuil, comme vieilli :

— Car il l'a aimée, j'en suis sûr, au point de mourir pour elle...

Simone laissa passer un long silence. Puis, d'une voix où l'émotion affleurait, elle reprit :

— Sa sœur habite Saint-Pardoux-l'Ortigier. Elle tient un hôtel que tout le monde connaît dans la région. Demandez Angèle, on vous renseignera.

Saint-Pardoux n'était pas très éloigné mais Lucien n'avait pas assez d'allant pour parcourir cette distance à pied. En sortant de chez les Gorse, sa préoccupation essentielle fut de trouver une voiture ou une carriole qui accepterait de le transporter. Il se posta donc à la sortie de Donzenac et guetta un éventuel voiturier.

Au-dessus de lui, le ciel, qui avait été si clair ces derniers jours, s'assombrissait de place en place. Portés par un vent humide, des nuages affluaient par grappes. Lucien n'espérait qu'une chose : atteindre le village avant la pluie. Malgré ses souhaits, celle-ci ne tarda pas à tomber. Bientôt une averse violente détrempa la terre et transforma le sol en boue. Il se mit à l'abri sous un grand châtaignier.

Au Moulin, Clotilde s'empressa de fermer les fenêtres. Elle n'aimait pas ces pluies drues qui annonçaient souvent des orages.

Derrière elle, Juliette Lenglet, qui venait d'entrer, s'assit près de la table, droite, son sac sur les genoux, ses mains repliées dessus. Ses yeux s'attardèrent sur le visage fatigué de la jeune femme.

— Vous ne semblez pas en bonne forme ! s'exclama-t-elle.

— Et comment pourrais-je l'être ? rétorqua Clotilde sur un ton acide. Vous ne savez sans doute pas ce qui est arrivé ?

Juliette Lenglet leva la main comme si elle désirait tempérer son irritation. Puis elle parut se détendre et mit son sac par terre. Enfin, elle brossa sa jupe en soupirant.

— Vous ne croyez pas si bien dire…

Soudain, ses traits se durcirent et elle plissa les yeux :

— J'ai honte de ce que mon fils a fait ! Je suis au courant parce que sa conscience le démangeait à un tel point qu'il m'a relaté ses exactions. Je l'ai jeté dehors comme le bandit qu'il est devenu car c'est vous qui ignorez le fin mot de cette histoire…

Elle s'arrêta, prit une grande bouffée d'air comme quelqu'un qui étouffe.

— Je vais rouvrir une fenêtre, proposa Clotilde.

— Laissez-moi finir, coupa son interlocutrice, après, nous verrons. Ce gredin a mis enceinte une moins que rien, sans argent ni éducation. Une pauvre servante qu'il refuse d'épouser. Elle travaille à Allassac, je crois…

Clotilde porta la main à sa bouche.

— Thérèse ? articula-t-elle.

— Oui, c'est bien cela, Thérèse Lornac. La connaissez-vous ?

— Elle était à mon service, fit Clotilde d'une voix à peine perceptible.

Presque aussitôt, un rire strident, convulsif, que rien ne semblait pouvoir interrompre, la secoua tout entière. Juliette Lenglet prit peur. Elle s'empara d'un mouchoir, l'humecta dans l'eau du vase qui était sur la table puis vint l'appliquer sur son front. Sous l'effet du froid, la jeune femme se calma mais de nouvelles larmes jaillirent.

Alors, madame Lenglet eut le geste d'une mère, celle qu'elle demeurait envers et contre tout. Elle l'entoura de ses bras.

— Ma pauvre petite, dit-elle en caressant son visage, il m'a fait du mal aussi. Mais, pour vous, rien n'est encore perdu...

— Il m'a ruinée, commenta Clotilde à travers ses pleurs, je dois tout vendre.

Juliette Lenglet l'abandonna pour contourner la table et se rapprocher de son sac. Elle se baissa, l'ouvrit puis en sortit une enveloppe.

— Voilà cinq mille francs. Ce sont toutes mes économies. Je vous les donne au nom des Lenglet, ce nom que mon fils a terni à jamais.

Avant même que la jeune femme n'ait eu le temps de réagir, elle avait déjà franchi la porte et, sans prendre garde à la pluie, se hâtait vers la grille. Au moment où elle quittait la propriété, elle croisa la camionnette conduite par Martin, qui revenait d'Allassac. Deux secondes plus tard, Clotilde entendit Albert et Ferdinand exhorter les ouvriers.

— Hé ! les gars, au lieu de vous tourner les pouces, venez donc nous aider à décharger les ballots de paille !

32

Le vieux Chassagne n'attendit pas longtemps sous le châtaignier qui lui servait d'abri. Une Vermorel à la carrosserie rutilante se gara à proximité de lui. Un homme aux tempes grisonnantes, habillé avec soin et coiffé d'une élégante casquette à carreaux, l'interpella :

— Puis-je vous être utile, monsieur Chassagne ?

L'industriel eut un mouvement de recul en reconnaissant Pierre Lombard, le directeur de la papeterie de Brive.

— J'aimerais me rendre à Saint-Pardoux-l'Ortigier, mais je me sens fatigué et ce mauvais temps ne m'y encourage guère...

En même temps qu'il parlait, il détailla la superbe voiture dont les roues à rayons luisaient d'un éclat neuf. La rivalité qui opposait les usines Lombard et Chassagne ne datait pas d'hier. Mais à présent, au volant de ce magnifique engin, Pierre Lombard avait de quoi se rengorger.

— Montez donc ! proposa ce dernier. Je vais vous y conduire avec plaisir.

Chassagne s'exécuta à contrecœur. Du temps où il possédait sa Delage, c'était lui qu'on remarquait. En fait, ce Lombard ne désirait qu'une chose : lui prouver qu'il était bien le meilleur. La pluie qui avait cessé un court moment se remit à tomber ; Lombard appuya sur un bouton et la capote de sa voiture se rabattit.

— N'est-ce pas merveilleux ? fit-il vers son passager. On n'a même plus besoin de bouger. Tout est automatique.

Comme Chassagne se taisait, il démarra puis demanda des nouvelles de Clotilde.

— C'est une belle-fille épatante, elle dirige l'usine comme un homme !

— Il paraît qu'elle a de gros problèmes, objecta Lombard, on raconte que l'un de ses contremaîtres l'aurait lâchée de manière odieuse.

Chassagne sentit un pincement au cœur. Les nouvelles se répandaient si vite qu'il en restait pantois.

— Ne vous inquiétez pas ! ironisa-t-il. Elle a des ressources !

— Au fait, continua Lombard en accélérant pour montrer la puissance de sa voiture, je viens de me faire installer le téléphone. C'est très précieux dans notre métier.

Un bouillonnement intérieur commençait à envahir Lucien. Lui qui avait rêvé d'une escapade tranquille jusqu'à Saint-Pardoux en était pour ses frais.

— A quelle vitesse roulons-nous ? demanda-t-il, un

peu effrayé lorsque l'autre dut faire un brusque écart pour éviter des poules lâchées sur le chemin.

— Pas loin de quatre-vingt-dix à l'heure... répondit Lombard, de plus en plus fier. Quel dommage que vous n'ayez plus votre Delage, poursuivit-il, vous seriez plus libre pour vos déplacements ! Puisque votre usine a un excellent rendement, vous devriez aller au Salon de l'automobile à Paris pour en racheter une. Il a lieu en septembre...

— A mon âge, répliqua Lucien, on apprend à tourner les pages.

— Taratata ! Vous paraissez en excellente santé.

Chassagne n'avait qu'une hâte, arriver au plus tôt pour descendre de cette voiture et fausser compagnie à celui qui le narguait sans cesse. Quand il repéra un écriteau qui indiquait le village à une centaine de mètres, il demanda à Lombard de le laisser. Celui-ci obtempéra d'autant plus volontiers qu'il estimait en avoir assez dit. L'usine Chassagne était au bord de la faillite, voilà qui le soulageait.

En le remerciant, Lucien ouvrit la portière. Avant de soulever son canotier, il se pencha vers son interlocuteur.

— Méfiez-vous des ragots ! Ils ne sont pas toujours vrais. Notre fabrique n'a pas encore déposé son bilan. Ne vous réjouissez pas trop vite ! Au revoir, cher monsieur, et merci encore pour cette promenade instructive.

La Vermorel démarra en trombe, roulant au milieu des flaques d'eau qui émaillaient la route. A peine fut-elle hors de sa vue que Lucien repensa à Angèle. Par chance, il repéra deux cantonniers qui s'affairaient sur un chemin vicinal et s'approcha d'eux pour les interroger.

— Angèle ! s'esclaffèrent les deux hommes. Vous prenez la rue principale et vous tournez à gauche, c'est là !

Intrigué par leurs rires, Chassagne emprunta le chemin qu'ils lui désignaient.

La façade lézardée d'un hôtel où était placardé un écriteau portant la mention « Chez Angèle » lui sauta aux yeux. Ce bâtiment avait de quoi surprendre. Il poussa la porte en se demandant si tout cela n'était pas une erreur.

— Seriez-vous madame Angèle ? questionna-t-il en apercevant une femme assise derrière un comptoir.

La grosse femme aux lèvres fardées lui jeta un regard indifférent. Ses cheveux bruns rassemblés en chignon sur sa nuque dégageaient des traits encore jeunes qui auraient pu être agréables si l'empâtement ne les avait autant avachis.

— Si c'est pour une chambre, fit-elle, on paie tout de suite.

— Non, répondit-il, je voudrais seulement m'entretenir avec vous. En fait, je suis le père de Paul Chassagne. Je crois que vous l'avez bien connu.

Un frémissement sembla la parcourir. A cet instant, Lucien découvrit les photos de danseuse épinglées sur le mur, derrière elle. Il s'agissait bien de la jeune fille brune telle qu'elle apparaissait sur le cliché qu'il détenait.

— Ce nom ne me dit rien, affirma-t-elle en baissant les yeux.

Lucien posa la photo sous son nez puis déplaça son index de visage en visage.

— Simone Gorse est à gauche ; au milieu, c'est votre sœur, Nina ; et vous, vous êtes à droite.

— D'où sortez-vous cette photo ? gronda-t-elle. Je croyais avoir tout détruit.

— Détruit ? reprit-il. Comment peut-on détruire ce qui a de toute façon existé ? Vous ne pouvez que l'effacer tout au plus...

Des souvenirs devaient remonter dans sa mémoire car elle paraissait avoir envie de pleurer.

— Mon fils est mort, continua Chassagne, je n'ai plus personne. Mais je voudrais percer ce mystère avant de mourir à mon tour. Vous ne risquez rien à me raconter la vérité. Dites-moi, s'il vous plaît, où se trouve votre sœur.

Comme sous l'effet d'une douleur brutale, le visage d'Angèle se contracta.

— Voilà des années que nous ne nous parlons plus, lâcha-t-elle au bout d'un moment. Elle vit dans le luxe, elle, vous comprenez ?

Tout à coup ses yeux étincelèrent. Un rictus déforma ses traits.

— Elle s'est mariée avec un chirurgien qui a construit une clinique dans le VIIIe arrondissement de Paris, au cœur des quartiers les plus chics. Elle est riche, belle, courtisée. Elle m'a toujours tout volé, tout pris. J'aurais pu faire une grande carrière de danseuse, mais, au cours d'une mauvaise chute, je me suis cassé une jambe. Jamais elle ne m'a aidée ni tendu la main...

Elle s'effondra, la tête entre les mains. Abasourdi, Lucien la regardait sans parler.

— Je n'ai plus rien, sanglota-t-elle, je ne suis plus rien, c'est elle qui m'a détruite !

— Allons, reprenez-vous, essaya-t-il de dire, catastrophé d'avoir suscité un tel déchaînement.

Il avait imaginé une histoire trop parfaite, trop irréelle. Sous ses yeux, elle éclatait en mille morceaux, comme un miroir qui se brise.

— Et Paul ? tenta-t-il de savoir encore. Est-ce qu'elle l'aimait ?

Elle eut un rire sarcastique qui le transperça jusqu'au cœur.

— Qui d'autre qu'elle-même peut-elle aimer ?

Chassagne comprit qu'il n'apprendrait rien de plus. La haine jalouse de cette femme l'emportait sur la raison. Il savait que Nina était mariée. Cela lui suffisait pour ne plus avoir envie de la rencontrer. A quoi bon remuer un passé qu'elle ne tenait sans doute pas à revivre ?

— Pardonnez-moi, dit-il, je ne désirais pas vous heurter. Je ne suis qu'un père qui ne possède plus rien de son fils, pas même un endroit où il est enterré.

Comme il s'apprêtait à partir, elle sécha ses larmes. Cet homme souffrait aussi, sa sincérité la touchait.

— Attendez ! dit-elle. J'ai quelque chose pour vous.

Elle s'engouffra dans une pièce séparée du couloir par un rideau de plastique déchiré.

Au bout de quelques instants, elle réapparut, portant une enveloppe.

— Tenez ! c'est la dernière lettre que Paul a écrite à Nina avant qu'il ne soit tué. Je l'ai interceptée parce qu'elle fréquentait déjà celui qui allait devenir son mari. Prenez-la ! Je préfère qu'elle soit entre vos mains.

Lucien s'empara de la lettre.

— Ne m'en veuillez pas si je la lis plus tard, il vaut mieux que je sois seul.

Il souleva son chapeau :

— Adieu, mademoiselle ! Je suppose qu'Angèle n'est pas votre véritable prénom ?

— C'est le surnom dont on m'a affublée. A présent, cela n'a pas d'importance. Je n'intéresse plus personne et mon passé m'appartient. Adieu, monsieur !

Il rangea la lettre au fond de sa poche et fut content de retrouver l'air frais du dehors. Il ne pleuvait presque plus. Le soleil qui vagabondait entre les nuages traçait un arc-en-ciel qui ameutait déjà une ribambelle d'enfants. Avant de rejoindre Saint-Viance, Lucien décida de chercher un endroit isolé pour lire. Il entra dans une chapelle, dédiée à saint Roch, qui se dressait à l'ombre de quelques chênes. A l'intérieur, agenouillée devant la statue du saint, une femme priait avec ferveur. Chassagne choisit de s'asseoir dans le fond, près d'une fenêtre. Certain de ne pas être dérangé, il plongea la main dans sa poche. La lettre était datée d'un mois environ avant la mort de Paul. Le papier taché par endroits sentait l'humidité. Il avait dû séjourner longtemps dans un lieu peu propice à sa conservation. L'encre violette avait même coulé, déformant des mots.

Dès le début, en combattant meurtri, Paul parlait de l'atrocité qui l'entourait dans ces tranchées où la mort frappait au hasard et sans répit. Puis il disait à Nina combien il l'adorait. « Si la Providence veut bien que je revienne, écrivait-il, je divorcerai pour toi. Nous irons vivre à Paris, dans cette ville que tu aimes tant. Je ne me sépare jamais de ta photo ; chaque jour, j'y puise le courage nécessaire pour avancer. Ma douce et tendre, je n'ai jamais éprouvé pour une femme ce que je ressens pour toi. »

Lucien fit une pause dans sa lecture. Comme Clotilde semblait loin dans l'esprit, les sentiments de ce fils avec lequel il avait toujours cru être en harmonie ! Elle qui s'accrochait à l'image d'un indéfectible couple, comment réagirait-elle à cette révélation ?

Il continua de déchiffrer les lignes dont le tracé mal assuré montrait qu'elles avaient été rédigées dans de dures conditions. Leur vérité n'en était que plus poignante. Plus loin, Paul évoquait aussi la possibilité de sa disparition.

« J'ai vu le notaire, confiait-il, de toute façon, j'avais l'intention de laisser la fabrique et la maison à Clotilde pour qu'elle ne soit pas trop désappointée. Lors de ma dernière permission, je lui ai dit qu'elle hériterait en cas de nécessité, mais elle a ri comme si elle ne voulait rien entendre sur ce sujet.

« O ma Nina adorée, je la quitterai pour toi, je quitterai ce village où rien ne me retient, pas même mon père, qui n'a jamais fait l'effort de me comprendre... »

Lucien ne put retenir un cri, qui fit se retourner la dame agenouillée.

— Chut ! ordonna-t-elle.

Pour ne pas suffoquer, Chassagne déboutonna le col de sa chemise. Il ne savait plus s'il devait poursuivre ou interrompre sa lecture. Des larmes lui brouillaient la vue. Il dut prendre sur lui pour achever son décryptage, mais l'essentiel l'avait déjà atteint. Paul parlait encore de sa mère, qu'il parait de toutes les qualités, puis il finissait en mentionnant de nouveau son rejet global de sa vie à Donzenac.

« Je ne suis plus avec eux, terminait-il, mais avec toi, mon unique amour. »

Comme un automate, Lucien replia la lettre, la remit dans sa poche et sortit. Allait-il mourir ici ? S'écrouler d'un bloc, le cœur cédant à la pression qui se lovait jusque dans sa gorge ? Il s'appuya sur sa canne, s'efforça de respirer, mais il sentait que tout son corps tremblait et que sa bouche était sèche. Il avança, pas à pas, comme le vieillard qu'il était devenu en l'espace de quelques minutes. C'est alors qu'il fut aveuglé par des reflets métalliques qui brillaient sous le soleil.

Au volant de sa Vermorel, Pierre Lombard le regardait avec une pitié non dissimulée.

— Je rentre vers Brive. Je peux vous...

Il ne put en dire plus. Avec une fulgurante énergie, déclenchée par son regard méprisant, Chassagne se redressa de toute sa hauteur.

— J'ai assez de force pour rentrer à pied ! coupa-t-il. Ne vous tourmentez pas !

Vexé sans doute par un tel revirement, l'autre démarra sans ajouter le moindre mot. En passant près de Chassagne, l'une des roues traversa une flaque d'eau qui faillit arroser l'industriel. Ce dernier brandit sa canne en direction de la voiture.

— Vous entendrez encore parler de nous, s'écria-t-il, c'est moi qui vous le dis !

Puis il tourna les talons et, cette fois, prit le chemin de Donzenac.

Il n'arriva qu'en fin d'après-midi. Tout de suite, il vit les ballots de paille de seigle entassés sous l'auvent, à côté de la fabrique. Quelque chose, comme une sorte de réconfort, surgit en lui. Il oubliait sa fatigue, la cruelle réalité de la lettre et revenait au Moulin dans d'autres dispositions. Sa rencontre avec Pierre Lombard y était pour beaucoup. Quand il entra dans la salle, Clotilde était assise devant un carnet plein de chiffres. Il toussa pour signaler sa présence.

— Père ! s'exclama-t-elle en le découvrant.

Mais elle retint l'élan qui la poussait vers lui. Pendant plusieurs secondes, ils se dévisagèrent sans parler.

— Pourquoi ne m'embrassez-vous pas ? finit-il par demander. Ai-je l'air si redoutable que ça ?

Comme elle ne déposait qu'un baiser prudent sur sa joue, il la serra contre lui.

— Ma petite Clotilde, ma pauvre petite, répéta-t-il.

Cette fois, il repensait à la lettre, à ses mots, à ce terrible secret qui, au bout du compte, les unissait dans un même malheur.

— C'est décidé, dit-il, je vends Saint-Viance et les quelques champs qui me restent. Cela fera dans les six mille francs, de quoi faire patienter les créanciers.

Il s'écarta d'elle pour marcher de long en large.

— Il faut que nous relancions l'usine. Les Lombard nous voient déjà ruinés, laminés…

Devant Clotilde ébahie, il se mit à organiser les jours à venir. Une ardeur nouvelle le transfigurait.

— Heureusement que nous avons Savignac ! termina-t-il. C'est un précieux allié.

Elle ne put qu'approuver ce qu'il disait. Depuis le départ de Juliette Lenglet, elle s'était laissé porter par Martin comme seul recours à sa détresse. Puis le désespoir avait fait place à une plus juste vision des choses. L'image de Lenglet s'était fondue dans ses mensonges et son escroquerie. A présent, que pouvait-elle éprouver d'autre que de la pitié et du mépris envers cet être vil et destructeur qui n'avait épargné personne ?

— Grâce à Martin, répondit-elle avec gravité, je retrouve l'envie de me battre. D'ailleurs, sans que je le lui demande, il a repris son travail à la papeterie. Si vous le permettez, je vais le chercher.

Lorsqu'elle revint avec lui, les deux hommes échangèrent une chaleureuse poignée de main.

— Il vaut mieux être réaliste, conseilla d'emblée Martin. Même en les remboursant, nous avons perdu la majorité de nos clients. Avec les menaces qui pèsent sur le papier de paille, tôt ou tard, nous devrons fabriquer autre chose et nous moderniser davantage. Que diriez-vous des cahiers d'écolier ? A mon avis, il y a de vrais débouchés. Il serait plus sage de nous reconvertir peu à peu.

— Pas mal, pas mal, commenta l'industriel, qui voyait là un nouveau moyen de devancer les Lombard. Puisque vous en avez eu l'idée, ajouta-t-il d'un air malicieux, dans quelque temps nous pourrions rebaptiser l'usine et l'appeler « Chassagne-Savignac », par exemple.

Devant la rougeur de Clotilde, il devint plus précis :

— J'aimerais même « Savignac » tout court. Le nom d'une seule famille, en somme...

— Vous allez vous réinstaller ici avec Léonie, enchaîna la jeune femme, qui tentait de réfréner son trouble. Nous avons besoin de vous.

Les yeux du vieux Chassagne divaguèrent par la fenêtre ouverte. Des hirondelles décrivaient leur ballet rapide dans le ciel, un vent de sud-ouest balançait les feuilles des arbres dans un bruissement continu.

Ni Clotilde ni Martin ne surprirent les deux larmes qui roulèrent sur ses joues.

— Nous ferons comme avant, murmura-t-il, même mieux qu'avant...

Sa main fouilla dans l'une de ses poches, il en retira un papier qu'il déchira en minuscules morceaux.

Quand le vent les dispersa aux quatre coins de la propriété, derrière lui, comme liés par une promesse silencieuse, Martin et Clotilde se regardaient.

DANS LA MÊME COLLECTION

Jean Anglade
Un parrain de cendre
Le Jardin de Mercure
Y a pas d'bon Dieu
La Soupe à la fourchette
Un lit d'aubépine
La Bête et le Bon Dieu (essai)
La Maîtresse au piquet
Le Saintier
Le Grillon vert
La Fille aux orages
Un souper de neige
Les Puysatiers
Sylvie Anne
Mélie de Sept-Vents
Le Secret des chênes
La Couze
Jean-Jacques Antier
Autant en apporte la mer
La Croisade des Innocents
Le Rendez-Vous de Marie-Galante
Marie-Paul Armand
La Poussière des corons
La Courée
tome I *La Courée*
tome II *Louise*
tome III *Benoît*
La Maîtresse d'école
La Cense aux alouettes
Nouvelles du Nord
L'Enfance perdue
Un bouquet de dentelle
Edouard Axelrad
Au fil du fleuve
Erwan Bergot
Les Marches vers la gloire
Sud lointain
tome I *Le Courrier de Saigon*
tome II *La Rivière des parfums*
tome III *Le Maître de Bao-Tan*
Rendez-vous à Vera-Cruz
Mourir au Laos
Françoise Bourdon
La Forge au Loup
Annie Bruel
La Colline des contrebandiers
Le Mas des oliviers
Les Géants de pierre
Marie-Marseille
Jean du Casteloun
Michel Caffier
Le Hameau des mirabelliers
La Péniche Saint-Nicolas
Les Enfants du Flot
Jean-Pierre Chabrol
La Banquise
Didier Cornaille
Les Labours d'hiver
Les Terres abandonnées
La Croix de Fourche
Etrangers à la terre
L'Héritage de Ludovic Grollier
L'Alambic
Georges Coulonges
Les Terres gelées
La Fête des écoles
La Madelon de l'an 40
L'Enfant sous les étoiles
Les Flammes de la Liberté
Ma communale avait raison
Les blés deviennent paille
L'Eté du grand bonheur
Des amants de porcelaine
Yves Courrière
Les Aubarède
Anne Courtillé
Les Dames de Clermont
Florine

Dieu le veult
Les Messieurs de Clermont
L'Arbre des dames
Le Secret du chat-huant
Annie Degroote
La Kermesse du diable
Le Cœur en Flandre
L'Oubliée de Salperwick
Les Filles du Houtland
Le Moulin de la Dérobade
Alain Dubos
Les Seigneurs de la haute lande
La Palombe noire
La Sève et la Cendre
Le Secret du docteur Lescat
Elise Fischer
Trois Reines pour une couronne
Alain Gandy
Adieu capitaine
Quand la Légion écrivait sa légende
Un sombre été à Chaluzac
L'Enigme de Ravejouls
Les Frères Delgayroux
Les Corneilles de Toulonjac
L'Affaire Combes
Michel Hérubel
La Maison Gelder
La Falaise bleue
Tempête sur Ouessant
Hubert Huertas
Nous jouerons quand même ensemble
Denis Humbert
La Malvialle
Un si joli village
La Rouvraie
La Dent du loup
L'Arbre à poules
Les Demi-Frères
Hervé Jaouen
Que ma terre demeure
Michel Jeury
Au cabaret des oiseaux
Jean-Pierre Leclerc
Les Années de pierre
Louis-Jacques Liandier
Les Gens de Bois-sur-Lyre
Jean-Paul Malaval
Le Domaine de Rocheveyre
Les Vignerons de Chantegrêle
Jours de colère à Malpertuis
Jean Markale
Notre-Dame de la Nuit
Dominique Marny
A l'ombre des amandiers
Du côté de Pondichéry
La Rose des Vents
Les Nuits du Caire
Juliette Morillot
Les Orchidées rouges de Shangai
Henry Noullet
Sur la piste de Samrang
La Falourde
La Destalounade
Bonencontre
Le Destin de Bérengère Fayol
Michel Peyramaure
Les Tambours sauvages
Pacifique Sud
Louisiana
Le Roman de Catherine de Médicis
Frédéric Pons
Les Troupeaux du diable
Claude Riffaud
Mékong Palace
La Crique de l'or
Rêve de Siam
Jean Rosset
Vir'vent
Les Derniers Porteurs de terre
Jean Siccardi
Le Bois des Malines
Les Roses rouges de décembre
Le Bâtisseur de chapelles
Jean-Claude Sordelli
La Dernière Saison
Jean-Michel Thibaux
La Bastide blanche
Le Secret de Magali

La Fille de la garrigue
Le Roman de Cléopâtre
La Colère du mistral
L'Homme qui habillait les mariées
La Gasparine
L'Or des collines
Jean-Max Tixier
Le Crime des Hautes Terres
Violaine Vanoyeke
Les Schuller
Le Serment des 4 rivières
Brigitte Varel
Un village pourtant si tranquille
Les Yeux de Manon
Emma
L'Enfant traqué
Le Chemin de Jean
Colette Vlérick
La Fille du goémonier
Le Brodeur de Pont-l'Abbé
La Marée du soir

CE ROMAN VOUS A PLU,
VOUS AIMEREZ,
DU MÊME AUTEUR :

LA COUZE

En déchaînant, malgré elle, les passions et les drames, une jeune servante, mystérieuse et à la beauté rare, va bouleverser la vie tranquille d'un village corrézien...

En 1912, dans le village des Trois-Fontaines, près de Juillac, à la frontière de la Corrèze et du Périgord, Marie Bourzat élève seule ses deux fils : Pierre, âgé de vingt ans, et Joseph, son cadet, affublé d'un pied bot. A force de volonté et de ténacité, elle a réussi à développer un vignoble dont la réputation commence à se répandre dans la région.

Tout en veillant jalousement sur la vie de ses fils et notamment celle de Pierre, elle doit se battre contre l'appétit féroce de certains propriétaires qui rêvent d'acquérir ses vignes. Le plus dangereux d'entre eux se nomme Séverin Barial.

Un jour, cet homme avide et peu scrupuleux ramène au village une jeune servante : Olympe, surnommée « la Couze », qu'il est allé chercher à l'une des foires de Juillac. Sans même qu'il s'en doute, cette arrivée va tout changer.

LE SECRET DES CHÊNES

En 1895, à Voutezac, en Corrèze, au cœur du bas-pays limousin, Martial Pérol, maître tonnelier, règne sans partage.

Après avoir marié son fils Guillaume, il marie sa fille, la belle Mathilde, à François Guéret, un jeune négociant en vins qui s'installe à Brive. Déçue par cet époux qu'elle ne comprend pas, Mathilde revient vivre chez son père. Parce qu'il ne veut pas entendre parler de divorce, Martial va tout faire pour sauver ce mariage.

Partagé entre son devoir de père et la passion de son métier, cet homme à la fois rude et juste va, peu à peu, lier le destin de sa tonnellerie à celui d'Antoine Charroux, un jeune ouvrier-compagnon qu'il embauche pour son savoir-faire mais dont il ne connaît rien. La passion secrète qui unira Mathilde à Antoine bouleversera tout.

A travers les rivalités et les intrigues, la tendresse ou les drames, c'est tout un monde artisanal aujourd'hui presque disparu que Sylvie Anne fait revivre avec talent sous nos yeux.

MÉLIE DE SEPT-VENTS

En 1910, à Sept-Vents, au cœur de la Basse-Normandie, Mélie, modeste lavandière, lutte contre la pauvreté. Contrairement à son aîné, Alexandre, son mari Victor a dilapidé son héritage et se détruit dans sa haine jalouse pour son frère. Haine exacerbée par l'amour naissant entre Mélie et Alexandre.

Tiraillée entre son devoir d'épouse et son attirance pour Alexandre, Mélie sait pourtant que sa vie est ailleurs. Pour elle-même et par amour pour son fils Juste, elle veut se sortir de sa condition.

Un hasard, qu'elle nomme providence, lui fait découvrir sa vocation. Dans ce pays de toits de chaume blond, elle sera couvreur. Là-haut, entre terre et nuages, elle revit et trouve sa plénitude.

Baptiste, le vieil artisan, croit en cette jeune femme, aussi téméraire que volontaire sous une apparence fragile, et l'impose dans ce métier dangereux jusque-là réservé aux hommes.

Par un travail acharné, affirmant sa force dans les épreuves, en butte aux superstitions et aux croyances de ce pays de bocage dur et secret, Mélie prouvera sa valeur, envers et contre tous.

C'est à cette belle aventure d'une femme pionnière de l'indépendance en ce tout début du XXe siècle que nous convie Sylvie Anne, amoureuse d'une Normandie éternelle.

Impression réalisée sur CAMERON par

BUSSIÈRE CAMEDAN IMPRIMERIES

GROUPE CPI

à Saint-Amand-Montrond (Cher)
en janvier 2002

N° d'édition : 6955. — N° d'impression : 020037/1.
Dépôt légal : décembre 2001.

Imprimé en France